W0316345

PIERRE BENOIT

Nació en Albi (Francia) en el año 1886 —según otros en 1885— y murió en el ámbito de su patria, concretamente en Ciboure, en 1962. Fue académico de número de la Real Academia Francesa a partir de 1931.

La suya fue una vida de viajes, cuya experiencia se refleja indirectamente en sus obras, dándoles una base de verosimilitud incluso cuando pinta los más extraños ambientes. Realizó estos viajes, en parte por placer y en parte con el fin de documentarse antes de dar libre curso a su imaginación de novelista. Viajó por el Extremo Oriente, Siria, Nuevas Hébridas, el Caribe, etc.

Fue procesado al terminar la Segunda Guerra Mundial por colaboracionismo con los nazis, página ésta que empaña un tanto su biografía.

Los comienzos de su carrera literaria fueron dos obras de poesía, que no sobrepasan la mediocridad: Diadoumène, *en 1914,* Les Suppliantes, *en 1918. Pero pronto se encauzó hacia el género para el cual estaba en verdad dotado: la novela. Su primera novela es* Koenigsmark *(1918), seguida por* L'Atlantide *(1919), con la que ganó el Gran Premio de la Academia Francesa. También son notables* La castellana del Líbano, Pour Don Carlos, Le roi lepreux, Erromango, Fort de France, L'oiseau des ruines, Le casino de Barnazan. *Entre sus últimas obras figuran* La sainte Vehme *y* Les amours mortes.

Destacó sobre todo en las obras de carácter fantástico-histórico, considerándosele en la misma línea, aunque modernizada, de Dumas padre. La popularidad de sus obras fue siempre extraordinaria.

Apenas salidas de su pluma, se agotaban las ediciones una tras otra. Hoy en día esa popularidad ha bajado algo, pero ello se debe únicamente a que muchos lectores han renunciado al entretenimiento puro en aras de difíciles caminos hacia lo inexplorado. Pero Benoit sigue captando al lector . . .

La Castellana del Líbano

GRANDES CLASICOS CONTEMPORANEOS

PIERRE BENOIT

LA CASTELLANA DEL LIBANO

CIRCULO DE AMIGOS DE LA HISTORIA

Edición reservada a
LOS AMIGOS DE LA HISTORIA
Conrado del Campo, 9-11. Madrid-27.

© Círculo de Amigos de la Historia, S. A., Editores.
Madrid, 1976.

INTRODUCCION

PIERRE BENOIT

En 1919, con su segunda novela, *La Atlántida* (la primera, *Koenigsmark*, 1917, pasó casi desapercibida por los justos motivos de estar Francia conmocionada por la primera gran Guerra Mundial), alcanzaría ya Pierre Benoit el «premio gordo». La Academia Francesa reconoció sus méritos y la concedió su gran premio, aunque tardó muchos años en nombrar a su autor miembro de número; el público arrebató sus ejemplares hasta rebasar el millón de ellos; y se tradujo, en menos de dos años, a casi todos los idiomas europeos, siendo llevada pronto, por dos veces al cine. Lo que en seguida quedó demostrado por Benoit es que como novelista jamás aburría a sus lectores. Les sugestionaría y les conmovería. Se comprobó siempre, libro a libro, que le encantaban los problemas entreverados de realidad y de fantasía, los escenarios exóticos, los personajes nacidos en un mundo fascinante. Y Benoit no sólo supo contar felizmente, sino que triunfó en el dificilísimo empeño de novelar con tal arte que sujetaba al lector de la primera a la última página, no permitiendo respiro a su creciente curiosidad. En la presentación de los protagonistas —por lo general una pareja, ella y él, magníficos tanto física como sentimentalmente— tuvo el ininterrumpido acierto de hacerles salir a escena tan a tiempo, en tan oportuno momento, en escenografía tan estupendamente preparada, en atmósfera tan tensa, que no hubo manera de que el interés del lector (o espectador) pudiera soltarse de la fábula, ni siquiera se desentendiese levemente de ella. Cierto que luego, al desarrollar el argumento, no gastó mucho tiempo en aquilatar o peculiarizar su estilo. No fue de «la familia» de Proust o de Remy de Gourmont, sino más bien su antípoda. Pero escribió correctamente, y ello le fue suficiente para librarse del folletinismo.

Tampoco puede decirse que haya creado tipos profundamente humanos, salvada una docena de sus criaturas de ficción. No todos los artistas pueden aspirar a dar vida imperecedera a criaturas como Otelo o don Quijote, Celestina o Grandet. Pero la mayoría de los lectores de Benoit, cuando toman un libro, lo que buscan en él es la distracción durante algunas horas; y esta búsqueda la colma Benoit inclusive con exceso. Cultivó con especial cuidado la variación de sus escenografías (casi siempre sensacionales y extrañas para el lector supercivilizado europeo), el cambio «de aires» para sus personajes y tramas. Por conseguir triunfar en tales menesteres, Benoit recorrió el mundo, trepando por todos los meridianos y deslizándose por todos los paralelos. Y vivió plenamente en cuantos países decidió tomar para escenarios de cada una de sus novelas. Habiendo pasado algunos años en el extremo oriental de Europa, desde él, como desde un trampolín, saltó a Siria y Palestina. Se hospedó morosamente en el convento de los Lazaritas de Antura, a treinta kilómetros de Beirut, donde antes que él habían vivido sus sueños orientales Lamartine, Volney, Maurice Barrés. Y allí es donde escribió *La castellana del Líbano* (novela comparable con *La Atlántida*), y que seleccionamos para la colección de Clásicos contemporáneos.

El argumento de ella es, como casi todos los novelados por Benoit, mezcla admirable de vida, de historia y de fantasía. Sus protagonistas son la seductora y misteriosa condesa de Orlof, la castellana del Kalaat-el-Tahara (castillo de la Pureza), también llamada condesa Athelstana, y el capitán Domèvre, caballero de la Legión de Honor y Medalla Militar por su heroico comportamiento al frente de una compañía de infantes que operan en los desiertos de Siria y Palestina contra cuantas tribus son enemigas del protectorado francés. Domèvre acaba de convalecer de una grave herida en un brazo cuando es llamado por el coronel jefe de los Servicios de Información Secreta, quien le comunica que debe convertirse en un agente del espionaje galo, en pugna con el espionaje inglés, del que es jefe el mayor Hobson.

Particularmente ingleses y franceses parecen serios aliados en la campaña para la pacificación de Siria y Palestina.

Sin embargo, unos y otros pugnan por alcanzar una hegemonía plena en el territorio de sus protectorados. ¿Y ... cuál es el papel de la seductora y bellísima e inteligente condesa de Orlof, viuda de un viejo aristócrata ruso? ¿Trabaja a beneficio de Inglaterra o de Francia, o a disfavor de las dos? Tiene fama de mujer fácil que ha sido amante del mayor Hobson y de varios oficiales franceses. Domèvre, olvidándose de su compromiso marital con la dulce Micaela Hennequin, hija de un brillante coronel, se enamora patéticamente de la condesa de Orlof y se complica con ella en una serie de aventuras pletóricas de fascinación. Domèvre tranquiliza su conciencia pensando que su amor por la Orlof le llevará a conocer los métodos de espionaje de que se valen los ingleses. La auténtica verdad es que la fascinante condesa encubre con su juego de espionaje su verdadera obsesión: emular la vida exótica y novelesca de las legendarias Belkis, la reina de Saba, capital del Yemen, que, sometida al rey Salomón, se convirtió a la religión de Jehová, y Zenobia, reina de Palmira, esposa del rey Odenato, vencida y cautiva por el emperador Aureliano, en el año 273; y mucho más modernamente, a lady Esther Stanhope, nacida en Londres en 1776 y muerta en Djihun, Siria, en 1839, de existencia rara y misteriosa, rodeada de magos y adivinos, pero sosteniendo en realidad la política británica contra las influencias francesas en aquellos países de Oriente, y que mereció el nombre de *la Circe del desierto*. También lady Stanhope vivió en aquel delirante «castillo de la Pureza»...

Felizmente para el capitán Domèvre, cuando ya está totalmente esclavizado por los encantos de la condesa de Orlof, su fraternal amigo el capitán Walter, logra librarle de los encantos de este Circe del siglo XX y devolverle a la realidad de su misión patriótica y heroica.

BIBLIOGRAFÍA

LANSON, Gustave, y TUFFRAU, Pierre: *Manual de historia de la literatura francesa.* Trad. española. Barcelona. Editorial Labor. 1956.

THIBAUDET, Albert: *Historia de la literatura francesa desde 1789 hasta nuestros días.* Buenos Aires. Editorial Losada. 1945.

PRAMPOLINI, Santiago: *Historia universal de la literatura.* Buenos Aires. Uthea Argentina. 1941. Tomo XIII. Pág. 452.

CANSINOS-ASSENS, Rafael: Prólogo a su traducción de La Atlántida. Madrid. Ediciones Aura. 1940.

S. de R.

A Gérard d'Houville

I

Zarpa un buque. Avanza lentamente sobre la superficie violeta del mar. Empecé por distinguir sobre el viejo muelle de Beirut las puntas de sus mástiles, luego sus dos chimeneas negras. Ya está en alta mar. Dentro de media hora habrá desaparecido.

Le reconozco. Es el *Esfinge,* el paquebote que hace tres años, cuando se abría ante mí la vida, tan pura y tan radiante, me dejó aquí.

Desde la terraza donde doy mi paseo cotidiano se descubre casi toda la ciudad. Mi mirada busca maquinalmente a la izquierda, entre la pompa gaya que rodea el hospital americano, el modesto hotelito donde una niña triste ha dejado de pensar en mí.

Pero mi pensamiento no se detiene mucho tiempo en este recuerdo de cristal. ¡Líbano, Líbano, tus gargantas desolladas, tan desnudas en apariencia de misterio, son más tenebrosas de lo que imagina la gente! Necesito toda la capacidad de mis ojos para distinguir, no el extraño castillo, sino el pico donde puede verse ese castillo, el castillo cuya soberana ha hecho de mí lo que ahora soy: un ser sobre quien su influencia fue tan fuerte, que me quitó hasta la vergüenza de haber llegado adonde estoy.

Nadie se haga ilusiones, en efecto, sobre el sentido de las lágrimas que vierto. Tal vez sean lágrimas de pena, pero no son lágrimas de arrepentimiento. Vuelvo la cabeza para que el enfermero de guardia no vea correr esas lágrimas a lo largo de mis mejillas y caer sobre la manga de mi guerrera, precisamente en el sitio donde se cruzan todavía, ¡por milagro!, los tres rutilantes galones de oro.

¿Y el *Esfinge?* ¿Dónde está el *Esfinge?* ¡Qué pequeñito se ha hecho! Por poco desaparece el barco querido sin darme cuenta. Tan sólo me lo señala su humareda, hacia el Norte, al nivel de la embocadura del río Adenis. Dentro de cuarenta y ocho horas estará en Alejandría; dentro de ocho días, en Marsella... ¡Marsella! La estación donde se toma el tren para mi pueblecito, ese pueblecito que ya no veré nunca... ¡pero no! No me arrepiento de nada.

¿Es el penacho del paquebote lo que continúo viendo? ¿O es la bruma que baja del crepúsculo por las pendientes malvas del Líbano? No sé. Un minuto más, sólo un minuto, para que pueda ver, para darme cuenta... Luego todo habrá terminado. El enfermero hace un gesto: es la hora de volver.

Obedezcamos.

* * *

Aquella mañana de abril era clara y alegre. El sol jugaba sobre el mar. Un poco de neblina ocultaba la montaña en su centro, de suerte que en la cumbre libre de nubes, veíanse relucir los simpáticos pueblecillos maronitas, blancos y rojos.

Deslizándose entre las palmeras, la brisa mecía las anchas palmas, cuyo verde oscuro aún no había teñido de gris el polvillo estival.

El almuerzo al que estaba invitado en casa del coronel Hennequin, era a la una, y, por discreción, yo no quería llegar demasiado temprano, constándome que encontraría a la señorita Hennequin sola en la casa. Sin saber cómo emplear las dos horas que tenía por delante, compré en la calle del Correo un montón de periódicos y me fui a la avenida de los Franceses para instalarme en la terraza del Kursaal.

Tras la prolongada clausura que acababa de sufrir, estaba como deslumbrado entre toda aquella luz fresca. Apenas si mis piernas me sostenían. Millares de átomos dorados danzaban ante mis ojos.

En aquella hora matinal no había en el café más que dos clientes: un jovenzuelo elegante que se hacía sacar lustre a los zapatos, inclinando la cabeza a derecha e izquierda, para cerciorarse de que la operación iba a su gusto, y, en el fondo de la sala, volviéndome la espalda, encaramado en uno de los taburetes del mostrador, un oficial inglés.

Intenté leer, sin conseguirlo. Aquellos periódicos franceses con quince fechas de retraso, no me interesaban.

Entorné los párpados y me abandoné a la indolencia ambiente.

No tardaron en sacarme del suave bienestar unas voces violentas que arreciaban cada vez más. Era el inglés, que apostrofaba al camarero. El jovenzuelo elegante se había eclipsado.

—¡Es completamente ridículo! ¡Te he dicho que es para mí, nada más que para mí!

—Imposible, mi comandante.

—¡Imposible! ¿Por qué es imposible?

—Porque el dueño no quiere.

—Tu amo es un asno, un asno idiota. Voy a hablar con él. ¿Dónde está?

—No ha venido todavía.

—¡Qué casualidad! ¡No ha venido todavía!...

La ola de juramentos británicos que siguió obligóme a volverme. Lancé una exclamación.

—¡El mayor Hobson!

—¡El capitán Domèvre, por Cristo! ¡Realmente encantado, capitán! Pero, ¿está usted en Beirut?

El inglés había descendido del taburete y me estrechaba ambas manos con efusión.

Nos habíamos conocido dos años antes, en Adana, con ocasión del relevo de las tropas inglesas de Cilicia por las nuestras. Mi escuadrón iba a sustituir al que él mandaba. Durante quince días vivimos juntos. Yo había conservado del mayor Hobson el recuerdo de un hombre galante, buen jugador de *bridge*, recio bebedor y simpático en su trato.

Evocaba para mí una época bastante dura, de modo que me era grato encontrarle de nuevo en este marco más pacífico.

—Por lo visto, ¿tiene usted sus diferencias con el mozo, mi comandante?

—¿Usted se figura que es un mozo lo que tiene delante, capitán? Esto no es un mozo, es un asno. Un asno idiota, como he tenido el honor...

—¿Le ha escamoteado a usted un *cock-tail?*

—¡Si no fuera más que eso! Con un tirón de orejas, liquidados. La cosa es más grave.

—¿Más grave?

—El señor comandante —explicó el camarero con cierta dignidad dolorida— quiere obligarme a que le dé la receta de uno de los *cock-tails* de la casa.

Hobson se puso bermejo como un ladrillo.

—Nada de darme, imbécil: venderme. Capitán, usted es testigo de que éste es el camarero más estúpido que yo he conocido nunca.

Yo quiero la fórmula de su *cock-tail*, y la pago, a razón del precio de tres *cock-tails* por día durante el tiempo que yo permenezca en Beirut, es decir, cerca de dos años todavía. Me parece que es una proposición razonable.

Pago para no verme obligado a beber una cosa que me gusta en un sitio que no me gusta, pudiendo estar cómodamente en mi casa, en mi gabinete de trabajo, donde hay —ya lo verá usted pronto con sus propios ojos— excelentes butacas de cuero, una maravillosa vista al Líbano y, en las paredes, las más bellas panoplias de arcos y rompecabezas que pudo nunca reunir un soldado de lord Kitchener.

—Repito a usted que no puedo, señor comandante.

—¿Sí o no? A la una, a las dos, a las tres. ¿No quieres? Bueno, pues tendré tu receta sin que me cueste un céntimo. Sírvenos otros dos *cock-tails;*

pero no aquí, en la terraza, donde yo no vea más tu cabezota. Venga usted, capitán.

Y fuimos a sentarnos a la mesa que yo acababa de dejar.

—Voy a demostrarle a usted —dijo Hobson— que mi insistencia no obedece a un capricho pueril. Este camarero es un asno, eso lo sostengo. Pero además es un artista, verdaderamente un gran artista. Su *cock-tail* Metropolitano, cuya receta he dicho que tendré, es una maravilla. Juzgue usted.

El mozo acababa de depositar entre nosotros los dos vasos llenos de escarcha rosa.

—¡Es magnífico, en efecto! —dije yo—. Con tres como éste, debe uno...

—Puede llegarse hasta seis, sin miedo, cuando se ha preparado el camino con un poco de *whisky*. Mañana mismo quiero demostrárselo a usted en casa. Y verá usted mis preciosos rompecabezas.

—Pero, ¿qué hace usted? —exclamé, asombrado—. ¿Usted no bebe?

Había sacado de uno de sus anchos bolsillos de fuelle una botellita de níquel, en la que se disponía a verter el contenido de un vaso.

—¡Ya se lo advertí! —dijo, señalando al mozo, que le miraba con resignada atención—. Le ofrecí pagarle. No quiso. Le dije que tendría la fórmula de balde, y en cuanto salga de aquí subo a la Universidad americana. Pregunto por el reverendo Josué Fillmore, un químico notable, capitán. En un abrir y cerrar de ojos me hace el análisis de este famoso *cock-tail* Metropolitano. El análisis cualitativo, se entiende; del cuantitativo, yo me encargo. ¡Viva el rey Jorge!... Pero el caso es que, con todas estas cosas, usted ha bebido y yo no. ¡Mozo! Otros dos Metropolitanos.

—Siempre llevaré yo uno de ventaja —le hice notar.

—¡Por Júpiter, que tiene usted razón! Tres Metropolitanos entonces. Y ahora que ya hemos arreglado los asuntos serios, hora será de que le pregunte a usted por su salud.

—Hace unos días que me encuentro mejor —respondí, enseñándole mi brazo izquierdo en cabestrillo.

—¡Ah! Muy bien. No lo había notado —y añadió—: ¿*Foot-ball* o guerra?

—Guerra.

Atascó su pipa, la encendió, puso un dedo sobre mi brazo inválido.

—¿Beduinos?

—Sí, beduinos.

—¿Ruallahs?

—Sí; una tribu Ruallah.

—Lo sospechaba —dijo con acento de satisfacción—. ¿Una bala?

—Inglesa —contesté, sonriendo.

Sonrió él también.

—Esos condenados comerciantes de la *City* son siempre los mismos.

Levantó su manga derecha y me enseñó en el brazo una cicatriz.

—Lo mismo me ocurrió a mí. En las orillas del Nianza, 1912. Fusil inglés, bala inglesa, un poco dumdumizada, según creo. Tirador indígena; reclamé porque, aun siendo la misma casa, parece menos natural que me ocurra a mí, ¿no le parece?

—Un poco menos, evidentemente —murmuré.

Me estrechó vigorosamente la mano.

—¿Y le han curado a usted aquí?

—Sí, en el hospital de San Carlos. Hoy es el primer día que salgo.

—Lamento no haberlo sabido. Hubiera ido a verle al hospital.

—¿Vive usted en Beirut, mi comandante?

—¡Vivir, vivir!... Tengo lo menos para un año todavía. Estoy destinado aquí por la Alta Comisaría de Palestina.

—¿Y está usted contento?

—Muy contento. La sociedad siria es muy agradable. Hay un buen campo de *golf*, y el general Gouraud es un perfecto caballero.

—¿En qué consisten sus ocupaciones?

Me miró de soslayo. Pero comprendió que le había hecho la pregunta con absoluta naturalidad y sin segunda intención.

—Ya lo ve usted —dijo en tono zumbón—. Consisten, sobre todo, en beber *cock-tails,* muchos *cock-tails*. ¿Quiere usted almorzar conmigo?

—No puedo. Estoy invitado.

—Y para cenar esta noche, ¿está usted libre?

—Esta noche, sí. Pero tengo que retirarme temprano; es mi primera salida.

—Entendido. ¿Nos encontraremos aquí?

—Aquí.

—Tengo ahí mi automóvil. ¿Quiere usted que le lleve a algún sitio?

—Temo obligar a usted a dar un rodeo demasiado grande. Almuerzo en casa del director de Ingenieros.

—¿Del coronel Hennequin? ¡Admirable! Precisamente vive al lado de la Universidad americana, a donde voy para que me hagan el análisis del contenido de mi botella. ¡Al coche!

* * *

—Micaela, esta mañana he escrito a casa.

Me sorprendió encontrarla sola. Era más de la una; llegaba tarde y suponía que ya había llegado el coronel.

Se levantó al verme y le dije esta frase casi sin preámbulo. La vi palidecer.

—¿Ha escrito usted, Luciano? ¿A su madre?

—Sí.

—Y... ¿qué le dice usted?

—Todo lo que usted puede figurarse.

—¡Dios mío! —murmuró ella—. Hay que contar

quince días para cada uno de los dos correos. En un mes no voy a poder vivir.

—¿Qué está usted diciendo, Micaela? ¿No he explicado a usted lo que es mi madre para mí? Sin conocerla, se volverá loca de contenta al saber que me caso. ¡Lo desea tanto!... Y cuando la conozca a usted...

—No puede darse el gusto de escoger ella misma a su nuera.

—No hubiera encontrado a nadie, Micaela, que hubiera hecho lo que usted ha hecho por mí.

—No hay que exagerar —dijo—. ¿Qué hice yo? Le hospitalizaron a usted en la sección de que yo era enfermera. Le he cuidado a usted como era mi obligación y como he curado a otros heridos antes que a usted.

—¿Un poquito mejor, no?

Sonrió:

—Tal vez. No abusé de la ventaja que acababa de concederme.

—¿No ha llegado su padre todavía?

—Me extraña. Tal vez le hayan entretenido en el Estado Mayor; me dijo que pensaba pasar por allí.

—Hoy hablaré con él. ¿No le parece a usted?

Me miró. En sus ojos grises se reflejaba algo semejante al espanto.

—Hoy todavía no, ¿quiere usted?

—¿Por qué, Micaela?

—Preferiría esperar a que llegara la contestación de su madre.

—¿Por qué?

—No sé. Un capricho.

—Micaela, Micaela, es usted una criatura. Casi me ofende usted. ¿Qué es lo que usted teme?

—¡Ah! —respondió—. Una decepción de ese género no podría soportarla. ¿Se da usted cuenta de que es toda mi vida lo que se está jugando en este momento?... Sin contar con que sería muy natural la oposición de su madre.

—¿Quiere usted decirme en qué podría basarse?

—¡Yo no tengo fortuna!

—¿Y yo sí, Micaela? ¿Cree usted que la casa donde vive mi madre y las escasas rentas que le ayudan a redondear su pensión pueden constituir una fortuna que le dé a usted derecho para hablar en la forma que habla?

—No es lo mismo —contestó.

—¿Y por qué no ha de ser lo mismo?

—Para usted no significa nada no tener fortuna. Siempre resultaría que sin haber cumplido treinta años, hace tres que es usted capitán, cinco que es usted caballero de la Legión de Honor, condecorado con una cruz de guerra que hace creer a la gente, cuando no lleva usted más que el pasador, que es usted aviador. Todo el mundo me ha dicho y me ha repetido que lleva usted una carrera preciosa y que le espera un gran porvenir. ¡El porvenir! ¡Sabe usted cuál será el mío?

En un rincón de la estancia, sobre una mesita, había una caja de metal. Levantó la cubierta y me mostró una máquina de escribir.

—¡Ahí lo tiene usted!

—¡Micaela!

—¡Oh! No me sorprendería nada; sería lo lógico. Su padre de usted también fue militar. El mío procede de la Politécnica. Pudo ganar dinero en la industria y prefirió el ejército. La dote de mi madre ha servido para pagar los traslados y para renovar el pobre mobiliario, que no resiste el tercer cambio de guarnición. Nunca se quejaron. Estaría mal que yo no los imitase. Cuando mamá murió, papá pidió que le destinasen a Siria, inducido por el espejuelo de los sueldos grandes y con la esperanza de hacer economías. ¡Economías! —dibujó una sonrisa preñada de amargura—. ¡Diez mil francos hemos reunido! Dentro de dos años le corresponde el retiro ¡con seis mil francos! Si el día de mañana me faltase mi padre, no me quedaría más que la máquina de escribir. Ya ve usted que tenía razón al decir que nuestras pobrezas no eran semejantes, Luciano.

—¿Tiene usted confianza en mí, sí o no? —pregunté yo.

—¡Que si tengo confianza en usted! ¿A qué viene esa pregunta? ¡Claro que la tengo! ¡Pero es en la vida en la que no tengo confianza! La realización del proyecto que hemos trazado sería algo tan hermoso para mí, tan inesperado, por qué no decirlo, que ahora vivo con el miedo constante de ver surgir algo.

—¿Qué, Micaela?

—No sé —dijo tapándose los ojos con las manos—. ¡Tengo miedo, Luciano, tengo miedo!

Me levanté y me fui hacia ella. En el mismo instante se abrió la puerta. Entró el ordenanza.

—Señorita . . .

—¿Qué sucede?

La habló en voz baja, azorado.

—¡Dios mío! —exclamó Micaela—. ¡Una catástrofe! Me reclaman en la cocina. Al parecer, la heladora no funciona bien y se ha mezclado la sal con la crema. Perdóneme usted.

Me quedé yo solo en la habitación. Entonces se me apareció en detalle el modesto salón que veía por primera vez, puesto que hasta entonces el teatro exclusivo de las charlas que nos habían conducido a estas relaciones, casi formales, había sido el hospital. En nada se diferenciaba de los eternos salones que tienen los oficiales en las colonias: algunos tapices de los cuales solamente un par de ellos, a lo sumo, podían tener cierto valor; cofres y algunos cacharritos franceses escapados por milagro del terremoto de innumerables mudanzas. Además, retratos: el del coronel con uniforme de politécnico, el de una mujer joven, la madre de Micaela, seguramente; por último, el de Micaela, cuando tenía cuatro o cinco años. Ya tenía los mismos ojos claros, la misma fisonomía tímida y voluntariosa . . . Al pie leíase el nombre del fotógrado y su dirección: *Bar-le-Duc*. Bar-le-Duc, donde el coronel Hennequin me tenía dicho que había estado de guarnición en 1903. Rápidamente hice el cálculo que había de darme la edad actual de Micaela: veinticuatro años. Exactamente.

Oyóse el rugir de una sirena de automóvil seguido del ruido del coche deteniéndose ante la casa. Al mismo tiempo volvía Micaela.

—Ya está aquí mi padre.

En cualquier circunstancia podía leerse claramente en la fisonomía del coronel como en un libro. Aquel día no nos fue necesaria ninguna dosis suplementaria de perspicacia para divinar que traía noticias y que las tales noticias eran buenas.

—¡Hola, ya está aquí Domèvre! ¡Que tonto soy! Me olvido de que quien viene retrasado soy yo en más de media hora. Pero conste que no ha sido culpa mía, hijitos, y estoy seguro de que cuando sepan ustedes... ¡Vaya! Ya se me olvidaba que he prometido guardar secreto.

Reía con todo su corazón.

—¿Está dispuesto el almuerzo? Supongo, nena, que te habrás excedido, porque traigo un hambre... ¿Y usted, Domèvre? ¿Cómo va esa convalecencia? ¿Qué tal ese brazo?

—Ya no siento casi nada, mi coronel.

—¡Magnífico, magnífico! Sin embargo, no se precipite usted a declararse curado. Son muchos los que saben hacerse valer en estos casos. Bueno, ya está aquí el almuerzo. ¡Micaela, hoy es día grande! Supongo que nos obsequiarás con un vaso de arak.

—Pues, ¿qué sucede, papá?

—Nada, no sucede nada. ¿Por qué ha de suceder algo más que la presencia del capitán? ¿Porque te pido un vaso de arak?... Yo le serviré a usted, Domèvre. Beba usted sin miedo: es puro alcohol de vino blanco.

Mientras hablaba iba mezclando con graciosa torpeza, con licor de anís, el agua, que tomaba un matiz blanco lechoso.

—Te ruego que me expliques por qué tienes ese empeño en que ha de ocurrir algo.

—No insistamos —me apuntó Micaela—. Ya hablará él. Lo está deseando.

—¿Qué hora es? ¡Casi las dos! Micaela, hijita, haz el favor de decir que apresuren el servicio. Este caballero —señalándome— tiene que estar a las tres y media en el Gran Serrallo, en casa del coronel Prieur.

—¿El jefe de Estado Mayor, mi coronel?

—Sí; en casa del jefe de Estado Mayor, en casa de mi antiguo compañero Prieur. Por cierto que ha estado muy cariñoso con usted.

—¿Con qué motivo, mi coronel?

—¡Ah! Eso, hijo mío, no se pregunta. No, no, Micaela, es inútil esa insistencia. Completamente inútil. Es un sorpresa que le guardan. Y he prometido el secreto. Vamos, no me obliguéis a faltar a mi palabra.

—Bueno, papá —dijo Micaela interviniendo—; supongo que no nos vas a tener así durante todo el almuerzo, como sobre ascuas. Sería ridículo.

—¡Ah! Si te pones así, estoy perdido.

—¿De qué se trata? ¿Dice usted que de una sorpresa?

—De una, no; de dos sorpresas. ¡Y el caso es, hijos míos, que no sé por cual empezar! Además, no olvide usted, señor herido, que se tendrá que fingir asombrado y reconocido a Prieur, como si nada sospechase, porque, se lo repito, ha estado muy cariñoso con usted. Y tiene verdadero empeño en darle a usted personalmente la noticia.

—Pero, papá, por favor, ¿qué noticia?

—¡Ah! Voy a decirla. Primero, ésta.

Su dedo índice trazó sobre mi condecoración roja un círculo.

—Mi coronel —murmuré azorado—, ¿qué quiere usted decir?

—¡Precisamente eso! ¡No se haga usted el niño! Que de sobra lo ha comprendido.

—¡Oficial de la Legión de Honor! ¡Está propuesto para oficial de la Legión de Honor! —exclamó Micaela.

—¿Ve usted? Ella lo ha adivinado. Sí, señor; oficial de la Legión de Honor, hija mía, a los treinta años. ¡Y yo no lo fui hasta los cincuenta y dos! ¡Es magnífico, Micaela! Vamos. Abracéme usted. Los abrazos, antes que la carta, mientras llega, el 14 de julio, el del general Gouraud.

—Mi coronel...

—Y no es eso todo. Ya dije que había una segunda sorpresa. Cambia de destino, Micaela, y ¿a qué no adivinas para dónde le han nombrado?

—¿A dónde? —preguntó con voz temblorosa.

—Aquí.

—¿A Beirut, papá?

—Sí, a Beirut. Al Estado Mayor.

—¿Cómo? —dije yo, aquella vez completamente desorientado—. ¿Al Estado Mayor? ¿Me separan de mi compañía?

—No del todo. Continuará usted figurando en el cuadro del cuerpo de Meharistas. Pero agregado al Estado Mayor. En que servicio, es lo que ignoro. Prieur le informará de todo dentro de un rato. ¿Está usted contento?

—Mi coronel, de sobra adivino todo lo que acaba usted de hacer por mí. De verdad, no sé como agradecerle...

Mientras hablaba así, yo miraba a Micaela. Bruscamente me detuve; acababa de ver sus ojos llenos de lágrimas.

Nuestra mutua emoción no pasó inadvertida para su padre, que tosió para disimular la opresión que experimentaba.

—¡Agradecerme! ¿Se figura usted que no me considero suficientemente recompensado?

Volvió a toser.

—Esta combinación, ventajosa desde tantos puntos de vista, presenta un pequeño inconveniente para usted. Estaba usted a punto de marcharse a su casa con permiso cuando fue herido. Además, tiene usted derecho a descansar durante la convalecencia. Pero dudo mucho que el Estado Mayor consienta en dejarle a usted marchar tan pronto. Precisamente ahora están recargados de trabajo. Le pedirán que les conceda un plazo, que espere al regreso de uno de sus compañeros que también está con permiso. Acceda usted. Cuando llegue el momento, yo insistiré con Prieur para que no abusen de usted demasiado. De momento, yo creo que no queda más camino que agradecer y esperar.

—¿Y qué servicios esperan de mí? —pregunté—. Yo no conozco nada del trabajo de oficina.

—De eso no se preocupe usted. No están mal los escrúpulos, pero es preciso que no los tengan siempre los mismos individuos.

Llegaba un ordenanza para despachar. El coronel hizo que pasara a su despacho para firmar algunos documentos.

Cogí las manos de Micaela, agitadas por un temblor que ella no trataba de disimular.

Quiso hablar. Por señas me hizo comprender que la emoción no la dejaba. Pero en sus ojos pude ver la confianza, la felicidad.

El coronel volvía.

—¡Las dos y media! Que nos sirvan el café en la terraza y de prisa. No es cosa de que el primer día llegue tarde.

Micaela, en pie, ponía azúcar en el café y servía los licores. Se inclinó para ofrecerme mi vaso. Abrióse el cuello de la blusa y por un segundo pude entrever su garganta delgada. Ella se dio cuenta, pero no puso la menor precipitación vulgar en la retirada. ¿Acaso no pensaría la infeliz criatura que desde aquel momento ejercía yo mi derecho?

* * *

El coronel Prieur era un perfecto caballero. Había mandado durante la guerra un regimiento de spahis marroquíes en el frente francés. En cuanto estuve ante él me sentí en plena confianza.

—¿Sabe usted para qué le he llamado?

—Mi coronel...

—Le ruego a usted que suprima las frases inútiles. Ya se puede figurar que no me hago ilusiones sobre la manera de cumplir su promesa por parte de mi buen amigo Hennequin.

—En ese caso, mi coronel, puedo expresar a usted toda mi gratitud.

—En lo que concierne a la roseta de oficial, no. Yo no he intervenido en eso. La iniciativa corresponde por completo al general Gouraud. Puede usted estar orgulloso de la propuesta, que él mismo ha redactado. En lo que se refiere a su destino aquí, ya es otra cosa. Se lo debe al coronel Hennequin, y un poco a mí.

Hizo una pausa.

—Una orden, fechada hoy, le destina a usted a los servicios de la Alta Comisaría, Estado Mayor, segundo negociado.

—¡Segundo negociado! —exclamé.

Sin duda pronuncié estas palabras con especial inflexión, porque sonrió.

—Segundo negociado. *Informaciones*, eso es. Le molesta a usted un poco eso, ¿verdad? Se está ya viendo, usted, el caballero del aire libre, arrodillado delante de un cesto de papeles y luego componiendo un mosaico con los pedazos de la carta que saque usted de allí. No se atormente. La realidad es, a veces, más complicada y más sencilla. Y, además, no había en Beirut más que un puesto disponible que correspondiera a su graduación. Y, aunque hubiese habido otras vacantes, yo le habría destinado a usted a esta. Ya comprenderá que no iba a dejar improductivo su conocimiento del desierto.

—Mi coronel, no hay que exagerar...

—No hago más que repetir lo que me han dicho en todas partes. Tiene usted fama de ser el hombre que mejor conoce los desiertos de Siria. No se los recorre impunemente durante tres años, como usted lo ha hecho...

—Hay otros muchos que los conocen lo mismo o mejor que yo. ¿Y de qué pueden servir las nociones prácticas que yo haya podido adquirir? ¿Qué utilidad puede tener para una oficina saber, por ejemplo, que los Sloib ponen en el anca izquierda de las reses de sus rebaños una marca en forma de escudo, mientras que la marca empleada por los El-Meacel tiene la figura de unas tijeras?

—¡Quién sabe! Además, se me figura que se complace usted en rebajar la importancia de sus conocimientos. Se levantó, hizo girar los resortes de una caja de caudales instalada en un rincón de la estancia. Sacó de allí varios legajos que empezó a examinar. Durante algunos minutos parecía haberse olvidado de mi presencia. Al cabo, levantó la cabeza.

—¿Es realmente exacto —murmuró como si hablase consigo mismo—, es exacto que el cheikh de los Anezé-Fedaan, Moudjehem, nuestro aliado, por contrato, condecorado en Alepo en 1920 por el general Gouraud, sostiene relaciones clandestinas con nuestro enemigo Hatchem bey, ckeikh de los Anezé de la Alta Mesopotamia?

—Tal vez —contesté—. Pero bueno es tener en cuenta que Hatchem es tío de Moudjehem, e incluso ha sido su tutor. No pretendo yo defender a fondo al cheikh de los Fedaan, pero puedo afirmar que si ha socorrido a Hatchem fue contra tribus beduinas a las que, en realidad, nosotros nada tenemos que agradecer. En cuantas circunstancias han entrado en juego directamente nuestros intereses, Moudjehem los ha defendido. Estaba yo en Deir-ez-zor en febrero de 1921, cuando un destacamento turco intentó tomarlo. Moudjehem puso sus jinetes a nuestra disposición para rechazar al enemigo.

El coronel Prieur no insistió. Hizo con lápiz rojo una señal en el legajo y abrió otro.

—Fahed Ibn Hazzal —dijo siempre con el mismo tono— ha recibido seguramente dinero de Fayçal, pero, ¿no lo habrá recibido de nadie más?

—Dos mil setecientas libras mensuales, mi coronel; el cheikh de los Amarat recibía del emir dos mil setecientas libras para atacarnos. A esta suma hay que añadir las doscientas mil libras que le entregaron los ingleses, y no sé si en ese expediente habrá huellas de subvenciones concedidas por nosotros mismos.

—Sólo el papa es infalible —dijo el coronel Prieur. Y añadió: No importa, la señorita Faher Ibn Hazzal debe ser en estos momentos un buen partido.

—Fahed Ibn Hazzal acaba de comprar un automóvil.

El jefe de Estado Mayor sonrió.

—¿De veras? Y que vengan luego a decirnos que no sabemos civilizar a los nómadas.

Hizo una pausa y continuó.

—No debe haber más que una vaga idea del número de armas de que hoy disponen solamente los Ruallah.

—Aproximadamente, diez mil fusiles y seis ametralladoras.

El coronel había vuelto a guardar sus carpetas. Me miraba.

—¿Sigue usted dudando de los servicios que puede usted prestar en su nuevo destino? —me preguntó.

—Mi coronel, supongo . . .

—Los que ha prestado usted en los combates a costa de su sangre los superará aquí, en el modesto negociado que ha de ser, en lo sucesivo, teatro de su actividad. Acabo de plantearle a usted tres problemas, tres problemas cuya solución nos había costado muchos tanteos. A los tres ha respondido usted exactamente como había que responder. Feliz presagio para las cuestiones que todavía no hemos conseguido aclarar, porque supongo que habrá comprendido que su misión aquí consiste en centralizar las informaciones relativas al resgistro beduino. Es un trabajo duro. Espero que lo acepte usted.

—Mi coronel, creo que ha encontrado usted, efectivamente, el único camino que en mi actividad tiene probabilidades de no resultar completamente estéril.

—Está bien. Le doy cuatro días de plazo para instalarse. De aquí a entonces procure usted hojear esto y esto —dijo, entregándome varios volúmenes—, con el solo objeto de ponerse al corriente de las cuestiones políticas que tiene usted perfecto derecho a ignorar. Son los textos de los acuerdos franco-ingleses que regulan el estatuto territorial de Siria. Aquí tiene usted también dos o tres obras cuya lectura le recomiendo, si es que no las conoce ya: *Costumbres de los árabes*, de Jaussen; el *Viaje por Arabia*, de Burkhardt. Tenga usted también las *Tribus beduinas del Eufrates,* de lady Anna Blunt.

—El libro de lady Blunt lo conozco.

—¿Lo conoce usted?

Me ofreció un cigarrillo y él quedó un instante meditando.

—No conozco un libro más sugestivo —dijo—. ¿Ha observado usted una cosa?

—¿Cuál, mi coronel?

—¿No le ha chocado a usted una especie de frenesí que, en todas las épocas, empuja a las mujeres a mezclarse en el problema árabe? La historia del pueblo más desordenado debe halagar el perpetuo desbarajuste, la afición a la anarquía que las mujeres llevan dentro de sí. ¿Cuántas serán las que hayan soñado con ceñir la corona de Balkis (1) o de Zenobia

(1) En las leyendas musulmanas se da el nombre de Balkis a la famosa reina de Saba, capital del Jemen, según la sura 27 del Corán. Balkis, sometida por Salomón, se convirtió a la religión de Yahvéh. *(N. del T).*

(2), o, al menos, con representar un papel importante en la construcción de un imperio beduino? Ayer mismo, en París, ¿no pudimos ver a las damiselas de nuestra mejor sociedad perecer por una mirada de Fayçal? Pero hay que reconocer que, sobre todo, son las inglesas las que, a lo largo de todos los tiempos, nos ofrecen el espectáculo de tan singulares entusiasmos. Es digno de notarse que su arrebato cuadra a maravilla con los fríos designios de la política británica, cuyo objetivo ha sido constantemente la utilización de los árabes para crearnos todas las dificultades posibles. Vuelva usted a leer, si le interesa desde este punto de vista, el libro de lady Blunt. Supongo que habrá oído hablar de la famosa lady Stanhope. Su vida y sus palabras serían igualmente incomprensibles si, bajo su aparente anarquía, no se descubriese lo que constituye su unidad: un deseo furioso de la reconstitución del imperio palmirano. De este modo resulta que ha servido poderosamente, igual que los Allemby y los Lawrence, a su patria, a esa Inglaterra que parece odiar. Se empezaron en decir muchas cosas de esta mujer extraña.

Desde el punto de vista completamente desprovisto de estetismo, que yo le señalo a usted, su personalidad se ilumina con una nueva luz. Existe aquí, en los arabales de Beirut, una extravagante condesa de Orlof, mimada por toda nuestra sociedad, rusa por su matrimonio, pero inglesa de origen; parece empeñada en ajustar sus pasos a los de lady Stanhope. Y ahí está, sin ir más lejos, miss Gertrudis Bell, miss Bell, que hubiera rivalizado con el coronel Lawrence para hacernos todo el daño que usted sabe, porque yo me figuro que en sus luchas contra los

(2) Zenobia, célebre reina de Palmira, esposa del rey Odenato, vencida y cautiva del emperador Aureliano, en 273. Durante su breve reinado, Palmira pudo considerarse como la capital de Oriente. *(N. del T.)*

nómadas, en las emboscadas que haya tenido que sufrir, habrá usted descubierto más de una vez la mano inglesa.

Le mostré mi brazo.

—La bala que me ha herido era de procedencia inglesa, mi coronel.

—¡Ah! —exclamó con cierta satisfacción—. Pues, amigo mío, indague usted por qué caminos ha pasado esa bala antes de ajustarse en la recámara del fusil que le derribó, y ése será el resumen de las investigaciones que tiene usted que hacer aquí. Le repito que no son fáciles. Requieren tiempo, ciencia, inteligencia y, dada la cordialidad de relaciones que pretendemos conservar con nuestros aliados británicos, mucho tacto. Nuestros adversarios son tercos. Poseen la enorme superioridad de los medios, el oro, que siembran a voleo por todas partes. Su tenacidad es proverbial. Jefes como el coronel Lawrence, que ya hemos nombrado, como el mayor Hobson...

—¡El mayor Hobson! —exclamé.

—¿Le conoce usted?

—Nos encontramos en Cilicia en 1919. La unidad que yo mandaba relevó a la suya. Precisamente esta mañana nos hemos vuelto a ver por casualidad. Me ha invitado a cenar esta noche.

—¡Ah! —dijo el coronel.

Cogió de una mesa una hoja de papel.

—La orden que le destina a usted al negociado segundo no se ha firmado hasta esta mañana a las once. Si el mayor Hobson la conocía ya cuando usted le ha visto, habrá que confesar que es hombre poderoso. Por más que esa invitación acaso no tenga con nuestro asunto más relación que la de una casual coincidencia.

—Además, estoy a tiempo de disculparme.

—¡De ninguna manera! ¡Al contrario! El mayor Hobson, cosa que seguramente usted ignoraba esta mañana, oficialmente encargado del enlace de Beirut, entre las Altas Comisarías de Siria y Palestina, tiene por verdadera misión proveer a su Gobierno de informaciones acerca de la naturaleza de las cuales creo que no necesito insistir. Sobre el tablero en que jugamos nuestra partida, él es la pieza opuesta a la que usted representa, la que usted debe derrotar, la que hará todo lo posible por derrotarle a usted.

Y dándose cuenta del malestar que acababa de apoderarse de mí, añadió:

—¡Vamos, hombre, tranquilícese! ¡Peores las ha de ver! Debía usted, por el contrario, bendecir la circunstancia, tal vez fortuita, que le permite penetrar desde hoy mismo en la entraña de sus nuevas funciones. ¿Qué impresión le ha producido el mayor Hobson?

—Si he de decirle a usted la verdad, la de un hombre preocupado sobre todo de la composición de sus *cock-tails*.

Se echó a reír.

—No se fíe usted demasiado. Los *cock-tails* representan en este género de asuntos un papel nada despreciable. Huya usted de ellos si no sabe dominarlos. En caso contrario, utilícelos. Hobson es un temible bebedor. Y, además, tiene otros méritos. El principal, a sus ojos, es seguramente el de odiarnos.

—Confieso que no lo había observado.

—¡Ah! Es que ese odio revestirá siempre la forma de la más exquisita cortesía. Voy a pintarle a usted con una sola frase al mayor Hobson: no hizo la guerra en el frente francés. Allí, a pesar de todo, las gentes de su especie se han visto obligadas a confesar que Francia merecía algo más que continuos golpes a traición. Hobson continúa siendo el prototipo del colonial inglés, el soldado que desconoce al Kitchener de Flandes, para no venerar más que al de Fachoda; en una palabra, el hombre al cual la sola idea de una bandera azul, blanca y roja, izada sobre un fortín de la maleza africana o de la estepa asiática, crispa los nervios. Es de la línea de los Gordon y de los Cecil Rhodes. Contra ese estado de espíritu no hay más que un recurso: la lucha a muerte. ¿Me ha comprendido usted? Bueno. Vea a Hobson. Véale con la mayor frecuencia posible, lo mismo que él procurará verle a usted. Ese es el oficio, el deber de los dos. Hasta que uno de ustedes tenga en su mano la piel del otro, están condenados a ser los mejores amigos del mundo.

—Mi coronel —pregunté con voz un poco alterada—, ¿está seguro de que yo reúno condiciones para...?

Me interrumpió con cierta aspereza.

—Eso depende de usted. Ya ha visto al mayor Hobson. No intente hacerme creer que se juzga usted inferior a él. Además, cuando se encuentre completamente restablecido de su herida, a tiempo estará usted de pedir que le vuelvan a conferir el mando de sus meharistas. Pero hay algo que me dice que ha de encontrar usted agradable su estancia en Beirut.

Me hallaba tan turbado, que no pude comprender de pronto el contenido de aquella alusión tan transparente, sin embargo. Me levanté, saludé, y ya estaba en el umbral de la puerta cuando me llamó de nuevo.

—Olvidaba ciertos detalles materiales, dijo. Se le ha alojado a usted provisionalmente en los locales del Depósito de Remonta, camino de Damasco. No tiene más que preguntar de mi parte al capitán Tavernost, que manda el Depósito. El sitio no es una maravilla; pero —añadió con sonrisa significativa— creo que le satisfará a usted, mientras llega el día en que tengamos el gusto de enterrar definitivamente su vida de soltero.

* * *

Se extingue el día en la terraza del Kursaal, lleno de gente a la hora malva de los helados y del aperitivo. Ya no se distingue la cima nevada del Sannín. Hoy me habré pasado tres horas en este café. ¡Ay! Dentro de cuatro o cinco días ya estaré instalado y empezaré a habituarme a mis nuevas costumbres. Entonces será otra cosa. El tiempo que no pase al lado de Micaela lo emplearé en trabajar.

De momento disfrutemos el minuto fugitivo. Gocemos de esta frescura, del cuadro encantador que forman en torno mío estas mujeres vestidas de claro y estos uniformes. Y preparémonos para afrontar dignamente al enemigo. "Mozo, sírveme uno de tus famosos Metropolitanos". ¡Qué triunfo y qué ventaja si dentro de un rato pudiera revelar a Hobson la fórmula codiciada!

¡Esto además no es tan terrible como aquello! El arak, tal como lo bebíamos allí, a orillas del Eufrates, en ayunas, después de pasarnos una noche galopando, tenía una fuerza muy distinta.

El jardín del Kursaal es medianero del Círculo Militar. A través de la verja oigo que me llaman.

—¡Domèvre!

Es Roche, un oficial de Ingenieros.

—¡Ven!

—No; ven tú.

—Walter te ha estado buscando todo el día.

—¿Walter?

Me estremezco.

—¿Está aquí Walter?

—Sí, acaba de llegar. Se marcha pasado mañana en el *Lotus,* con permiso.

¡Dios mío! Walter, el comandante de la segunda compañía de meharistas de Palmira, mi amigo más íntimo, mi antiguo compañero. Walter, tres años de sufrimiento, de infantiles alegrías comunes, que desfilan de pronto ante mis ojos.

—A las ocho cena en el Círculo. Me ha dicho que le esperes.

—Discúlpame con él. No puedo esta noche, estoy invitado.

Roche frunce el ceño.
—No le va a sentar bien.
—Que me perdone. Mañana sin falta almorzaremos juntos.
—Mañana no podrá él, porque almuerza en casa del general Lamothe.
—¡Vaya por Dios! Mañana por la noche entonces. Os espero aquí a las siete, y dile cuánto me contraría...
—Se lo diré, pero no le hará gracia... Y me figuro que no será por cenar con éste por lo que dejas a Walter.
Ante la terraza veo a Hobson en su automóvil. Agita sus largos brazos haciéndome señas para que vaya, y no me da tiempo para explicar a Roche... Y, además, ¿por qué ha de mezclarse él en esto?
Se nos lleva el automóvil de Hobson. Experimento cierta curiosa alegría viendo flotar sobre el *capot* la banderita británica. ¡Qué cosa tan extraña es la vida!
El propio Hobson conduce, lo cual no le impide inclinarse hacia mí.
—Tengo la fórmula del Metropolitano —me dice con orgullo.
Recorremos la parte baja de la plaza de los Cañones. Ahora me toca a mí sorprenderle.
—¿Sabe usted que estoy destinado en Beirut?
—¡Ah! ¡Encantado! ¿A qué servicio?
—Negociado segundo. Servicio de Informaciones.
Dibuja un gesto de sorpresa. Me da la impresión de que no sabía nada.
—En ese caso somos compañeros. ¡Es curioso!
El automóvil acaba de parar ante la puerta del "Restaurant Francés"
—Le traigo a usted aquí porque se cena en la terraza y hace una noche deliciosa. Hay muy pocos mosquitos.
No tiene el aspecto emocionado de tenerme por adversario.

Ahora nos encontramos sentados frente a frente uno a cada lado de la mesa. Hobson compone el menú. Sus cejas rojas se fruncen con atención sobre el plano de su frente. Los cuellos de las botellas emergen del cubo de hielo. Me siento tan decidido, tan dispuesto a todo como en las mañanas de pelea dura cuando, al amanecer, acaba de silbar la primera bala y tienden los camellos hacia el sitio de donde debió salir su largo cuello calvo.

—Mi comandante...

—Llámeme usted Hobson nada más.

—Bueno, pues Hobson, voy a hacerle a usted una pregunta, la primera: ¿Podrá responderme?

—Diga usted.

—¿Cuáles son, a su juicio, las condiciones que debe reunir un buen oficial de Informaciones?

—Es graciosa su pregunta— dijo.

Su mirada erraba a lo lejos sobre la rada oscura, donde temblaban una lucecillas rojas.

—¿Puede usted contestar?

—¡Hum! Puedo. Lo primero que se necesita es un cariño muy grande, muy grande, capaz de sufrir todo género de pruebas, por la patria.

—¡Eso desde luego! ¿Y además...?

—Además... no ser del todo tonto.

—De acuerdo. ¿Y luego...?

—Luego..., luego... ser muy fuerte, aficionado al *sport*, ¿comprende usted? Nunca sabe uno lo que puede ocurrir.

—Bueno. ¿Y qué más?

—¿Qué más...?

Vacila.

—¿Qué más? ¿No quiere usted decírmelo?

Me envuelve en una amplia mirada escrutadora.

—Más tarde se lo diré —responde gravemente.

II

Mi cita con Walter no era hasta las siete. Pasé el día no paseando deliciosamente, como me había prometido, sino resolviendo una porción de menudos problemas prácticos. En primer lugar, en el hospital, la formalidad de que me extendieran el alta. Me vi asediado por un verdadero ejército de ayudantes, enfermeros y enfermeras. Se había dicho que me iba a las Antillas, en vez de quedarme en Beirut. La oficiosidad de aquellas buenas gentes no impidió que se diera por extraviado uno de mis maletines y que perdiera una buena parte de la mañana en encontrarle. Luego no había automóvil libre y perdimos otra media hora esperando uno que no llegó. Era más de medidodía cuando consintieron, a falta de otra cosa mejor, que tomase un coche. Cuando éste me condujo, al fin, con mis equipajes, hacia los edificios de la Remonta, lancé un suspiro de alivio.

Había conocido al capitán Tavernost en Cilicia, de modo que no me era necesaria la recomendación del coronel Prieur para que me diese la mejor habitación que tuviera disponible. Procedí sin precipitaciones a mi modesta instalación, que tenía que ser aún más modesta porque no había recibido más que una pequeña parte de mi equipaje. Lo demás —unos cuantos tapices, algunas cortinas, un montón de libros— se había quedado en el centro meharista, en Palmira. Tardarían en llegar lo menos ocho días. Me arreglé entretanto como pude, con la filosofía del que lleva siete años sin dormir dos días seguidos en su cama. La que se ofreció a mi vista en la nueva habitación parecía confortable, y las mallas del mosquitero eran bastante densas. Pero, además, ¡qué importancia tienen semejantes detalles para un hombre que lleva en el corazón la alegría que inundaba el mío!

Los locales de la Remonta están situados a unos

dos kilómetros del centro de la ciudad, en la carretera de Damasco, a la derecha, un poco antes de llegar a la Residencia de los Pinos, habitada por el general Alto Comisario. Un tranvía que tiene parada en la misma puerta nos conduce en menos de un cuarto de hora al centro de Beirut. No tomé ese tranvía y de nuevo me permití el lujo de un coche. Aquella misma mañana había cobrado los dos meses de sueldo que durmieron durante mi estancia en el hospital. Pocas veces me había encontrado tan rico. Durante el camino, sin embargo, fui haciendo un rápido balance. La carrera desde la Remonta hasta la ciudad costaba veinticinco piastras, o sea, cinco francos. Era, por lo tanto, cuestión de veinte francos diarios si me decidía a tomar un coche cada vez que tuviera que hacer este trayecto. ¡Veinte francos! ¡Siete mil trescientos francos al año, la tercera parte de mi sueldo! Hubo un momento en que pensé en Hobson, que tenía un buen automóvil... Pero no puse, sin embargo, lo juro, la menor acritud en estas comparaciones elementales. Aceptaba de buen grado ese admirable principio de que los oficiales franceses en el extranjero han de hacer más que sus émulos de las demás naciones, que disponen de recursos dobles o triples.

Eran poco más de las seis. Nacía un crepúsculo maravilloso. Fui a sentarme a la terraza del inevitable Kursaal, en un rincón donde no tardó en reunirse Roche conmigo. Iba en compañía de un teniente de spahis, Blary, a quien me presentó.

—¿Has visto a Walter? —le pregunté.

—Sí.

—¿Estamos de acuerdo para la cena de esta noche?

—De acuerdo.

—¿No ha protestado mucho por lo de ayer?

—No se mostró muy satisfecho, sobre todo cuando supo por quién le sacrificabas.

—¿Se lo dijistes tú?

—No, no fui yo.
—Entonces, ¿quién se lo dijo?
—Ya te digo que no fui yo. Tú no conoces Beirut. Todo se sabe al cabo de un cuarto de hora.
—¡Muy divertido! En fin, Walter vendrá, que es lo esencial.
Y me dispuse a que aquellos dos compañeros, hombres de sociedad, me fueran diciendo quiénes eran las muchachas que charlaban en la terraza, rodeadas de oficiales, de sirios acaudalados, de anglosajones con camisa escotada, que tenían sus raquetas de *tennis* apoyadas contra las patas de las mesas.
—Esa es la mujer del cónsul de España. Esa otra, la hija del presidente de la Confederación siria. Aquélla, la mujer del rector de la Universidad americana. Mire usted ahí a la señora de Prieur, la mujer del jefe del Estado Mayor, con sus dos hijas. Aquella otra es la mujer del cónsul de Persia; ésa y la condesa de Orlof son las mujeres más guapas de Beirut.
—¿Y aquéllas? —pregunté, señalando a dos jóvenes idénticamente vestidas de rosa y que reían como locas, saboreando helados.
—Esas, mi querido amigo, son dos amigas, dos protegidas de Hobson, precisamente. ¿No te las ha presentado todavía?
Avanzaba Hobson, rígido, por entre las mesas. Se dirigió hacia las dos muchachas vestidas de rosa, que le tendieron, siempre riendo, las manos para que las besara.
Casi al mismo tiempo se volvió hacia mi lado, como si ellas le hubieran indicado mi presencia. Las abandonó y vino a nuestra mesa.
Le presenté a mis compañeros y cambió con ellos saludos de cortesía bastante secos.
—¿Cena usted conmigo?
—Todas las noches, no —dije sonriendo.
—Sí, sí. Estoy con dos damas que quieren conocerle a usted.

—Le aseguro a usted que hoy es imposible. Tengo un invitado.

—¿Mañana por la noche entonces?

—El caso es que...

—Tengo verdadero empeño. Vaya usted a buscarme a casa a las ocho; le espero sin falta. Tengo que enseñarle mi magnífica colección de rompecabezas.

—Conformes —dije para no eternizar una conversación que sosteníamos en pie.

—Bueno —dijo Roche con un tono un poco irónico cuando el otro se había marchado—, no se puede negar que te ha tomado cariño.

—En vez de decir estupideces, valdría más que continuases diciéndome los nombres de todas estas señoras. A ver: ¿quién es aquella que lleva un gracioso sombrerito de terciopelo negro con corona de margaritas blancas?

—Ese sombrero —dijo Blary— es un modelo de *Lewis e Irene* (1), del que está muy orgullosa. Es la señora de Narsi, una morenita.

—¿Y aquella, la rubia que se abanica con el programa?

—La señora de Elías, una griega melquita (2), la mujer del banquero más fuerte de Beirut.

—Es encantadora.

—No está mal.

—¿Y esa de blanco con sombrero de paja de arroz?

—Un número, Yolanda. Cantaba en Tabaris no hace todavía dos meses. Ahora la sostiene, en el pie que la ves, Stilson, el representante de la *Standard Oil*. Es una muchacha muy elegante.

---

(1) Alusión a la novela de Paul Morand así titulada, aprovechando la coincidencia de llamarse Lewis un famoso modisto parisiense. *(N. del T.)*

(2) Melquita o melchita, nombre que se da a los cristianos griegos ortodoxos. *(N. del T.)*

—Dicen —añadió Blary— que el buen Camusot, el jefe de justicia militar, está locamente enamorado y le ha propuesto casarse con ella.

—¡Ya puedes figurarte el tren que lleva! —dijo Roche—. ¡El sueldo de un jefe de batallón! Stilson le da al mes más que gana el general Lamothe.

—La verdad es que con nuestros mezquinos sueldos, por fuerza hemos de aislarnos de cierta clase de mujeres.

—¿Y aquella, la morena de piel mate, que va con ese capitán de artillería tan alto?

—La mujer de un compañero nuestro.

—¿Es su marido el que la acompaña?

—¡Su marido!

Roche, inclinándose, me hablaba al oído.

—De donde se deduce —dijo al terminar— lo que antes te aseguraba: que aquí el que se aburre es porque quiere.

—Sí —confirmó Blary. Esta es una de las guarniciones en las que yo prefiero ser soltero a estar casado.

—¿Por qué? —le pregunté mirándole.

—¡Por qué!

Rompió a reír, y luego empezó a canturrear un cuplé poco halagüeño para el honor conyugal de ciertos funcionarios de ferrocarriles.

¡Eh, tú! —se interrumpió para dirigirse a Roche—. ¡No hay necesidad de darme puntapiés por debajo de la mesa! ¡Que yo sepa, ninguno de los tres somos casados!

—Sin embargo, sin embargo, amigo —dije—. Supongo que habrá excepciones.

—Evidente —contestó Blary, que empezaba a darse cuenta vagamente de que había ido demasiado lejos.

—¡Ah! —suspiró Roche, satisfecho de haber encontrado ocasión de cortar el tema—. ¡Aquí está Walter!

* * *

Walter estaba pagando el coche, detenido ante la terraza. Hízolo tranquilamente; luego, sin apresurarse, penetró por la avenida central reservada, entre sillas y mesas. Al ruido alegre de las conversaciones sucedió de pronto el silencio, un silencio turbado tan sólo por el bisbiseo de algunas voces que murmuraban el nombre del recién llegado:

—¡Walter! ¡El capitán Walter!

Yo sabía que todo el ejército de Levante conocía la reputación de héroe que había conquistado este hombre; pero estaba muy lejos de sospechar que aquella reputación hubiera llegado hasta la frívola sociedad que acababa de ofrecerle espontáneamente el único homenaje de que pudo disponer: el del silencio.

Walter avanzaba, al parecer, indiferente, desdeñoso. Me parecía, al encontrarle después de dos años, que nos habíamos separado la víspera. Con una mano en el bolsillo del pantalón rojo de doble franja azul celeste, la otra sosteniendo su cigarrillo, llevaba bajo el brazo derecho la fina cañita de bambú, que nunca le he visto abandonar, ni siquiera en los días en que pasaban revista de inspección los generales, ni en los días de batalla, cuando, oprimiendo con el pie desnudo el cuello del camello, lanzaba en lo más recio de la pelea su cabalgadura bramadora. Como siempre, llevaba quepis azul galoneado de oro, un poco echado hacia atrás sobre aquella cabeza curtida por el viento del desierto; la barba, rojiza; la frente, labrada por cien arrugas, bajo las cuales aparecían las enmarañadas cejas, entoldando los ojos de un azul parecido a la llama del alcohol y que ofrecía una curiosa mezcla de dureza y suavidad casi ingenua. Su dormán, de gabardina kaki, se abría sobre el chaleco de campaña de los oficiales de spahis, hecho de paño rojo con botoncitos esféricos de oro. Su paso tenía el balanceo que dan los millares de kilómetros recorridos a lomos de un camello a través de las estepas infinitas.

—¡Walter! ¡Es el capitán Walter!

Pasó junto a un jefe, al que miró de arriba a abajo, antes de saludarle, con la mayor corrección, eso sí. ¡El saludo de Walter! Hubiera sido curioso que aquel coronel encontrara algo que reprocharle. Me vio entre mis dos compañeros. Me hizo una seña que quería decir: «Espérame», y subiendo lentamente los pocos escalones que desde la terraza conducían al interior del café, se dirigió al fondo de la sala, hacia el bar.

—¿Adónde va? —preguntó Roche.

—Los aviadores están en el bar, dijo Blary. Están con ellos esta tarde dos pilotos de la escuadrilla de Deir-er-Zor, Mathé y Contis. Se conoce que Walter quiere saludarlos.

A medida que él pasaba, los grupos que dejaba a su espalda reanudaban las conversaciones, y entonces lo único que se oía, con una especie de inmenso orgullo, era su nombre repetido en todas partes.

—Parece que a nada da importancia —murmuró un teniente del 415.

—Tiene derecho a hacerlo —replicó un capitán del mismo regimiento.

—¿Qué es lo que ha hecho de extraordinario? —preguntó con una mueca la linda señora de Elías, humillada por el pasajero eclipse que aquel intruso la hacía sufrir.

—Muchas cosas, señora —dijo gravemente un teniente de navío.

—Pero, ¿tanto?

—Si ahora estamos cómodamente sentados en esta terraza, dispuestos a admirar su belleza y a charlar bebiendo algo fresco, a hombres como ése se lo debemos.

—¡Ah! —decía en la mesa de al lado la señora de Narsi a su prima, la morena señora de Asfar—. Yo no he ocultado nunca que he tenido siempre horror a los hombres con barba; pero si éste se afeitara sería una lástima, ¿verdad, chica?

Y volviendo con la mayor naturalidad la espalda a quienes las acompañaban, colocaron sus sillas de manera que no pudiesen perder un solo gesto de Walter, quien en aquel momento, encaramado en un taburete del mostrador, soplaba en la paja de un *cock-tail*, haciendo volar a través de la sala la funda de papel de seda.

—Yo estaba con él en Aintab —explicaba el capitán de artillería a la dama de blanco que escoltaba. Se decía que el coronel Andrea se había negado a tomar el mando de la columna de ataque, como no le dieran a Walter para mandar la caballería.

—Sí, mi capitán —dijo un teniente; pero para dárselo a la columna Andrea había que retirarlo de la columna Debieuvre. Yo estaba allí, y puedo jurarle que el coronel Debieuvre armó un escándalo.

—Parece que odia a las mujeres —dijo la mujer del rector de la Universidad americana.

Los oficiales se echaron a reír.

—Tal vez sea una de las razones, señora, que le han permitido añadir tantas palmas a su cruz de guerra.

—¿Cuántas tiene?

—Cuatro o cinco. Pero en estrellas tiene el doble. Y ya sabe usted lo que eso significa.

—¿Conoce usted la historia de una de sus estrellas?

—No. ¿Qué fue?

—Era después de Marash, donde Walter protegió la retirada en las condiciones que usted sabe. El general Gouraud se disponía a pasar revista a las tropas. Una de las estrellas de Walter, mal cosida, cayó al suelo. «Tome usted una de éstas para reemplazarla», le dijo Gouraud, señalándole su manga vacía. Y por eso sobre la cinta de la cruz de guerra de Walter hay una estrella que no tiene tamaño reglamentario.

—El fue quien tomó a los turcos El-Hamman, la posición más difícil que yo he visto en mi vida, dijo una voz.

—Estuvo en Bozanti —dijo otro.
—Naturalmente, y también en Urfa.
—Y en Killis.
—Y en Meiselun.

Yo callaba. Escuchaba con infinita alegría aquellas voces de mujer, aquellas voces de hombre, ocupadas aún no hacía diez minutos en las más despreciables frivolidades, y que ahora, de pronto recogidas, graves, componían un magnífico concierto de alabanzas dedicado a mi amigo. ¡Aintab, Meiselun! Eran los nombre ilustres de la epopeya siria, los únicos que aquellos ociosos habían retenido. Pero ¿qué son las estocadas fulgurantes al lado del sublime esfuerzo cotidiano? ¡Qué es el brusco riesgo del combate al lado de la tolvanera innumerable de sufrimientos, por los cuales ninguna estrella brillará jamás sobre la cruz de guerra de Walter; el grito del pobre centinela anónimo degollado en la noche; el amigo muerto de fiebre en un descanso, cuyo cuerpo no se puede trasladar, a quien se entierra en cualquier sitio, y en cuyos miserables huesos hozan eternamente los rebaños de los nómadas; el pozo que se busca con ansia en una marcha de tres días y que se encuentra seco; los siniestros beduinos, que surgen en el espacio de un segundo sobre la cresta de una loma, y que no se sabe si anuncian una tribu amiga o si son los exploradores de una tropa de piratas, veinte veces superior en número a los soldados que se mandan; las órdenes que se dan, que no hay más remedio que dar, cuando uno mismo no sabe si tendrá fuerza para ejecutarlas! ¡Ah! ¡Walter, querido Walter, tan áspero y tan bueno, tan modesto y tan grande!

Entretanto, empezaba yo a pensar que se estaba eternizando con sus aviadores.

—¡Ya está aquí! —dijo Blary.

Kaled, el lebrel de Walter, le precedía. Me husmeó me reconoció y saltó sobre mí; yo acaricié su fino cráneo de pájaro, sus orejas menudas, cortadas a cercén para evitar los mordiscos del zorro.

—¡Por fin llegas! ¡Bien puedes decir que no tenías prisa por reunirte con nosotros!

Nos estrechó la mano. Tomó una silla. Ninguna mujer que se hubiera sentado al lado de ellos hubiera causado una impresión análoga al orgullo que entonces observé en Blary y en Roche.

Walter no había contestado a mis palabras. Y cuando se las repetí, me dijo fríamente:

—¿Cómo va tu brazo?

—Mejor. Y tú, ¿cómo estás?

—Bien, muchas gracias.

Su tono era suficiente para quitarme toda ilusión. Walter estaba enojado conmigo. Ya no tuve más que un deseo: tener lo antes posible una explicación con él.

—¿Dónde cenamos?

—He reservado una mesa en Tabaris —dijo—. Cuando queráis, nos vamos.

—A tus órdenes.

—¿Nos acompañan ustedes? —preguntó a los tenientes.

—Muchas gracias, mi capitán; pero hemos invitado en el círculo a unos compañeros que están aquí de paso.

—Bueno. Hasta la noche. Acabaremos por encontrarnos en algún sitio.

En Tabaris, el establecimiento más elegante de la ciudad, volvimos a encontrarnos, ya instalados para cenar, a una porción de habituales del Kursaal, entre ellos Hobson, con las dos mujercitas vestidas de rosa.

Durante los diez primeros minutos no cruzamos la palabra. Notaba ya en Walter el propósito decidido de hacerme una escena. Pero no quería empezar él. Esperaba un pretexto. Incapaz de consentir que se prolongase aquella situación, me decidí a proporcionárselo.

—Me han dicho que te vas mañana con licencia.

—Sí. (Jugueteaba con su cuchillo.) Ya tengo reservado el pasaje. Claro que hubiera podido retrasar el viaje si . . .

—¿Si qué?

—Sí, retrasarlo cuatro o cinco días, por ejemplo, para tener ocasión de embarcarme contigo. Tenía ese plan.

—¿Y cómo contabas tú con eso?

—Muy sencillo. Al principio, desde el hospital, te dignabas escribir a tus antiguos compañeros de Palmira. Por eso supimos que la fecha probable de tu viaje de convalecencia era a fines de abril. Luego ya no recibimos más cartas. Entonces nos las arreglamos de otra manera para tener noticias tuyas. Supimos que mejorabas, que tú salida del hospital no se retrasaría. La fecha de mi licencia se acercaba y salí para Beirut con la idea de viajar contigo hasta Marsella; tal vez hasta el mismo París. Eso es todo.

Yo guardé silencio. Walter se ocupaba en abrir el collar de su lebrel. Me convencí de que otra vez me tocaba hablar.

—¿Todo el mundo bien por allí?

—¿Por dónde?

—En la compañía, hombre.

—Eres muy amable. Todos perfectamente.

—¿Y Roussel?

—Bien.

—¿Y De Hollonne?

—Bien. Cuando yo vuelva se irá él con licencia.

—¿Y el chiquito Ferrières?

—Tuvo las fiebres al llegar, durante tres días en el Eufrates. Ahora va en la columna de ataque. Creo que hará carrera.

—Tiene condiciones.

—¡Ya lo creo!

—¿Y tú?

—¿Yo? (Walter sonrió e[illegible]ncio.) ¡Ya me ves!

—¿Os habéis movido [illegible]ucho en estos últimos tiempos?

—Un poco. Cuando tú fuiste herido, la columna contra los Ruallah estaba terminando su misión. Yo creo que ahora estarán tranquilos una temporada. Entonces nos mandaron un movimiento oblicuo hacia la izquierda, en dirección al Eufrates, que franqueamos entre Meyadin y la desembocadura del Khäbur. Se trataba de vigilar el paso de los Chammar en sus zonas de estiaje. Además, una de sus tribus nos había quitado un puesto. Marchamos en su dirección.

—¿En una sola columna?

—No, en tres, Roussel, que te sustituye, tomó la derecha, hasta Abu-Kemal; luego subió bordeando la frontera inglesa; Hollone siguió la orilla izquierda del Eufrates, hasta Rakka. Creímos que sería el que menos tendría que hacer. Yo, con Ferrières y el resto de la columna, marché sobre Hassetché, donde me había citado con Roussel. Tuve que esperarle ocho días.

—¿Por qué?

—Porque, creyendo que iba demasiado pronto, se permitió un paseíto hasta el Tigris. Ya conoces a Roussel.

—¿Y no tuvo ningún tropiezo con los kurdos?

—Nada. No perdió un hombre ni un camello. Yo tampoco. Hollone fue el que tuvo jaleo a poco de separarse de nosotros.

—¿Se encontró con los Bkeyer?

—Precisamente —dijo Walter, dirigiéndome una mirada, en la que descubrí cierta conmovida satisfacción— con los Bkeyer. Por lo visto no has olvidado

Por lo visto no has olvidado en estros tres meses los nombres de esos caballeros.

—Apostaría cualquier cosa a que era Alí Bjun quien mandaba a los Bkeyer.

—Tenemos muchos motivos para creerlo, aunque no tuvo la cortesía de dejar su tarjeta.

Hollonne no llevaba más que cuarenta hombres. Los Bkeyer eran trescientos. Consiguió pasar Hollonne, pero tuvo bajas: seis indígenas y dos franceses muertos, entre ellos Franceschini.

—¿El ayudante Franceschini ha muerto?

—Muerto. Ayer, en las oficinas, me estuve ocupando de él, de la propuesta que he hecho a su favor para que se le conceda la medalla militar. ¿Lo conseguiré? No lo sé. No nos tienen mucha simpatía en el Estado Mayor. Somos un estorbo para los informadores, que presentan al país como pacificado.

—¿Y habéis encontrado, por fin —pregunté, equivocando la alusión—, a los asesinos del brigadier Lacaze?

—Sí —contestó—; yo los cogí.

—¿Cómo fue?

Rió burlonamente.

—¿De verdad te interesan todavía esas cosas?

—¿Cómo los cogiste?

—¡De una manera muy sencilla! Entre Tell Kaukeb y Hassetché tuvimos por guía un beduino Taï. Por la noche, en el vivac, nuestro hombre, en un descuido, dejó caer su cuchillo, que era... el cuchillo de Lacaze.

—¿Y entonces?

—Entonces, dije que le dejasen solo conmigo y dos meharistas, dos mocetones fuertes, amigos de Lacaze, ya me entiendes.

—Comprendo. Confesó.

—Confesó. Los asesinos eran los Taï, de una tribu que acampaba precisamente en los alrededores. Yo mismo operé con diez hombres y Ferrières, a quienes es preciso ir entrenando. Puedes imaginarte la escena: al amanecer, una tribu minúscula, apenas veinte tiendas; los perros que ladran, las mujeres, huyendo por todas partes, los hombres tropezando en las cuerdas de las tiendas. Cuestión de cinco minutos. Los asesinos eran cuatro.

—¿Los cogiste vivos?

—Vivos. Y luego supe que en Alepo, frente al pelotón, no se inmutaron los granujas.

Mientras hablaba no perdía un solo detalle del efecto que en mí producía su breve relato. Sus ojos relampaguearon.

—¡Todavía te produce esto cierta emoción! —murmuró.

Vaciamos nuestras copas en silencio. Idénticos recuerdos desfilaban por nuestra imaginación.

—¿Y qué ha sido de mi meharí?

—¿Cuál, Mechref?

—Sí, Mechref.

—Ahora lo monta Ferrières. No está descontento.

—¡Ah! Es Ferrières.

La voz de Walter se hizo grave.

—Esos animales son extraordinarios. Te aseguro que si dentro de seis meses, o de un año, volvieras con nosotros, Mechref te reconocería.

Y como yo no contestaba, repitió:

—Mechref te reconocería.

Continue callado. Walter golpeó ruidosamente la mesa.

—¡La nota! —gritó—. ¡Y vámonos de aquí! Hace una hora que todo el mundo nos está mirando como si fuésemos animales raros. Que sea enhorabuena, tú, que vas a vivir aquí ahora.

Afuera tomamos un coche.

—¡Al hotel Bassu! —ordenó Walter.

Delante del hotel me dijo:

—Voy a encerrar el perro en mi cuarto. Vuelvo en seguida. Paga el coche.

Cuando volvió nos pusimos a dar paseos de un lado para otro, por la cornisa de la avenida de los Franceses. La noche era calurosa y húmeda. Sobre el mar se levantaba una bruma espesa. A nuestros pies veíamos como surgían y se deshacían los encajes blancos de las olas.

De repente, Walter se detuvo y se acodó sobre el parapeto.

—De modo —dijo—, ¿qué es verdad?

—¿El qué?

—¿Qué no vuelves al campo con nosotros?

—Estoy cansado —le dije—. Los médicos...

No me escuchaba. Aunque la oscuridad me ocultaba las líneas de su rostro, notaba yo que se abandonaba por completo a su emoción.

—¡Quedarte aquí tú! ¡Tú! ¡Es imposible! ¿Qué vas a hacer en Beirut?

—Trabajo no ha de faltarme en el servicio a que me han destinado —dije yo, un poco azorado—. Y si me sobra tiempo, procuraré buscarme ocupaciones. Trabajaré por mi cuenta.

Rompió a reír.

—Dilo todo, te lo ruego, dilo todo; pero sin hipocresías. ¿Qué trabajarás? ¿Por qué dices eso? ¡Todos sois lo mismo! ¿Qué trabajarás en Beirut? ¿Dónde vas a trabajar? ¿Cuándo vas a trabajar? ¿En qué vas a trabajar? ¿Conoces tú a muchos, di, que hayan preparado aquí sus estudios de la Escuela de Guerra, o cualquier otra cosa? ¿Tú no sabes lo que es el clima, la atmósfera de este pueblo? ¡Os destrozan! ¡Os aniquilan! De vuestra voluntad hacen una especie de trapo mojado. Todos dicen eso al llegar, que van a trabajar. ¿Quieres que te diga lo que va a ser aquí tu vida? O, mejor, dímelo tú mismo. ¿Cuántas horas has pasado en los cafés en estos últimos dos días? ¿Vamos, cuántas?

—¡Qué pillo eres! —dije—. Todavía no estoy instalado. Dentro de ocho días...

—Dentro de ocho días, si eres sincero, reconocerás que yo tengo razón. De todas maneras, ya no podrás reaccionar. Te abandonarás a tu suerte; por la mañana, una hora de oficina, para cubrir las formas; por la tarde, limonadas y *tennis* con las niñas; a las siete, *cock-tail* con las señoras casadas más o menos jóvenes; por la noche, *whisky* con mujeres alegres, con señoritas de *music-hall*, a quienes pedirás un alivio para el sedimento que te hayan dejado los *flirts* del día. Eso será todo.

Su prejuicio era demasiado visible; la caricatura

que acababa de trazarme contrastaba con las severas perspectivas que la víspera me había dibujado el coronel Prieur.

—¡Exageras! —dije riendo.

—¡Qué exagero! Eso quisiera yo, exagerar. Lo que sucede es que me das miedo, miedo; ya me comprendes.

¡La misma frase repetida dos veces en dos días...! Me estremecí de una manera muy desagradable.

—¡Quisiera yo saber por qué tienes tanto miedo!

Se encogió de hombros.

—¡Yo bien sé de qué! Por ejemplo: hace dos días que estás en Beirut. Ya habrás podido darte cuenta de que es difícil vivir aquí por menos de cien francos diarios. Bueno; esos cien francos, que son cuarenta mil francos al año, ¿los tienes tú?

—Quisiera que me explicases —dije agriamente— como se las arreglan nuestros compañeros, y deben ser muchos los que no los tienen.

—¡Te equivocas! —dijo Walter, que hablaba ahora con una calma que me sorprendió—. La mayor parte de los oficiales de Beirut tienen algo de fortuna. Vienen a Siria para hacer economías y se comen aquí sus cuatro ochavos. Algunos hay, ya lo sé, que no tienen nada. Pues de esos, unos se entrampan y otros arrastran una existencia que tú no podrás nunca soportar, te lo aseguro yo, y me basta para ello haberte visto hace un momento, en Tabaris, consultar la lista de los vinos.

Reflexionó un momento y añadió:

—Hay, no se me oculta, una tercera categoría: los casados. Pero de esos ni siquiera quiero ocuparme.

—¿Por qué?

—Porque de oficiales no tienen más que el nombre.

Puso una mano sobre su brazo derecho.

—Walter, escúchame.

—¿Qué?

—Walter, no te tomo en cuenta la última frase

que acabas de pronunciar, tanto menos cuanto que recuerdo haberla dicho yo también. ¿Te acuerdas? Fue en Alepo. Acababan precisamente de darnos la noticia de la boda de un compañero nuestro: Beranger. ¿Dirías tú lo mismo hoy, si te dijeran que yo me había casado?

—¿Y por qué había de cambiar de opinión?

—Porque, después, el capitán Beranger cayó como un valiente en el asalto de Aüstab.

—Morir es una cosa —dijo—, y ser oficial es otra. Lo que dije de Beranger lo diría de ti, y más todavía.

—¿Todavía más?

—Sí; porque Beranger era de la colonial. Al casarse, no sacrificaba lo que sacrificarías tú.

—¿Y qué sacrificaría yo?

Me cogió una mano, y con un tono del que no me olvidaré jamás, tono en que el reproche se mezclaba a la emoción hasta el punto de hacer surgir las más rebeldes lágrimas, me dijo:

—Luciano, ¿cómo has podido olvidar, en tan pocos días, nuestros tres años de vida común?

Me sintió desfallecer. Prosiguió:

—¿Qué es lo que acabas de decirme...? Eso no es cierto, ¿verdad? No es más que una suposición. No es posible que te cases. Los hombres como tú y como yo no se casan. ¿No es verdad?

Bajé la cabeza.

—¡Es verdad! —respondí.

No hizo ni un gesto. Unicamente le oí murmurar:

—¡Entonces, lo comprendo, todo acabó!

* * *

—Entremos ahí —dijo Walter.

Era la sexta vez que pasábamos ante las bombillas eléctricas de aquel café-concierto. Seguí en silencio a mi compañero.

Sobre la pantalla, en el fondo de la sala, zigzagueaba una película. Trabajo nos costó, en aquel lugar oscuro, saturado de humo y lleno de gente, encontrar una mesa vacía. Apenas nos habíamos instalado cuando surgió, brutal, la luz, y pudimos verlo todo: la orquesta, los grupos apretujados en torno a los veladores y el espacio reservado para bailar en el centro.

La concurrencia estaba compuesta de indígenas, que fumaban plácidamente sus narguiles (1); suboficiales y algunos oficiales. Cinco o seis, entre bailarinas y cantantes del establecimiento, vestidas con los trajes de *faena*, iban y venían de mesa en mesa, paseando sus sonrisas fatigadas y animando a la clientela para que consumiera los géneros. La sala estaba construida sobre pilotes encima del agua. Por los ventanales negros del fondo entraba el ruido del mar y su olor yodado, lleno de relentes de limo. ¿Por qué me había conducido Walter hasta aquel sitio?

Se acercó a nosotros un camarero.

—Lo que tú quieras —dijo Walter—. Danos lo que quieras. ¿Menta? ¡Pues vaya por la menta!

Luego se quedó mirando al trozo de hielo que se deshacía en el líquido verde, tiñendo de un vaho gris el borde del vaso.

—¡Walter! —murmuré—. ¡Walter!

—¡Casado, tú casado! —repitió.

La voz no tenía los acentos de cólera que poco antes. Luego dijo:

—¡Casado! Hasta que no me lo has dicho tú mismo, he tenido esperanza. Creí que volverías con nosotros. Ahora, ya se acabó.

Y repetía:

—¡Se acabó!

La tela de la pantalla se arrollaba lentamente, descubriendo un escenario raquítico. El cinema cedía su

---

(1) Pipa turca, compuesta de un tubo flexible y un vaso de agua perfumada que atraviesa el humo antes de llegar a la boca. *(N. del T.)*

puesto al concierto. Una cupletista, vestida de gasas violeta, acababa de surgir. Entre la algarabía de las copas, de las botellas y de la música, con voz melancólica iba desgranando su estribillo:

Algo hay que dura siempre...
¡Y es el amor! ¡Y es el amor!

Echado hacia atrás en la silla y subrayando las palabras con golpecitos de su junco sobre el mármol de la mesa, Walter mascullaba:

Algo hay que dura siempre...

—Ven —exclamé, poseído del horror del momento—. ¿Qué hacemos aquí? ¡Vámonos!

Rompió a reír.

—¡No me fastidies! Vete tú si quieres. Además, que quiero presentarte a Marussia, ¿sabes? Es una chica excelente. Ahora vendrá a saludarnos, porque ha terminado su número. Ya verás cómo las cosas que nos diga nos cambian de humor. ¡Que buena falta nos hace!

—¡Walter!

—¡Una muchacha muy simpática! Te lo aseguro. ¿De qué te extrañas?

La voz se tornó áspera y grave:

—Esas mujeres, ves tú, son nuestras verdaderas mujeres. Una noche pasada junto a una de ellas y ya nos tienes vacunados, inmunizados, durante mucho tiempo, contra las más complicadas sandeces que se pueden perpetrar con los animales de su especie.

Algo hay que dura siempre...
¡Y es el amor!...

Marussia se había sentado entre los dos. Era fina, medrosa la mirada y tenía una graciosa y corta cabellera roja. No se podía ver aquella carne miserable sin pensar en las mezquinas sumas de dinero que daban derecho a profanarla.

Al cabo de unos minutos dijo, tímidamente:

—Os voy a tener que dejar.

—¿Por qué? —preguntó Walter, saliendo de su abstracción.

—Porque...

—¿Por qué?

—Porque —se ruborizó— me estan haciendo allí señas unos individuos que quieren beber *champagne*. Tengo que ir con los que beben *champagne*.

—¡Admirables costumbres! —dijo Walter, echándose a reír.

Y golpeó la mesa con su caña.

—Seis botellas de *champagne* aquí. He dicho que seis. Y conservaré los cascos vacíos a disposición de los caballeros que deseen sentar a su mesa a la señorita Marussia.

Al toque de tan maravilloso pedido, el patrón y los camareros se apresuraron a nuestro alrededor. Orgullosa de las miradas de envidia que la dirigían sus compañeras, Marussia me tropezó en el codo, indicándome a Walter.

—¡Qué gracioso es!

Marussia apuraba una copa de *champagne*. Por dos veces había vaciado yo la mía en el cubo del hielo. Walter, con los codos sobre la mesa y el mentón entre las manos, guardaba silencio. El humo y el polvo eran tan densos, que las lámparas eléctricas se veían como a través de una funda de papel amarillo.

De repente, Walter lanzó un suspiro que parecía un gemido.

—¡Dios mío —dijo—, qué hermosa estará a estas horas la luna elevándose sobre Palmira!

—¡Palmira! —repitió Marussia.

Y añadió, fijando en Walter una mirada extasiada y tímida:

—Yo no he llegado más que hasta Ballbeck. Salimos de noche con unos señores de aquí que habían bebido mucho y que, como estaban demasiado alegres, no tenían ganas de acostarse.

Allí también hay templos de dioses antiguos, como en Palmira. Pero Palmira es el desierto, ¿verdad?

—Sí, chiquita —dijo gravemente Walter—, el desierto.

También ella había puesto los codos sobre la mesa. Sus dedos desaparecían entre sus cabellos rojos. Sus ojos parecían extáticos. A nuestro alrededor, las gentes estaban demasiado distraídas con el ruido que ellas mismas hacían, para prestar atención a nuestro extravagante trío.

—¡Ay! —dijo Marussia—. Si yo pudiera trabajar donde quisiera, también me gustaría ir allí... tan lejos...

Yo había cogido de un brazo a Walter y le hablaba al oído:

—¿Quieres que lo mande todo a paseo? —le pregunté con voz ronca.

Se estremeció y quedóse mirándome.

—¿Y tu boda?

Bajé la cabeza.

—No hay que hablar por hablar —dijo dolorosamente.

Sacó el reloj.

—Las tres de la madrugada. Basta de tonterías. Vámonos.

Sobre la terraza del hotel Bassoul rayaba el día, descubriendo la pendiente del Líbano que surgía sobre el mar liso.

—¿Me escribirás?

—Te escribiré.

—Espera un minuto —dije, buscando desesperadamente un motivo cualquiera que me permitiese retrasar el instante de separarnos.

—¿Qué te ocurre?

—¿Qué se hizo con la ametralladora del segundo pelotón? Estaba estropeada cuando me evacuaron.

—Hollonne la señaló al pasar el pelotón por Deir-ez-Zor. Nos han ofrecido sustituirla.

—¿Y les dieron a los del primer pelotón las alambradas que yo había pedido?

—Sí; se las dieron.

Walter llamó a la puerta. Se oyeron los pasos del criado que acudía a abrir.

—¿Dónde, cuándo nos volveremos a ver? —murmuró.

¿Dónde, cuándo? ¡Ah! ¡Si en aquel momento hubiéramos podido preverlo los dos!... ¡Qué espanto!

*. * *

No me desperté hasta la una de la tarde, con el tiempo preciso para hacer algunas diligencias indispensables y llegar a casa del coronel Hennequin. Me separé de Micaela hacia las seis y media, y a las siete estaba ante la casa de Hobson. Dos automóviles había parados a la puerta: el suyo y otro.

Un criado indio, joven, tocado con enorme turbante blanco, como tan sólo suelen verse en las farsas de Molière, me abrió. Me introdujo en un gabinete cuajado de tapices. Una mesita de Damasco sostenía una bandeja sobre la cual había cigarrillos y *whisky*.

Después de esperar veinte minutos, me consideré autorizado a hacer uso de aquellos bienes. Entonces recordé, bruscamente, que no era a las siete, sino a las ocho, cuando me había citado Hobson.

Acaso no hubiese vuelto todavía.

Sin embargo, era su voz la que me parecía distinguir a través de las paredes. Pero el sonido llegaba muy apagado por los tapices, que lo cubrían todo.

En un momento dado se elevaron las voces y resonó una carcajada. Entonces ya no tuve duda. Era la voz de Hobson; la otra, una voz de mujer. Acaso una de las muchachas de rosa que habíamos visto la víspera.

Poco después, en vez del murmullo de las voces, sonó el trepidar de un automóvil que arrancaba. La única ventana del gabinete daba a un jardín interior. No pude ver nada.

En aquel instante se abrió la puerta. Hobson se dirigió a mí con la mano extendida.

—Perdóneme usted . . .

—Soy yo quien necesita perdón. Me he adelantado una hora.

En el amplio despacho, adonde acababa de pasarme, se respiraba un curioso perfume como de ámbar y vainilla.

Hobson abrió las ventanas.

—No quisiera haber tenido yo la culpa de que su visita se haya marchado tan pronto —dije sonriendo.

El sonrió también.

—¡De ninguna manera!

Y llevó la conversación por otro camino.

III

La primavera empezaba a fundir las nieves en los flancos del Sannin. Desde la ventana de mi despacho veía la enorme montaña, cuyo sudario inmaculado se estriaba poco a poco con rayas ocre. Luego, mi mirada, abandonando las cimas del Líbano, se complacía errando sobre el mar. A veces, cuando el cielo estaba completamente limpio, distinguía el cabo de Batrun, detrás del cual está Trípoli, ciudad de las palmeras más que Jericó. El enjambre de pueblecillos que ostentan nombres espléndidos: Djébel, Ghazir, Antelias, rebrillaban al borde de las olas. A plena luz se anulaban las perspectivas. Parecía un juguete de niño aquella diminuta iglesia maronita, colgada allá lejos sobre una roca azul. Entraban deseos de buscar al pastor de aquellas casas, rebaño apretujado de cabras grises. ¿De qué eran aquellas manchas en la sombría llanura marítima? ¿Velas? ¿O la espuma de las olas?

Sin embargo, no necesitaba hacer ningún esfuerzo para apartarme de aquella fascinación luminosa y volver a mi tarea; desde los primeros días comprobé que aquel trabajo, tan temible como oscuro al principio, se anunciaba, por el contrario, pródigo en maravillosas emociones. Hasta entonces no había sido más que la aguja que camina sobre el cuadrante. Ahora, convertido en rueda del mecanismo, me complacía en informarme de las razones profundas de su marcha y experimentaba la satisfacción de saber que estaba allí para algo. Yo, que temí despreciarme, instalado en aquel puesto sedentario, compadecía ahora mi existencia anterior. Aquellos largos paseos a caballo o a lomos de un camello, que me transportaban desde el Oronto al Tigris, desde el Anti-Tauro al Antiguo Líbano, se me figuraba hoy que los había hecho una máquina. Encontraba verdadero placer en penetrar en aquel minuto los fines ocultos, en comprender, al fin, el alcance de la maniobra que había ejecutado con los ojos vendados sobre el inmenso tablero de ajedrez que es el desierto.

Aquí, en mi reducido despacho del Gran Serrallo, mucho más que cuando volaba con mis meharistas persiguiendo a los rebeldes, experimentaba el orgullo de la grandeza del deber que me incumbía. En aquellos centenares de carpetas, notas, fichas multicolores que iba examinando y clasificando sin descanso, con interés meticuloso, encerrábase toda la epopeya francesa en Siria, que surgía, se desarrollaba, expuesta sin cesar a las intrigas de nuestros enemigos francos o enmascarados. Cada uno de aquellos documentos contenía sangre, oro, traiciones y heroísmos. Por ellos supe que tal alto personaje, ante el cual tenía que inclinarme —por algún tiempo todavía— en los salones de Beirut, era un traidor, un canalla; que tal marino de la isla de Ruad, tal oscuro aldeano de la Bekaa, resultaba ser un héroe. Todos aquellos temibles secretos, que de la noche a la mañana podían costar a tantos seres su fortuna, su honor y hasta la vida, se me habían entregado a mí, pobre criatura de treinta años. De todo esto deduje menos vanidad que respeto hacia aquel uniforme que, por el solo hecho de vestirlo, me hacía digno de tan terrible depósito. Con exaltación compuesta de horror y de orgullo, algo semejante a la sensación que se experimenta al sopesar una bomba, manejaba las trágicas fichas azules, rojas, verdes y blancas: amaños sherifianos, ardides ingleses, astucias americanas... ¡Mundo de enemigos subterráneos, contra el que es preciso protegerte, patria de mi alma! De Hollonne, Roussel, Ferrières, soldados ingenuos que galopáis, erguidos y seguros sobre vuestras sillas, al frente de vuestros spahis, ignorando las trampas astutas que están a punto de cavar bajo vuestros pies, no sabéis que por todas partes se ha puesto precio a vuestras cabezas. Yo, que lo sé, haré fracasar la emboscada en que se pensó cazaros. Ahora ved el revés de la trama. Este informe que tengo ante los ojos me permite saber con que oro se ha pagado su bala al beduino que no hace mucho me partió un brazo. Gracias a aquel otro conozco el peligro de que escapamos, Walter y yo, una noche que nos pusimos a jugar a la baraja tranquilamente en una posición de Djebel Druso. ¡Yo te bendigo, predecesor mío, hermano desconocido, que desde lejos y con tu paciente trabajo a la luz de la lámpara nos evitaste la muerte aquel día! ¡Ah, Walter, puedes estar tranquilo! Cuando se tiene semejante responsabilidad, tal poder preservador de catástrofes, ¿quién es capaz de dejarse ablandar por la indolencia de esta ciudad, quién encontrará siquiera tiempo para pensar en las bellas sirias que bailan bajo las arañas estrelladas de la Residencia, o en la cabellera roja y en la carne mate de Marussia? Parece que te estoy oyendo, compañero: «¿Y Micaela —me dices—, y Micaela?»

Micaela no ha de apartarme de mi deber. Me ayudará a cumplirlo.

Trabajemos. El cheik Salch está hace dos días en Safita. ¿Y si yo fuese a ver qué es lo que hace allí? Creo que valdría la pena. El emir Abdallah ha salido en viaje de recreo hacia la parte de nuestra frontera sur. Esperemos los informes de Déraa. Nury Chalaan está es Homs. ¡Ha ido a comprar allí un fonógrafo! Y Hobson ha salido en automóvil con dos turistas ingleses que quieren visitar Palmira... ¡Asombra la facilidad con que se viaja en este delicioso país!

—Mi capitán, el correo de Francia.

—¡Ah! ¿Ha llegado ya el *Lotus?*

—Sí, mi capitán; hace dos horas.

Lanzo una mirada hacia la bahía. Es cierto, allí está el hermoso barco de negras chimeneas. Le acechaba desde esta mañana. Luego, me distrajo completamente el trabajo. No me he dado cuenta de su llegada. ¿Habrá traído la carta, la carta que Micaela y yo estamos esperando desde hace tres semanas? ¡Dios mío, aquí está!

—¡Gracias, cristiano! ¿Qué hora es?

Una detonación violenta, muy próxima, evita al ordenanza contestar. Es el cañón de la plaza del Gran Serrallo, aquí mismo, bajo mi ventana, el cañón confiado al servicio de los puntuales soldaditos anamitas. Mediodía.

Me levanto. Me arreglo y reúno cuidadosamente mis documentos. Paso al despacho del coronel Prieur, que los encierra en su caja de caudales... Una, dos, tres vueltas a la llave. Ya están bien seguros los terribles papeles. ¡Ah, prodigiosa caja de Pandora...!: Si se extendiera de repente tu contenido por el mundo...

—¿Hay cosas interesantes, Domèvre?

—Muy interesantes, mi coronel. Acaso tenga que

pedirle a usted un automóvil para dar una vuelta por la región de los alauitas, por el lado de Safita.

—¿De qué se trata?

—Permítame usted que me reserve la sorpresa. Además, en este momento no estoy muy seguro todavía; es una idea que tengo.

—¿Cuánto tiempo necesita usted?

—Creo que con dos días tendré bastante.

—Bueno. Salga usted mañana por la mañana, porque esta noche tenemos que trabajar juntos. Nuestro agente de Mossul ha llegado.

—¡Ah! ¿Y ha podido pasar?

—No sin dificultades, pero ha pasado. Iba disfrazado de sacerdote jacobita. No ha robado su paga.

—¿Cuántas tropas turcas hay por la parte de Nisibús, mi coronel?

—Las que habíamos supuesto: división y media.

—¿Mandadas por Kiazem Karabékir?

—Por Kiazem Karabékir.

—Ya lo suponíamos. Hasta la noche, mi coronel.

—Hasta la noche.

Mientras andaba iba leyendo mi carta. Había esperado a salir para leerla cuando estuviese solo. Era como me la figuraba:

«Querido hijo —escribía mi madre—: Nunca me has proporcionado más que satisfacciones. ¿A qué viene el tono casi temeroso con que me pides esa autorización? No ignoras que mi más ferviente deseo es verte casado. Por otra parte, me has hablado ya, en tus cartas anteriores, de esa muchacha, y de tal manera, que comprendí, tal vez antes que tú mismo, que la querías. También la quería yo por haber cuidado a mi hijo cuando yo no pude hacerlo. Su madre ha muerto; tendrá en mí una segunda madre, como tú encontrarás, seguramente, otro padre en el suyo. ¿Dices que no tiene fortuna? Yo tampoco la tenía. Pero tu carrera se anuncia magnífica y tus gustos, que yo conozco, son sencillos. Supongo que los suyos . . .»

Me detuve para sonreír. Pensaba en mi conversación de hacía tres semanas con Walter. El creía descubrir en mí apetitos de lujo. ¡Cómo dos seres que nos quieren con igual intensidad pueden juzgarnos de manera distinta!

Leyendo, había cambiado de camino. Daba la espalda al Círculo Militar, donde pensaba almorzar aquella mañana. Me dirigía a casa del coronel Hennequin.

—¡Luciano, eres tú!

Al oírme hablar en el umbral de la puerta con el anamita, había acudido Micaela.

—¡Entra!

La seguí hasta el salón. Sus ojos me interrogaban con una ansiedad que la alegría de los míos trocó en esperanza.

—¿Ha llegado la carta, verdad?

—¡Aquí la tienes!

—Estaba segura. ¿Ves cómo yo había calculado bien? Hace un rato, cuando vi entrar al *Lotus* en el puerto, me eché a temblar como una chiquilla.

—Todavía tiemblas, Micaela.

—¿Tú crees? ¡Es verdad! Pero . . ., ¡no me dices nada! ¿Qué hay?

Le tendí la carta.

—Lee.

—¿De verdad, puedo . . .?

—Lee, Micaela.

A medida que avanzaba en la lectura de las páginas bordeadas de luto, su adorable rostro, contraído, se iba sonrojando. Luego, sus ojos se llenaron de lágrimas.

Me cogió la mano.

—¡Qué feliz soy, Dios mío!

Yo también lo era, lo juro. Luego he conocido otra felicidad y no reniego de ella. Pero creo que aquel instante fue, sin embargo, el más claro de mi vida.

—¿Y el coronel?

—¿Papá? ¡Ah! Papá no está nunca aquí cuando es preciso. Almuerza en el Círculo de la Unión... Un banquete de antiguos alumnos de la Politécnica, o algo parecido. Estamos solos. Mejor. Vamos a ponernos de acuerdo respecto a la manera de darle la sorpresa cuando vuelva. Tú almuerzas conmigo.

—Es que...

—¿Qué? ¡Estaría bonito que me negases hoy algo! No pienso hacer ningún extraordinario. ¿Convenido?

—Convenido, Micaela.

Sobre el mantel blanco centelleaban las conchas de cristal con sus legumbres verdes y rojas. El sol, atravesando la botella de vino dorado, ponía una pincelada redonda y movible de topacio.

Releíamos, sin cansarnos, la carta de Francia.

—¿Has visto lo que pide mi madre, Micaela?

—¡Pobre señora! ¿Y has podido pensar un sólo minuto que yo hubiera consentido en casarme sin que ella asistiera a la boda, y desde luego sin evitarla semejante viaje? No, no. Nos casaremos en Francia. Además, quiero que me conozca antes. A lo mejor, no le gusto.

—Micaela, Micaela, no digas lo que no piensas. Hablemos de tu padre. ¿Cómo nos vamos a arreglar para anunciarle nuestras relaciones?

—¡A papá! ¡Yo creo que hace mucho tiempo que lo sospecha!

—Yo también lo creo —dije sonriendo—. Y hay muchas personas en Beirut que están en el mismo caso.

—Pues por mí no lo saben.

—Ni por mí tampoco. Pero no se puede exigir a los que nos rodean que sean todos ciegos. ¿No te han dicho a ti nunca nada?

—¡Sí! —contestó riendo—. Mucha gente, las señoras y las muchachas amigas mías, me acusan de que te acaparo.

—Eso ya es demasiado.

—Yo me defiendo, como puedes suponer. Pero ellas no tienen toda la culpa; tú también tienes un poco. Todavía no has hecho ninguna visita.

—¡Mejor que mejor! Pero apenas si hace un mes que he salido del hospital.

—Eso les he dicho yo. Pero me contestan que para ir a otro sitio no te ha faltado tiempo.

—A tu casa, Micaela.

—¡Oh! Algún sitio más.

—¿Adónde?

—Por ejemplo, el jueves pasado, según parece, te pasaste la noche en Tabaris, bailando con las señoritas de rosa del comandante Hobson.

—Muy resignada pareces. ¿Y has esperado una semana para comunicarme ese descubrimiento?

—Esperaba la contestación de tu madre —dijo riendo—. Ahora, caballerito, tengo derechos adquiridos y no volverá a suceder eso. Bromas aparte, Luciano, tienes que salir algunos ratos. No pasa día sin que mi padre me repita los elogios que de ti hace constantemente el coronel Prieur. Estás abrumado de trabajo, lo cual me parece muy bien. Pero no quiero que caigas enfermo. Tienes que distraerte, salir un poco.

—¿Y dónde quieres que vaya?

—A Tabaris desde luego que no. Pero aquí hay mucha gente simpática, como tú sabes. Vamos a ver: ¿quieres proporcionarme un gran placer?

—¿Cuál?

—Mira; el sábado voy a hacer visitas. Es el día que recibe el almirante y la señora del gobernador del Líbano. Podemos encontrarnos como por casualidad. Será muy divertido.

—El sábado es imposible, Micaela.

—¿Por qué? ¡Ya empiezas a negarme las cosas que te pido!

—Mañana por la mañana salgo en automóvil para una excursión de dos días. Un asunto en la comarca de los alauitas.

—¡Bueno, ya te vas! ¡No cometas imprudencias allí! Hay tiros en la región de los alauitas.

—Seré prudente, puedes estar tranquila.

—De todas maneras, esta noche cenas aquí, y el domingo vienes a almorzar. Supongo que ya habrás vuelto, ¿no?

—Habré vuelto.

—Bueno. Durante tu ausencia haré una lista de las visitas indispensables que tienes que hacer. De aquí hasta el verano hay tres o cuatro bailes a los que quiero que te inviten. Prefiero verte bailar conmigo que con las amiguitas del comandante Hobson.

—Micaela, no te creía tan loca.

Me miró; de pronto se puso seria.

—Yo tampoco —dijo—. No creí que llegaría a tal extremo. Esta alegría tiene la culpa, ya lo sabes.

—¿Te acuerdas —dije yo— de que estos días pasados no hacías más que repetirme: «Tengo miedo, Luciano, tengo miedo?» ¿Tienes ahora plena confianza, como debes tenerla, en nuestro destino? ¿Es que te molesta esta pregunta? Si no es así, habla, Micaela; si no seré yo quien se moleste.

—Es verdad —murmuró con voz grave—. ¡Era extraña en mí aquella obstinación en no creer en la felicidad!

* * *

De mi viaje al país alauita volví extenuado, pero con la impresión de que no había perdido el tiempo. Llegué el domingo por la mañana a casa del coronel Hennequin con el tiempo justo para sentarme a la mesa. Pasamos juntos la más alegre y más tranquila de las tardes, dedicada por completo a forjar proyectos que nada parecía contrariar. Los términos de la respuesta a mi madre fueron bien categóricos. El coronel tenía derecho a su licencia a partir del mes de noviembre; yo aplazaría la mía hasta esa fecha, y entonces saldríamos los tres para Francia, verificándose la boda a fines de diciembre o en los primeros días de enero... Después... ¡Después todo importaba poco!

—Ahora, hijos míos —dijo el coronel, cuya alegría era exuberante—, supongo que seréis de mi opinión: creo que ha llegado el momento de poner al corriente a algunos íntimos: a Prieur, al general, a los Laforret...

—Al día siguiente de saberlo la señora de Laforret, está enterada toda la ciudad —dijo Micaela.

—¿Y qué inconveniente hay en ello? —pregunté.

Me miró y se encogió de hombros, sonriendo.

—Me propongo —dijo el coronel— dar aquí, dentro de unos quince días, una comida. ¡No una comida de esponsales! A esa, es claro que tendrá que asistir su madre. Una comida para reunir a los amigos. Será la mejor manera de comunicar la noticia a las personas que se han interesado por usted lo mismo cuando estaba en el hospital que cuando le destinaron al Estado Mayor. Claro que si tiene usted interés en que vengan dos o tres oficiales amigos suyos...

—Dos o tres, sí —dije—. Pero más, no.

Al contestar, acababa repentinamente de evocar el rostro reprobador de Walter.

Hacia las once llegué al cuartel de la Remonta. Después de cuatro días de tanto ajetreo, hubiera dado cualquier cosa por poderme acostar en seguida. Pero no había que pensar en semejante cosa. Tenía que consignar inmediatamente, en un breve informe, los resultados de mi excursión. La fatiga se fue desvaneciendo a medida que trabajaba. Hacia la una y media apagué la lámpara, bastante satisfecho de la tarea que acababa de llevar a cabo.

Al día siguiente, a las ocho de la mañana, estaba en el despacho del coronel Prieur.

—¿Ya de vuelta, Domèvre?

—Desde ayer, mi coronel.

—¿Y ha podido usted hacer algo interesante en tan poco tiempo?

—Usted juzgará, mi coronel.

—Confieso que me intriga usted un poco. ¿Qué impresión trae usted de los alauitas?

—La de que la rebelión toca a su fin.

—¿Ha ido usted a Safita?

—A Safita, a Tartus y a Nanias, mi coronel.

—¡Demonio! No ha perdido usted el tiempo.

—Tanto menos cuanto que, de paso, me he detenido más de media hora en Trípoli.

—¿En Trípoli? ¿Para qué?

—Porque en Trípoli, mi coronel, tenía que reanudar mis relaciones con un antiguo amigo, sargento de spahis, que me ha salvado la vida un par de veces y al que yo he tenido ocasión de hacerle el mismo servicio.

—¿Y qué hace allí ese sargento?

—Está retirado, mi coronel, y como su pensión no le basta para vivir, ha abierto un cafetucho, muy cerca de la gran mezquita, un cafetucho frecuentado exclusivamente por musulmanes.

—¿El es musulmán también?

—Sí, musulmán escita. Pero no proclama esta particularidad ante su clientela, compuesta únicamente de semitas. Hasta mi amigo, el mayor Hobson, ignora este detalle.

—¿Qué tiene que ver Hobson en todo esto?

—Hobson, mi coronel, se interesa enormemente por las piedras antiguas. Cuando va a Trípoli, con bastante frecuencia, para admirar los restos del castillo del conde de Tolosa, nunca deja de ir a fumarse un narguilé en el cafetín de Auad el Jebar. Ese es el nombre de mi sargento.

—Es usted un hombre magnífico, Domèvre.

—Y usted muy amable, mi coronel.
—¿En resumen?
—En resumen, Auad el Jebar me ha contado cosas muy interesantes de un amigo nuestro, Salid Ali Khelf.
—¿De Salid Ali Khelf, nuestro agente de Tartus?
—Del mismo.
—¿Está usted seguro?
—No me hubiera yo molestado en hacer este viaje si no hubiera tenido mis sospechas.
—Oiga usted, Domèvre: Salid Ali Khelf es uno de nuestros más antiguos agentes. El comandante Trakaud lo utilizaba en Ruad desde 1917.
—Cierto, mi coronel; pero desde esa fecha no hemos sido nosotros los únicos que le hemos utilizado. Comía a dos carrillos.
—¿Cobraba también de Inglaterra?
—Sí. Entonces la cosa no tenía mucha importancia, puesto que los fines de la guerra eran idénticos. Hoy nos pagan para que nos enteremos de que los fines de la paz son distintos. Salid Ali Khelf nos traiciona, pero su traición es comprensible. Apenas remuneramos nosotros a nuestros agentes, mi coronel. Quisiera yo saber de qué créditos puede disponer mi amigo, el mayor Hobson, para llevar a cabo un trabajo exactamente igual al mío.
—Dispone de créditos ilimitados —replicó el coronel Prieur—, ilimitados.
Permanecimos los dos un instante sin hablar.
—Salid Ali Khelf es un hombre en el que yo tenía confianza —dijo luego el coronel—. Hasta creo que fui yo quien hizo que le nombraran mudir. Ahora es un personaje en la región de Banias y de Tartus.
—Sí, mi coronel; y la influencia que nos debe la vuelve contra nosotros.
—Pero, concretamente, ¿qué ha hecho?
—Facilitar que llegue hasta los insurrectos el contrabando de guerra: fusiles y municiones. Toda la montaña de los Ansariés está armada gracias a él.

—¡Miserable!

—Además, él es quien ha comunicado al cheikj Saleh el itinerario de marcha de la columna del teniente Estéve, que fue casi aniquilada cerca de Tel Kalaat. Ese itinerario lo había podido obtener sin gran esfuerzo, directamente, puesto que él era nuestro agente. ¡Pero hay tantas probabilidades de que se lo haya procurado nuestro amigo Hobson!...

—¡Y pensar —exclamó el coronel Prieur—, que esta noche como yo en el consulado de América, y que tendré que jugar al *bridge* con Hobson!

—Tal vez antes de esa hora haya jugado yo otra partida con él, mi coronel.

—¡Pícaro oficio este nuestro, Domèvre!

—Sí, mi coronel; pero no deja de ser útil.

—Ya veo que le ha conquistado a usted.

—Me ha conquistado.

Reflexionaba.

—Le quedo a usted agradecido —dijo al fin—. Todo eso tiene muchísima importancia. ¡Ay! Harán cuanto esté en sus manos por hacernos la vida imposible en este hermoso país. ¡Pero nos obstinaremos, qué demonio! No hemos de dejar el puesto a los demás. Yo voy esta tarde a casa del general. Necesito que todo lo que me acaba usted de decir lo consigne en un informe.

—Aquí está el informe, mi coronel.

Me miró sorprendido y satisfecho.

—¡Ah! Dos años así y no ha de costarme ningún trabajo conseguir para usted los galones de comandante. ¿Hay en su informe pruebas materiales contra Salid Ali Khelf?

—No hay ningún recibo firmado por él de los millares de libras esterlinas que ha cobrado. Pero, en la esencia, yo le doy a usted mi palabra de que las pruebas morales son suficientes para...

—¿Para qué...?

Cambiamos una mirada rápida. Luego, el coronel Prieur sonrió.

—Eso queda a cargo de nuestros agentes ejecutivos, Domèvre. Gracias otra vez. ¿No tiene usted nada más qué decirme?

—Quisiera pedirle a usted un favor, mi coronel.

—Concedido. ¿De qué se trata?

—Mi coronel, el servicio que llevo empieza a estar casi organizado. Quisiera conseguir autorización para ausentarme de la oficina por las tardes esta semana. Todavía no he hecho ninguna visita, y . . .

Se echó a reír.

—No me atrevía a ofrecerle a usted lo que me acaba de pedir. Pero permítame que le diga francamente que mi mujer, a quien hablo de usted constantemente, empezaba a notar que no se daba usted mucha prisa en ir a verla. Y supongo no será la única que piense así. Salga usted, amigo, salga usted cuando le plazca. Además —y al decir esto movía significativamente la cabeza—, incluso desde el punto de vista de nuestro oficio, eso siempre tiene sus ventajas.

* * *

Durante la semana que siguió, ataviado con mi uniforme flamante, hice las visitas que constaban en la lista impuesta por Micaela, y no fue una semana desagradable. Sucesivamente me vieron surgir todos los salones en el marco de sus puertas, al principio con cierta timidez, luego con mayor desenvoltura, a medida que se multiplicaban mis relaciones. Es muy divertido irse encontrando, en el curso de las cinco o seis visitas que pueden hacerse en una tarde, lo mismo en Beirut que en París, cinco o seis veces a las mismas personas. Cuando Micaela y yo combinábamos nuestros breves encuentros fortuitos, nunca teníamos la audacia de poner en la misma tarde más de dos a cuenta del azar . . . A la noche nos lo confesábamos riendo, cuando, al reunirnos en su casa, hacíamos la crónica de una de aquellas jornadas tan bien aprovechadas.

Había yo juzgado indigna aquella manera de emplear el tiempo, y ahora resultaba que me divertía. Se tomaba el té, se bailaba. Yo paladeaba aquella tranquilidad, que contrastaba violentamente con mi rudo vivir de antes. Mi uniforme, este uniforme ilustrado por Walter y tantos otros, me señalaba a la atención de las muchachas y de las señoras jóvenes, inspirándolas sentimientos de simpatía. Realmente resulta muy agradable bailar con un aviador; pero con un meharista, ¡qué orgullo!

—¿Fue en este brazo, capitán, donde le hirieron? ¿No le hago a usted daño?

—¡Ninguno, señorita! Apóyese usted sin miedo, se lo suplico. Ya estoy completamente curado.

Ya avanzada la primavera, iban surgiendo los encantadores vestidos estivales. Faldas de tul o de etamina malva, limón, azul pálido, verde Nilo, rosa. Matices un poco llamativos, tal vez, pero tan naturales y tan bien entonados con el azul maravilloso que los grandes ventanales de los salones recortaban en ojiva y con las flexibles palmeras, y con la flor violeta de las jacarandás y con el fuego rojo de los hibiscos. Encanto insospechado de aquellas recepciones sirias, con sus señores viejos tocados con el fez, los muchachos vestidos con telas de colores desfallecientes, los oficiales franceses, las mujeres, sobre todo las mujeres, casi todas bellísimas. ¡Cómo me gustaban aquellas indígenas decadentes! ¡Cómo sentía yo que eran nuestras fieles aliadas, aquellas a las que la lección de Francia tenía más probabilidades de seducir y conmover...!

—¿Y cómo encuentra usted, capitán, nuestras montañas? ¿Son tan hermosas como las de ustedes?

—¡Las conozco tan poco todavía, señora! Beirut mismo no me es familiar aún. ¡Piense usted que de tres meses me he pasado dos en el hospital!

—Y los demás en el desierto, ya lo sabemos, batiéndose por nosotros contra los beduinos de ese horrible Fayçal. Es usted un héroe.

—Señora...

—Sí, sí. Estamos muy reconocidas a los soldados franceses. ¿Conoce usted a mi prima, la señora Negib Haddad? Venga usted a que se la presente. Es muy mona, ¿verdad?

—¿Subirá usted este verano a Aley o a Sofar, capitán?

—No lo sé todavía, señora.

—Tiene usted que subir. Es imposible quedarse en Beirut. Tú, hija mía, que tienes influencia sobre él, dile que tiene que subir. Vaya usted a verme a Bhamdun, muy cerca de Aley. No vaya usted con ánimo de criticar nuestra casa, porque allí estamos en el campo; ya puede usted suponer...

—Es usted muy amable, señora.

—Aquí viene precisamente otra prima nuestra: la señora de Sélim Khury, que también pasa el verano en Bhamdun. El capitán Domèvre, de quien seguramente has oído hablar.

—Llegas tarde, hija. Bailé con el capitán anteayer en casa de Alfredo Sursock.

—¡Ya! Dice que empezó sus visitas hace tres días y ya encontró ocasión de invitarte a bailar. Te envidio. Ahora tocan un *fox-trot.* Este es para mí, capitán. No, no, no admito excusas...

—¡Está muy bien! —decíame, en el otro extremo del salón, una vez terminado el *fox-trot*, la mujer de un comandante—. No hace usted caso más que a las señoras sirias. No baila usted más que con ellas. ¿Tanto le gustan?

—Las encuentro encantadoras —afirmé, satisfecho de la sonrisa forzada que provocaba siempre mi respuesta.

Recuerdo que fue el viernes. Iba yo aquel día a visitar a la mujer del secretario general de la Alta Comisaría. Micaela, un poco fatigada, me había advertido que aquella tarde no nos encontraríamos. Inmediatamente expuse el propósito de irme al despacho, pero se enfadó y tuve que obedecer.

Eran las cinco cuando entré en aquel salón, lleno de gente. La atmósfera, muy pesada, hacía prever una tormenta próxima. Por las ventanas entraban los perfumes del jardín, mezclándose profusamente con los perfumes de las mujeres. Desde que entré me acapararon mis parejas de baile habituales. Me arrancaron del grupo para presentarme a tres mujeres guapísimas, que tomaban el té en el ángulo más sombrío del salón. Apenas entendí sus nombres; me incliné; permanecí, por fórmula, cinco minutos con ellas, y luego, por medio de una astuta maniobra, conseguí reunirme con mis simpáticas amiguitas. Como no contaban con que yo volviera tan pronto, se habían puesto a charlar de las cosas que más les interesaban. Me divertí escuchándolas, sin mezclarme en la conversación más que cuando ellas me instaban.

—¡Qué vestido tan lindo, Vera!

—Clío ha sido tan amable, que me ha prestado el patrón. Un modelo de Madeleine y Madeleine.

—¡De Madeleine y Madeleine! ¡Qué suerte tienes!

—Menos que Clío, que se va a vivir a París.

—Es verdad. ¡Cómo su novio es banquero! Tienen casa en el barrio de la Estrella. Creo que en la calle Chalgrin.

—¿Conoce usted la calle Chalgrin, capitán?

—Sí, señorita. Es una callecita que me gusta mucho. Desemboca, a la derecha, en la Avenida del Bosque.

—¡La Avenida del Bosque, Dios mío! ¿Le parece a usted Beirut muy feo, capitán?

—¡De ninguna manera, señorita! Me gusta mucho Beirut, y las mujeres aquí son tan bonitas...

—Eso lo dice usted por galantería.

—Se lo juro a usted.

—¡Dios mío, Vera, un trueno! ¡Qué miedo!

—¡Qué tonta eres, Elena! Se va a burlar de nosotras el capitán.

—¡Ahora un relámpago! Apuesto a que dentro de diez minutos está lloviendo a torrentes.

—¿Tienes miedo a mojarte el vestido?

Con habilidad me separé de aquellos pajarillos asustados y llegué a la puerta. También yo tenía miedo, si no por mi vestido, por mi uniforme. A Vera, a Elena y a todas las demás, las esperaría, seguramente, a la puerta, el automóvil de sus padres. Yo, atento a no multiplicar mis gastos, había despedido el coche que me condujo hasta allí, y no quería que me sorprendiese la tormenta en medio de la calle.

Pero estalló bruscamente cuando yo llegaba al pie de la escalera. Trombas de agua empezaron a caer del cielo, que se puso de pronto de color de hollín. Cocheros y *chauffeurs* se precipitaban: los unos, al abrigo del zaguán; los otros, menos refinados, al interior de sus coches.

—¡Magnífico! —murmuré furioso, retrocediendo hasta la escalera para no mezclarme en aquella avalancha.

Hacía diez minutos que estaba descargando la borrasca, sin que ni una desgarradura de las nubes hiciera esperar su fin. Muchos automóviles se habían detenido. Los ocupantes se apeaban precipitadamente en un islote de barro y luego subían sacudiéndose.

«Tendré que subir otra vez —pensaba yo—. Aquí, en medio de todos estos criados, estoy haciendo el ridículo.»

Cuando ya, desesperado, iba a poner en práctica mi proyecto, oí unos pasos a mi espalda. Alguien bajaba la escalera: una mujer joven. Me aparté para dejarla pasar.

—¡Elías! —llamó.

Se acercó uno de los *chauffeurs.* La dama empezó a hablarle en un idioma que me pareció ruso. Salió el hombre bajo la lluvia, llegó a una de las *limousines* y empezó a hacerla virar.

La joven se subía, en el umbral de la puerta, el cuello de un abrigo de seda negra.

Me volvía la espalda, y aquel largo y amplio abrigo hacía más problemática toda identificación. Creí reconocer, sin embargo, a una de las tres señoras a quienes había sido presentado poco antes.

El automóvil se había colocado delante de la escalera. El *chauffeur* abrió la puerta. La dama apenas tenía que franquear un metro. Recogió su falda, pareciendo que iba a tomar el impulso necesario para saltar por encima del charco de agua fangosa que se había formado al borde del portal. Yo seguía todos sus movimientos con una atención que disipaba completamente mi mal humor de hacía un instante... Y de pronto casi no tuve tiempo de adoptar un gesto de indiferencia.

Acababa de volverse.

—¡Capitán!

—¡Señora!

—¿Supongo que no es de usted ninguno de estos coches?

—En efecto, señora. He despedido al mío.

—Pues la tormenta no tiene aspecto de acabar. ¿Puedo llevarle a algún sitio?

—Señora, sentiría abusar...

—De ningún modo. ¿Adónde va usted?

—A casa del coronel Olivier, señora.

—¿Del coronel Olivier? Vive en la Avenida de los Franceses, a dos pasos del Círculo Militar. Precisamente es mi camino. Suba usted o, mejor dicho, déme la mano para ayudarme a saltar ese odioso charco.

Acababa de apoyar su brazo en el mío. Apenas si tuve tiempo de sentir su leve peso. Luego dio breves órdenes al mecánico.

—Bueno, ya está. ¡En marcha!

Todo esto pasó tan rápidamente, que yo me quedé un poco perplejo. Diose ella cuenta y se echó a reír.

—Parece usted contrariado.

—Señora...

—¿Quiere usted que yo le diga por qué? Pues porque tiene usted miedo de que le pregunte mi nombre y no lo recuerde usted.

El automóvil nos llevaba a toda velocidad. La lluvia, azotando los cristales, lo transformaba en una especie de jaula sombría. Ni siquiera podía yo distinguir, oculto como estaba por un espeso velillo, el rostro de mi protectora.

—Cualquiera diría que estábamos en París en el mes de noviembre —murmuró.

Y como yo continuase sin decir palabra, volvió a reír aún más fuerte.

—Señora —arriesgué al fin—, le aseguro a usted que me doy perfecta cuenta de mi ridiculez.

—No —dijo—. No hay que dramatizar.

—¿Quiere usted ser tan amable que me recuerde su nombre? Confieso que no lo entendí bien antes, cuando me presentaron.

—Trate usted de averiguarlo por medio de otra persona. Como ve usted, yo practico el bien de una manera desinteresada. Decirle a usted mi nombre en este momento, sería tanto como ordenarle que me hiciera una visita de cortesía, y no soy aficionada a esa clase de manifestaciones.

—Le prometo no ir a su casa hasta que usted me autorice.

—¡Ya hemos llegado!

¿Qué es lo que yo sentí en aquel instante? Ello es que estreché su mano, que ella acababa de colocar sobre el picaporte de la portezuela.

—No bajo hasta que no me diga usted...

—¡Vamos! —dijo con indolencia—. No sea usted niño. Así se pagan siempre las buenas acciones. Además nos están mirando: ahí hay un oficial que parece interesarse mucho por esta escena.

Había abierto la puerta.

—Hasta la vista, capitán.

Furioso y despechado me encontré en la calle, y por poco piso a Roche. Bloqueado también por la lluvia, esperaba a la puerta del coronel Olivier el fin de la borrasca. El automóvil había desaparecido en el fondo de la avenida. Roche me interpeló con tono de sorpresa y de burla:

—Chico, ¡no te aburres!

—¿Qué haces tú ahí? —pregunté.

—Estaba mirándoos.

—¿Conoces a esa mujer?

—¡Ya lo creo que la conozco!

—¿Quién es?

—¡Vamos, hombre, no hay que exagerar! Llegas en su auto y me preguntas...

—Te aseguro que no la conozco. Salíamos juntos de la misma casa. Llovía. Me ha instado a subir a su coche, pero no me ha dicho su nombre. ¿Quieres decirme ahora quién es?

—¡Eso es muy suyo! ¿Que quién es? Pues es un número, querido, un buen número: la condesa de Orlof.

—¿La condesa de Orlof?

Parecióme que ya había oído yo aquel nombre. De pronto recordé, pero seguí interrogando a Roche.

—¿Un número? ¿Y eso qué quiere decir?

—Ya puedes figurártelo.

—¿Casada?

—Viuda.

—¿Tiene amantes?

Llegó un capitán de artillería. Era un buen mozo, rubio y coloradote, con lentes. El prototipo del antipático. Roche comprendió que yo no tenía empeño en continuar la conversación delante de él.

—¿Va usted a casa de la señora de Olivier? —preguntó al hombre de los lentes.

—Sí.

—De allí vengo yo —dijo Roche—. A divertirse. Ya nos veremos luego en el Kursaal.

—Sí; pero te advierto que a las ocho estoy citado con Hobson.

—Entonces nos veremos seguramente esta noche en Tabaris, en el baile de la Cruz Roja italiana.

—Tal vez.

—Hasta luego.

* * *

Hobson estaba ya instalado ante una mesa del jardín del Kursaal, leyendo los periódicos, cuando yo llegué.

—Siga usted —le dije—. Tengo yo también una carta de la que quiero enterarme. Perdonémonos mutuamente.

Ya había yo terminado de leer mi carta y él seguía revisando sus diarios. De pronto observé que se estremecía ligeramente, vaciaba su vaso de *whisky* y luego se quedaba mirándome con gesto socarrón:

—¿Por qué me mira usted así?

—Por nada, por nada. Pero, ¿no le parece a usted que hay en la vida tipos innobles?

Al hablar así me ofrecía un número de la *Siria*. Leí el párrafo que me señalaba con el pulgar:

«*Un caballero de industria.*—Tartus, 4 mayo.— Las autoridades procedieron a detener ayer al mudir de Beggaran, Salid Ali Khelf, en virtud de denuncia presentada por Hammud Dakhel, empleado de la aduana de Ruad. Salid Ali Khelf se halla convicto de haber atentado contra la señora Aischa, esposa de Hammud Dakhel. Este funesto personaje ha ingresado en la cárcel de Tartus. La policía hizo grandes esfuerzos para protegerle contra la indignación popular, que pretendía tomarse la justicia por su mano.»

Devolví a Hobson su periódico.

—Tiene usted razón. Es un miserable.

—Da gusto —dijo— saber que todavía existen maridos celosos de su honor.

Nos miramos los dos cara a cara. Simultáneamente sonreímos.

—¡Valiente Hammud Dakhel! —dijo Hobson—. Estoy seguro de que el Gobierno francés tendrá en cuenta la confianza que ha demostrado en su equidad. Un Gobierno debe recompensar la confianza que en él se pone.

—Siempre —dije yo—. Y por eso espero que otro Gobierno que yo conozco no permitirá nunca que pase privaciones la familia de ese pobre Salid Ali Khelf.

Hobson había hecho que le sirvieran otro *whisky*.

—Me complace mucho cambiar ideas con usted —afirmó—. A propósito: se me olvidaba preguntarle si estaba usted satisfecho de la excursión que hizo el otro día a la región de los alauitas. Por la parte de Tartus precisamente.

—Encantado. Pero me hace usted pensar que soy culpable de un olvido idéntico con respecto a usted. ¿Volvió usted contento de su paseo a Palmira?

—Encantado.

—Si el interés de ese viaje no hubiera sido arqueológico ante todo, habría merecido la pena estudiar esos curiosos beduinos Amarat, cuyos terrenos se hallan enclavados a la vez en territorios ingleses y franceses.

—Repito que me complace hablar con usted.

Dio unas palmadas.

—¡Mozo! Dos Metropolitanos.

Cuando hubieron depositado ante nosotros las dos copas llenas del hermoso color rosa, Hobson levantó la suya a la altura de su ojo izquierdo, que guiñó:

—Mi enhorabuena.

—¿Por qué? —pregunté yo inocentemente.

Rió en silencio.

—¡Pobre Salid Ali Khelf!

—En efecto, esa aventura es lamentable.

—¿Quiere usted hacerme el favor de coger su copa? —dijo—. Vamos a brindar.

—A sus órdenes.

—Repito que me satisface jugar esta partida con usted. ¡Pobre Salid Ali Khelf! Bueno. Convendrá usted, ¿no es cierto?, que yo he ganado la primera partida.

—Convenido.

—Bueno. Yo declaro que la segunda la ha ganado usted. Falta la buena, que será la mejor. Brindemos por ella (1).

—De acuerdo. ¡Por la mejor! —dije.

—¡Por la mejor!

Acerqué la copa a mis labios. En el mismo instante vi que Hobson, que hacía el mismo movimiento, se detenía, dejaba su copa, se levantaba ágilmente, y se inclinaba en una reverencia...

Me volví. La condesa de Orlof, que entraba en el Kursaal, pasaba por detrás de nosotros. La acompañaba un tenientillo de spahis, radiante de orgullo por su suerte. Ella iba con traje de noche: capa de terciopelo azul con forro de tisú de plata, dejando desnudo uno de sus hombros. Me levanté y me incliné también. Ella respondió con un ligero movimiento de cabeza.

El mismo silencio que un mes antes y en el mismo sitio había acogido la entrada de Walter, acogió la de aquella mujer.

De los dos, Hobson fue el primero que recobró la calma.

—Ahí tiene usted —dijo volviendo a sentarse—. Esa es una de las ventajas de su condenado idioma

---

(1) Existe aquí un juego de palabras imposible de traducir; así como un español, cuando en cualquier clase de juegos cada uno de los dos jugadores gana una partida se juega una tercera para decidir el empate, que se llama «la buena», los franceses le llaman «la belle», la hermosa. *(Nota del traductor.)*

francés. «¡Por la mejor!» estábamos diciendo cuando chocaban nuestras copas. La condesa Athelstana lo ha oído y seguramente se habrá figurado que bebíamos a su salud.

IV

—Toma la carretera de la derecha —ordenó el coronel Prieur. (El automóvil cambió de dirección.) Fíjate en el segundo cruce. ¿Sabes cuál es?

La cabeza del *chauffeur* hizo un movimiento afirmativo.

Eran las nueve de la mañana. Habíamos salido de Beirut a las ocho. La víspera, al despedirme de él en el Serrallo, el coronel Prieur me había dicho:

—¿No tiene nada qué hacer mañana? Me lo llevo a usted.

—¿Adónde, mi coronel?

—Al Centro de Aviación, a Raiak. ¿Hay algún inconveniente?

—Verá...

—¿Qué?

—En primer lugar, mi trabajo.

—¿Qué trabajo?

—Ya lo sabe usted, mi coronel.

—¿El mapa beduino? Eso está casi terminado.

—Espero mañana los detalles concernientes a los Sbaa.

—Bueno, ya llegarán, aunque no esté usted. ¿Eso es todo?

—No, mi coronel.

—¿Qué más?

—Tal vez olvida que mañana hay recepción en la Residencia.

El coronel masculló:

—No, no lo olvido.

—Estamos obligados...

—Ya lo sé, ya lo sé. Volveremos a tiempo de ir a la recepción. También yo estoy obligado a ir mañana a Raiak. Un asunto de compra de terrenos para la aviación. Ya se lo explicaré por el camino. De manera que mañana, a las ocho, aquí, a la puerta. Almorzaremos con los aviadores. Acabo de telefonear al comandante del Centro. A las siete estaremos de vuelta. El tiempo necesario para cenar y vestirnos... Hasta mañana.

Salimos de Beirut a la hora convenida. Había llovido durante la noche y la lluvia había asentado el polvo sin llegar a transformarlo en barro. Los tejados de las casitas libanesas relucían al sol, limpios y rojos. Los olivos estaban más verdes que de costumbre. Un enjambre de nubes blancas se aglomeraban en el azul.

Me había propuesto utilizar aquel paseo inesperado para mis fines ocultos. Pero la pregunta que me quemaba los labios, nunca hubiese pensado que fuera tan difícil de formular. Al principio me señaló como límite extremo los pinos de la Residencia. Pero pasamos de aquel primer término sin vencer mi extraño pudor. Comenzamos a elevarnos hacia el cielo por las primeras pendientes del Líbano. El segundo término lo franqueamos igualmente: era un café al aire libre, donde los automóviles se aprovisionaban de gasolina, un poco más allá de los pabellones del manicomio. Oí vagamente cómo el coronel Prieur me contaba su historia de la compra de terrenos; los vendedores de la Bekaa pretendían exigir de la Administración Militar, además del precio de los susodichos terrenos, el valor de las cosechas del año en curso, más una indemnización equivalente al precio de las cosechas de tres años consecutivos, puesto que ya tenían adquirido el grano necesario para la siembra de dichos tres años...

«En cuanto pasemos de Aley —me decía yo— juro que se lo digo.»

—Ya supondrá usted que no me voy a plegar al capricho de esos caballeros —exclamó el coronel Prieur—. Son tres, dos maronitas y un musulmán. Los he citado para la una. Los invitaré, muy amablemente, a que se sienten, y luego...

—Mi coronel...

—¿Qué pasa?

—¿Quién es la condesa de Orlof?

El automóvil iba pasando junto a una caravana. A nuestra izquierda, el abismo; a nuestra derecha, la cadena oscilante de camellos. Una desviación inoportuna de cualquiera de aquellos animales cargados con enormes cajones podía precipitarnos en el vacío. Hasta que hubimos adelantado al primer camello no me dijo el coronel Prieur, socarrón:

—Parece que no pone usted mucha atención en las cosas que le digo.

—¡Mi coronel!...

—¡No involucremos! No se trata de los terrenos de Raiak.

Mi observación se remonta al primer día que le recibí a usted en mi despacho del Serrallo. Creo que aquel mismo día le hablé a usted de la condesa de Orlof.

Era verdad. No lo había olvidado.

—Me parece haber llamado la atención de usted sobre ella. ¿Hoy me pide usted detalles? Desde luego es al oficial de Informaciones a quien me dirijo, ¿no es así?

—Mi coronel, ¿tan extraordinaria es la pregunta?

—¡Psch! ¡Psch...! La pregunta, no; pero la manera de hacerla... Permítame usted que sea yo quien le pregunte.

—A sus órdenes.

—¿Es el lunes que viene cuando comemos en casa del coronel Hennequin?

—El lunes que viene.

—¿Comida de esponsales?

—Es la comida en que anunciaremos mis esponsales próximos con Micaela a unos cuantos amigos, de los cuales es usted el primero, mi coronel.

—Entendido. Ahora pregúnteme usted a mí. Yo contestaré.

Estaba un poco desconcertado. El sonrió.

—Yo quiero mucho, mucho, a Micaela —dijo.

—Lo merece. Pero, ¿qué relación puede existir entre ella y la condesa de Orlof?

—Esperemos que ninguna. No quisiera yo que hubiese la misma que existió entre esa mujer y Juana de Aubian.

—¿Juana de Aubian?

—Usted no la ha conocido. La hija del comandante de Aubian, de Aeronáutica. Estaba también en relaciones, hace dos años, con el teniente Fabre, también de Aeronáutica. En los esponsales, yo debía ser testigo de Fabre. No llegué a serlo nunca. La condesa de Orlof había pasado por allí.

—¿La condesa de Orlof ha sido querida de Fabre?

—Indudablemente.

—No se aburriría.

El coronel me dio unas palmadas en el hombro con gesto satisfecho.

—Prefiero ese tono.

—No comprendo lo que quiere usted decir...

—Repito que prefiero ese tono. Lo prefiero al tono misterioso, al tono casi trágico con que me preguntó usted hace un momento si conocía a la condesa de Orlof. Ahora que estoy seguro de que es el oficial de Informaciones quien me pregunta, puedo responder. Pero, ¿ha olvidado usted por completo lo que le dije de ella el día en que tomó usted posesión de su destino?

—No me habló usted de ella más que accidentalmente, a propósito de lady Ester Stanhope, de lady Blunt y de miss Bell.

—Tal vez fuera arbitraria esa mezcla de personas. Pero acaso también hay alguna razón para hacer un terceto con esas tres simpáticas inglesas.

—¿También es inglesa ella?

—De origen. Pero de un origen bastante confuso, como podrá usted apreciar.

—¿Se ocupa de política?

—A su manera. Según su capricho. Verdad que ayer, sin ir más lejos, estaba entregada por completo a los drusos. Eso pudo parecernos sospechoso, porque los drusos han sido durante toda una eternidad juguetes manejados por los ingleses. Pero, por otra parte, puede admitirse que en ese pueblo aguerrido y valiente y misterioso en extremo, existen atractivos bastantes para seducir a una mujer joven y novelesca. Hechas las oportunas averiguaciones, no me es posible asegurar que esa seducción haya salido nunca del plano sentimental o, mejor dicho pintoresco. ¿Usted conoce al jefe principal de los drusos, al emir Farés? No se puede negar que es un hombre muy arrogante y . . .

—¿La condesa de Orlof ha sido amante del emir Farés?

—Indudablemente.

—¿Lo es todavía?

—¡Amigo mío, me pregunta usted demasiado! Esa mujer es de una perfecta independencia. Nadie podría afirmar que Fulano o Mengano no será su amante o, si lo ha sido, que no lo volverá a ser. ¿Le conmueve a usted eso?

—Me interesa y me sorprende un poco.

—¿Qué es lo que le sorprende?

—No haberme tenido que ocupar, en dos meses que llevo el servicio, ni una sola vez de la condesa de Orlof.

El coronel lanzó un silbido.

—¡No pretenderá usted haberse puesto al corriente en dos meses!

—¡Evidentemente, mi coronel!

—Yo he llamado la atención de usted sobre la condesa de Orlof. Me era difícil hacer más en una primera conversación; hay que tener mucho cuidado con ella. Por ejemplo, no debemos olvidar nunca que, hace un año, el general Gouraud, con sus propias manos, le impuso la Medalla de la Gratitud francesa.

—Conozco ese detalle y no está muy de acuerdo con lo que me acaba usted de contar.

—¡Y qué hemos de hacerle! En este país las cosas no son sencillas más que para las personas que pasen en él quince días. Quédese usted aunque no sea más que un año: verá como todo se complica y se enreda. Que la mano que condecora a la condesa de Orlof sea la misma que firma la orden que coloca esa mujer bajo la vigilancia militar, ¿significa algo capaz de asombrarle a usted?

—¿Y cuál es la opinión de usted, mi coronel?

—¿Mi opinión? Voy a decírsela a usted francamente. Tenemos motivos para no perder de vista a la condesa de Orlof, en virtud de los personajes sospechosos que una criatura tan extraña ha de atraer fatalmente a su órbita. Pero sospechando de ella perderíamos el tiempo y el dinero.

—¿No es hostil a la causa francesa?

—No se trata de eso. Es rica.

—¿Y ésa es suficiente razón?

—Por lo menos es una. La mejor que conozco.

—¿Lady Ester Stanhope (1), sin embargo...?

---

(1) Lady Ester Stanhope, nacida en Londres en 1776, murió en Djihun (Siria), en 1839; era hija del conde Carlos de Stanhope y de Ester Pitt. Después de la muerte de su tío William Pitt, de quien fue mucho tiempo consejera, marchó a Oriente en 1810. Escogió como residencia el palacio de Djihun, sobre el lomo escarpado del Líbano. Allí llevó una existencia rara y misteriosa, rodeada de magos y adivinos, pero sosteniendo, en realidad, la política británica contra las influencias francesas. En 1838 la visitó Lamartine, que atravesó Siria. Mauricio Barrès evoca su extraño destino en su *Enquête au pays du Levant,* y Paula Henri Bordeaux la ha consagrado su libro reciente *La Circè del desierto. (N. del T.)*

—Esperaba la observación. Pero los que quieran tomarse el trabajo de estudiar seriamente su caso confirmarán a usted mis palabras: lady Ester ya estaba arruinada cuando vino a Siria. Su lujo, el fausto con que deslumbraba a los beduinos, se lo proporcionaba el dinero inglés. Aquel aparente poderío se le subió a la cabeza. Se volvió loca. Cuando los ingleses comprendieron que ya no podían esperar ningún servicio de ella, le cortaron los víveres. En la más negra desnudez murió la miserable reina de Palmira.

—Acaso la fortuna de la condesa de Orlof también...

—Me gusta —dijo el coronel—, me gusta que discuta usted con calma el caso de este curioso personaje. Hace un momento, el tono con que me preguntó usted sobre el asunto me dio miedo. Le juzgué a usted perdido... ¿La conoce usted? Quiero decir, ¿la ha visto usted?

—Tres veces.

—¿Dónde ha sido?

—La primera vez en casa del secretario general de la Alta Comisaría. La segunda vez en el Kursaal. La tercera vez en su casa. Fui a hacerla una visita.

—¿En Beirut?

—En Beirut. Pero había tanta gente en su salón, que no cambiamos ni diez palabras.

—Esta noche tendrá más gente a su alrededor en la Residencia.¿De qué estábamos hablando? ¡Ah, sí! De su fortuna. El último empleado de banca en Beirut le dirá a usted que es una de las más considerables del país.

—¿Qué cifra?

—No lo sé. Un centenar de miles de libras egipcias lo menos. Al cambio del día, varios millones de nuestra moneda.

—¿De dónde procede ese dinero?

—¡Ah! Eso, mi querido amigo, sería largo de contar. Es la historia de la condesa Athelstana.

—¿Y por qué lleva ese nombre?

—Es inglesa, ya se lo he dicho a usted; oficialmente es de origen inglés. Ella misma me ha contado su bautizo. Su padre, sir Francis Webb, era ministro de Inglaterra en Pekín. Apostó, estando lady Webb encinta, que lo que naciera sería un hijo y que le llamaría Athelstano. Hay un personaje que lleva ese nombre en *Ivanhoe,* libro del que al parecer era admirador entusiasta sir Francis.

—¿Y con quién hizo esa apuesta?

—Con su compañero, el ministro de Rusia. Era en 1883, ya ve usted si concreto. Nació la criatura. Era una niña. Sir Francis no dejó por eso de llamarla Athelstana, de suerte que la ventaja de la segunda parte de la apuesta compensó la pérdida de la primera.

—¿El ministro de Rusia era hombre de buen componer?

—Decorosamente no podía protestar, sobre todo siendo como era hombre galante...

—¡Ah! Luego se murmuraba que...

—Sí, que tenía alguna intervención en el nacimiento de la niña.

—¿Y cómo se llamaba aquel buen apostador?

—El conde de Orlof.

—¡Cómo! ¿El padre del que luego...?

—No, su padre. El mismo.

—¡Oh! —exclamé, haciendo un gesto de repugnancia.

—La gente es muy mala —dijo gravemente el coronel Prieur—. Los que propagaron esa horrible anécdota son los mismos que ha de ver usted apretujarse en torno a la condesa Athelstana mendigando una invitación para su próxima fiesta, que será, como todas, suntuosa. Pero debo decir a usted que hay otras personas menos sospechosas, que me han asegurado la autenticidad de esa abominable filiación. De todas maneras, cuanto más vergonzosa sea esa filiación para el conde de Orlof, más disminuye la responsabilidad de una mujer inclinada por semejante herencia a ciertas aberraciones.

—La condesa Athelstana, ¿está loca?

—Yo no he dicho eso.

—¿Qué edad tenía el conde de Orlof cuando ella nació?

—Treinta y siete o treinta y ocho años. Se casaron cuando ella tenía veinte años. El murió en 1918, durante la guerra, a los setenta y dos años.

—¡Qué vida tan extraordinaria ha debido ser la suya!

—Han recorrido mucho mundo, unas veces juntos y otras cada cual por su lado. Cuando vinieron a instalarse en Beirut, hacia 1910, su fortuna casi había desaparecido. El conde la rehizo con mucha rapidez, acaso con demasiada rapidez. Luego estalló la guerra. No se preocuparon por eso, al contrario. Contaban con la todopoderosa protección de Dyemal Pachá, familiar del salón de la condesa...

—¡Ah! ¿También él...?

—¡Cómo! Pero si es la fábula del país, querido. Dyemal y el conde, operando de común acuerdo, han hecho padecer hambres horribles a Beirut y al Líbano con feroces especulaciones sobre los trigos. En resumidas cuentas, su lujo ha salido de esas odiosas maniobras. Verdad que también hace muchas obras buenas. Durante la guerra, gracias a su influencia sobre Dyemal . . . ¡Cómo, ya estamos en Sofar!

El coronel sacó su reloj.

—Todavía no son las nueve. Mucho hemos corrido.

* * *

El automóvil se había detenido en el centro del pueblo, delante de un café. Mientras nuestro mecánico echaba agua en el depósito humeante, las personas importantes se habían levantado, abandonando la terraza donde estaban sentadas. Dejaron sus partidas de *tric-trac* y sus narguilés. Nos rodeaban, haciendo calurosas protestas de amistad al coronel Prieur.

Yo examinaba, asombrado, aquella minúscula plaza, abrumada por la fachada de un palacio enorme. Un quiosco, un paseo adornado con árboles flacuchos, macizos de césped y bosquetes, como un balneario. Todo aquello me daba la impresión de una encantadora paradoja enclavada a mil cien metros en aquellas misteriosas montañas de Asia.

Arrancamos de nuevo.

—Todavía no hay nadie en el hotel —dijo el coronel—. Estamos en junio. Me parece que el año pasado, en esta época, no había tantas ventanas cerradas.

—No puedo informarle a usted, mi coronel, porque es la primera vez que veo Sofar.

Me miró asombrado.

—Sí. No he pasado por aquí más que en tren, y de noche, cuando volvía al campo, por Damasco o Alepo...

—¿Hace tres años que está usted en Siria y es la primera vez que se pasea por el Líbano?

—Será criminal, pero es así.

—Bueno –acabó, con entonación un poco irónica—, para ser su primera excursión hay que confesar que no ha dedicado usted mucha atención a las montañas. Eso es muy halagador para mi conversación. A propósito, ¿dónde estábamos?

—Hablábamos de la fortuna de la señora de Orlof.

—Ahora recuerdo. Pero dice usted que no ha venido nunca por aquí, lo cual significa que todavía no conoce usted el Kalaat el Tahara.

—¿Su castillo del Líbano? No, mi coronel.

—Está muy cerca de aquí, en el camino de Ain Zahalta.

Volvió a consultar el reloj.

—¿Y después de todo, por qué no? No son más

que las nueve y diez. No tenemos necesidad de llegar a Raiak antes de mediodía. Tenemos tiempo. ¡No se vaya usted a figurar que voy a llevarle esta mañana a su casa ni siquiera a enseñarle su famoso castillo! No se ve desde la carretera. Pero va usted a contemplar un paisaje conmovedor, un paisaje que no contribuye precisamente a disipar la impresión de extrañeza que produce esa mujer.

Llegábamos a una especie de garganta pelada, agujereada por la boca de un túnel donde se sume la cremallera del ferrocarril de Damasco. El camino se hundía a la izquierda hacia un valle verde, salpicado de tejaditos rojos. Una segunda carretera huía, serpenteando, a nuestra derecha, entre altos terraplenes amarillentos. En este momento fue cuando el coronel dio orden al mecánico de que tomase la carretera de la derecha.

—Cuando llegábamos a Sofar, mi coronel, iba usted diciéndome...

—¿Qué?

—Que la condesa de Orlof había hecho durante la guerra mucho bien.
Sí; hizo mucho bien.

—¡Demonio! Conserva usted el hilo de las ideas. Sí; hizo mucho bien.

—Decía usted también que había sido por eso recompensada con la Medalla de la Gratitud francesa. Y ésa no es una distinción despreciable. Significa haber prestado importantes servicios a nuestra causa.

—Equivale a la Legión de Honor, que habría alcanzado la señora de Orlof, que se le hubiera podido conceder, si la fuente de sus beneficios no hubiera sido demasiado impura.

—¿Qué hizo?

—¡El bien! Pero no a la manera de una Hermana de la Caridad. Con arreglo a su capricho; cuando se le antojaba, ¿comprende usted?, y de un modo bastante teatral. Ejerció su influencia sobre Dyemal en servicio de los pobres ciudadanos de las naciones aliadas, sorprendidos en Siria por la guerra, especialmente en servicio de los franceses. Porque es innegable que tiene preferencia por nosotros. Si se pudiera hacer una lista, casi completa, de sus amantes, estoy seguro de que resultaría una proporción a nuestro favor difícil de encontrar en cualquiera otra parte, la Sociedad de las Naciones, por ejemplo. Muchas mujeres, hijas de franceses, que Dyemal quería deportar a las estepas de Anatolia o del Eufrates, fueron libradas de tan siniestro destino, y a veces de la deshonra, por la Orlof. Bajo su protección se las consideraba sagradas. Curiosa época. Dyemal negociaba, prevaricaba, especulaba en granos con el conde de Orlof. Por su parte, Athelstana gastaba con largueza el dinero de su marido y de su amante practicando a un tiempo el bien y el libertinaje, y todas las noches, rodeado de pálidas comparsas, aquel monstruoso trío se reunía en torno a una mesa de *poker,* aquí, en Aley, en casa de Dyemal, o en la ciudad, en casa del conde. Ese es, mi querido amigo, un episodio de la vida mundana de Beirut durante la guerra. Pero ya hemos hablado bastante por el momento. Ahora los ojos le serán a usted más útiles que los oídos. ¿Qué le parece a usted este sitio?

—¡Ah! —exclamé—. Nunca hubiera sospechado una cosa semejante. ¡A menos de hora y media de Beirut!

Desde que abandonamos la carretera de Raiak habîamos empezado a subir y bajar alternativamente, siguiendo las montañas rusas de un camino en zigzag. Poco a poco, la vegetación había llegado a desaparecer. Apenas de trecho en trecho alguna alcaparra, en las que raras veces mordisqueaba una cabra negra. A nuestra derecha, en un valle, se escalonaban ligeras aldeas drusas. A nuestra derecha se levantaba la rígida barrera de un Líbano insospechado, de un Líbano de rocas amarillentas, con ese matiz especial que tiene la piel del león. Las cimas gigantescas se recortaban sobre el cielo crudo, con la precisión de una cornisa que parecía poder tocarse con la mano. El aire enrarecido de las montañas daba a cada detalle —aunque éste fuese una cresta a diez leguas— un relieve, una precisión extraordinaria que yo no he observado nunca en otro sitio, ni aun en los paisajes mejor iluminados de los moros, de Cataluña o del Sahara.

—Pero, ¿qué me dice usted? —murmuró el coronel Prieur—; como desolación, ¿se le puede pedir algo a esto?¡Condenada mujer!

—¿Y el castillo?

—Ya le advertí a usted que no lo veríamos desde aquí. Pero ahí tiene usted el camino que va hasta la puerta.

Una cinta amarilla se destacaba de la carretera que seguíamos. Seguía derecha hacia la izquierda y desaparecía a un kilómetro, tras enormes repliegues del terreno.

—Ahí está el castillo —dijo el coronel—, en ese recodo. Mire usted: ni un ser humano, ni un animal, ni una planta. ¡Ah, sí! Sin embargo, allá arriba, a ras del cielo. Mire usted.

En algunos lugares, la cinta de la montaña que me enseñaba estaba salpicada de puntos negros.

—Los cedros. Los turistas los desprecian. No están en el *Baedeker.* No ha habido necesidad de protegerlos con espinos, como a sus semejantes, los maronitas de Bcherré.

Sin decir palabra, contemplaba yo el asombroso paisaje. El sol, ascendente en el cielo, hacía deambular sobre el flanco de los montes inmensas sombras azules. Grandes pájaros de presa acechaban sobre los precipicios.

—Buitres —dijo el coronel Prieur—; pero buitres magníficos. No tienen nada de común con los pajarracos que usted ha visto en los campos. La condesa de Orlof ha cogido uno, muy joven, en el pico de la derecha. Se lo ofreció al general Gouraud. Precioso animal; ya lo verá usted en la Residencia; *Glu-glu* se llama, *Glu-glu.* También le ha ofrecido un oso. Y es que en invierno, con la nieve, los lobos y los osos bajan hasta los muros del Kalaat el Tahara.

—¿Kalaat el Tahara?

—Ese es el nombre de la finca. ¿Que qué quiere decir Kalaat el Tahara?

—*Castillo de la pureza.*

El coronel movió con intención la cabeza.

—Precisamente el nombre que le cuadra —dijo—. Detengámonos un poco, ¿quiére usted?, sobre este puente.

Bajamos del automóvil y nos sentamos en el parapeto, frente a las montañas. El lecho del arroyo, sembrado de grandes guijarros blancos, tenía algunos hilillos de agua que serpenteaban entre laureles rosa. El mecánico refrescó su motor.

—Algún día irá usted seguramente a Djun —dijo el coronel—, donde está situada la residencia de lady Stanhope. Es un paraje trágico, pero al lado de éste resulta casi alegre. Las mujeres tienen algo aquí, se lo aseguro.

Y se golpeó la frente con el índice.

—El camino que conduce al castillo está bien cuidado —observé.

—¡Ya lo creo! Fue hecho por orden de Dyemal Pachá. Cuatrocientos prisioneros, entre los cuales había no pocos de nuestros correligionarios, trabajaron allí de peones. El trabajo se terminó pronto. Cuando se trata de satisfacer sus caprichos, los turcos son excelentes funcionarios. Athelstana, luego, no ha tenido que hacer más que conservarlo en buen estado. Pero su conservación no produce muchas molestias al intendente del castillo, porque, aparte de ella y de sus invitados, no lo utiliza nadie. Los infelices habitantes del país no han pensado nunca en pasar sus ganados por allí. Han visto pasar el automóvil de Dyemal y eso es más terminante que cualquier cartel prohibitivo.

—Y ese arroyo, ¿qué es?

—El Nahr el Haiyat, un afluente del Leontes. Cuando llega la estación de las lluvias, ese arroyuelo tiene tal caudal y es tan rápido, que una caravana que hizo alto en su cauce dicen que fue arrastrada en pocos segundos.

—¿Pasa por el pie del Kalaat el Tahara?

—Sí, o mejor dicho, el castillo parece levantado para vigilar su valle. ¿Me permite usted que le explique un curso breve de estrategia? Nuestros antepasados, como puede usted suponer, no construyeron por capricho esas enormes fortalezas. Todas concurrían al mismo fin: garantizar la libertad del camino de los Santos Lugares y la regularidad de las guarniciones encargadas de proteger ese servicio. De ahí que las cincuenta o sesenta fortalezas, cuyas ruinas siembran el territorio de Siria, pueden dividirse en dos categorías: fortalezas marítimas y fortalezas terrestres. A la primera pertenecen las obras encargadas de la vigilancia de la costa y de los puntos de desembarco. En la segunda se encuentran las fortalezas dedicadas a la protección del gran camino tradicional que por Antioquía, Alepo, Hama, Homs y Damasco lleva a Jerusalén. Cada una de éstas domina un desfiladero del Líbano, completando así la fortaleza del primer sistema, al cual, en la costa, va a dar este barranco. Ese es el plan general. De Sur a Norte, en la orilla del mar, encontrará usted primero el castillo de Athlit, el *Castellum Peregrinorum* de los Templarios, el castillo de Sedán, el de Dyebail, el de Trípoli, que es el castillo de la princesa Melissinda: el Kalaat Yahmur, las fortificaciones de Tortosa, y, por último, el enorme Markab.

—He visitado el Kalaat Markab cuando fui, hace un mes, a la región de los alauitas.

—Muy deprisa, supongo.

—Estuve dos horas allí.

—En dos días no podría usted recorrer la mitad de aquel dédalo formidable. Y, sin embargo, no es el mayor. Los fuertes renanos, nuestro mismo Coucy, antes de que los alemanes lo hicieran saltar, eran juguetes de niños al lado de las construcciones de los cruzados en Siria. Yo he visitado más de treinta; no hay dos que se parezcan; pero de todas se saca una impresión análoga, una impresión en que la tremenda pesadilla producida por esas ruinas se mezcla con una especie de soberbia melancólica. Fueron hombres de nuestra patria, ribereños del Aube, del Saona y del Marne los que elevaron esos colosos. Vivieron en esas cámaras góticas y en ellas murieron. En ellas reposan. En Safita, un día que acababan de abrir una cripta, tuve en mis manos la gigantesca tibia de uno de aquellos extraordinarios caballeros de la Cruz. Me hubiera gustado arrojarla encima de una de las mesas de conferencias internacionales, en torno a las cuales se discuten nuestros derechos a permanecer hoy aquí... Continuemos nuestra enumeración. De Norte a Sur, tierra adentro, el Kalaat Sayun domina la brecha de Alepo a Lattaquié, por debajo del Kalaat Baghras, que obstruye por su parte el desfiladero de Bailan. Viene luego el *Castillo Blanco* de Safita. Luego el más célebre de todos, el *Kalaat* el Hoesn, el *Terror de los Caballeros,* que domina la carretera de Homs a Trípoli. Era el centro de los Hospitalarios. Protegiendo la carretera de Sidón a Damasco, por el valle del Leontés, tiene usted el Kalaat-ech-Chakif, que pertenecía a los Templarios y al que llamaban *Belfort.* Dominando los caminos de Tiro y del Jordán, está el Kalaat-es-Soubeibé, que los viejos anales llaman *Castillo de Nemrod.* Por último, cubriendo la carretera de San Juan de Acre, el Kalaat Karn, el *Mons Fortis* de los teutones. Y conste que no le cito a usted más que los animales de especie superior, los que vigilan los pasos más importantes. Su red se completa con un sistema de fortalezas secundarias que guardan los valles de los afluentes. Así, el valle del Nahr-el-Haiyat, afluente del Leontés, está defendido por el castillo que nos ocupa, el Kalaat el Tahara, fundado en 1180 por los

Templarios, y propiedad actual de la condesa de Orlof. Mientras los grandes Kalaats podían albergar hasta cuatro mil familias, estas fortalezas de segunda zona apenas si podían alojar guarniciones superiores a ciento cincuenta hombres. Poco para una ciudadela, pero convengamos que es bastante para una finca de recreo.

—¿Pero esos castillos no están todos en ruinas?

—Efectivamente, la mayor parte de ellos han sufrido mucho. El Kalaat el Tahara es uno de los mejor conservados. Cuando el sultán Bibars se lo arrebató a los Templarios, hacia 1280, no lo arrasó porque se apoderó de él merced a una traición. Tal como estaba en 1916, debió costarles a los Orlof un ojo de la cara su restauración. Verdad es que, gracias siempre al buen amigo Dyemal, la mano de obra no habrá alcanzado un precio muy elevado. Además, Dyemal puso a disposición de la condesa un arquitecto alemán, joven, que procedió a un habilísimo arreglo en el estilo medieval, un poco rococó, que puede usted contemplar en Hohkoenigsburgo, por ejemplo. No hay que burlarse, ya verá usted; es un bonito trabajo. La señora de Orlof hizo llevar a esa formidable residencia muebles suficientes para equipar cincuenta casas de burgueses acaudalados. Allí dentro hay de todo, desde un cinematógrafo y seis parejas de cisnes del Sprée, ofrecidos por Su Excelencia el mariscal Falkenhayn, hasta un eunuco viejo del Hedjaz, donativo gracioso de Su Majestad el rey Hussein. Añada usted teléfono, calefacción central, electricidad, unos cuarenta criados drusos, abnegados como perros de San Bernardo, y convendrá usted en que ese endiablado *Castillo de la Pureza* constituye un hogar muy apetecible, dotado de una serie de comodidades que no suelen encontrarse en Oriente... Si tuviéramos tiempo... Pero no, realmente no hemos avisado. No se puede llegar así como así a casa de una señora a las diez de la mañana. Otra vez será. Vamos, amigo, al coche.

Elías Kifmakif, joven *chauffeur* sirio, de educación excelente, dirigía en Zahlé un garaje cuyo material consistía en un cochecito Ford. Hay que añadir, para ser justo, que el *capot* de aquel cochecito estaba guarnecido de amuletos de vidrio azul y que Elías, verdadero artista, había decorado con calcomanías del mejor gusto la luna del parabrisas.

Aquel muchacho y aquel automóvil fueron los que, a eso de las cinco de la tarde, asumieron la tarea de llevarme desde Raiak a Beirut, con el tiempo necesario para que me vistiese y acudir a la recepción de la Residencia. Desde por la mañana, la misma víspera, tenía yo la impresión de que el coronel Prieur no sentía un afán inmoderado por aquel baile obligatorio. Esta impresión se trocó en certidumbre durante el almuerzo. La conferencia contradictoria con los vendedores de terrenos de la Bekaa fue llevada por mi jefe de una manera que estaba muy lejos de revelar el deseo de que terminase a toda costa en aquel mismo día.

—Los he citado para mañana por la mañana. Que consulten con la almohada. Tempranito vendrán a verme, suaves como guantes. ¡Ah, demonio! Se me olvidaba el baile de la Residencia... ¡Qué contrariedad! Pero la obligación es lo primero. Vuélvase usted, amigo, y discúlpeme ante el general. El comandante Haller le proporcionará a usted un automóvil...

—El caso es, mi coronel...

—¿Qué sucede?

—Que el comandante de Aeronáutica nos prohíbe poner los autos del parque a disposición de oficiales que no pertenezcan al servicio.

—¿Y eso qué quiere decir, Haller? ¿Es que a los miembros de la comisión económica no los ha paseado de un lado para otro, en los coches de ustedes, su comandante?

El comandante Haller sonrió.

—Eran parlamentarios, mi coronel.

—¿Y qué?

—Estoy seguro —dijo el comandante evadiendo la respuesta— que telefonea usted a Beirut, y el comandante se mostrará encantado.

—No pienso hacer nada de eso, puede estar tranquilo. Tome usted mi coche, Domèvre. Yo volveré mañana a Beirut como Dios me dé a entender.

—Hay una solución, mi comandante —dijo uno de los oficiales.

—¿Cuál?

—Elías Kifmakif el *chauffeur* de Zahlé, sale dentro de un momento para Beirut, donde tiene un asunto. No es hombre demasiado valeroso y le encantará llevar un compañero de uniforme. La semana pasada desvalijaron en ese camino a un *chauffeur* unos bandidos disfrazados de gendarmes sirios.

—¿Y usted está seguro —preguntó el coronel— de que iban disfrazados?

—Vamos a decir a Kifmalif que venga a buscar al capitán aquí mismo —dijo el comandante, riendo—. De esa manera tendrá la seguridad de que es un verdadero protector el que lleva en su coche.

Así se hizo, y una hora después recorría yo en el Ford las primeras escarpaduras del Líbano.

Con el fez echado hacia la nuca, el joven Elías, atento a los virajes, canturreaba una melopea gutural. Hundido en un rincón del automóvil, yo, por mi parte, me esforzaba en arrojar de la cabeza pensamientos que me acosaban sin cesar, invenciblemente. Las montañas, de lila tenue estaban a punto de pasar al violeta oscuro cuando me di cuenta de la inutilidad de mis esfuerzos.

Me incliné hacia el conductor.

—Toma el camino de la izquierda —le ordené.

El Ford se detuvo. Elías se me quedó mirando con gesto de asombro doloroso.

—¿No me has oído? Vuelve a la izquierda.

—¿A la izquierda, mi capitán?

—Sí, a la izquierda.

—Ese es el camino de Aïn Zhalta.

—¿Y qué?

—¿No vamos a Beirut?

—A Beirut vamos. Pero antes vamos a dar un rodeo de una hora por la carretera de Aïn Zhalta.

—Está llena de bandidos drusos.

La religión de Elías le prohibía, por lo visto, mantener ninguna clase de relaciones con aquellos descreídos.

—Tú vuelve; ya veremos luego.

—Pero . . .

—¡Basta! He dicho que vuelvas.

El Ford obedeció sumisamente.

El sol se había ocultado por completo. La luna empezaba a despuntar por encima de los montes, inundándolos con su luz rosada, viéndose casi lo mismo que en pleno día las siluetas negras de los cedros.

Elías ya no cantaba.

¿Quién podrá prever su porvenir? Y, sin embargo, en aquellos momentos, lo juro, me di perfecta cuenta de la influencia que había de ejercer sobre toda mi vida aquel «Vuelve a la izquierda». Pensaba en Micaela. En aquel instante, la infeliz criatura empezaría a prepararse para el baile. Y la otra también, seguramente, muy cerca de mí, en su alto y sombrío castillo.

¡Y Walter!

Cuando se emprende una cosa hay que obstinarse en ella. Muchas veces tan sólo a costa de algunas locuras se consigue el éxito. Buen ejemplo de ello es el juego. Arrastro, arrastro, sigo arrastrando. Sí; pero si la última carta que tiene en su mano el adversario es un triunfo mayor . . . Entonces se paga, y asunto terminado.

La luna subía por el cielo pálido, iluminando el terreno desolado que se extendía a nuestra izquierda, entre la carretera y las montañas. Llegamos, en el camino de Dyemal, al puente donde nos habíamos detenido el coronel y yo aquella mañana.

—¡Alto!

Eché pie a tierra.

—Quédate aquí esperándome. Aparta el coche fuera de la carretera y apaga los faros. Dentro de una hora estaré de vuelta.

Otra vez empezaron las lamentaciones de Elías.

—¡Qué me quede aquí, mi capitán!

Tuve la sensación de que en cuanto yo volviese la espalda tendría la audacia de salir escapado hacia Beirut.

—Sí, que te quedes aquí. Y nada de bromas, si es que estimas en algo tu licencia para conducir...

Con toda dignidad, dijo:

—Tengo miedo.

—¡Toma mi revólver, imbécil!

En los gruñidos desolados de Elías pude entender que protestaba de que el revólver no le serviría de nada si no tenía cerca alguien capaz de hacerlo funcionar.

Me encogí de hombros.

—¡Silencio! Y hasta luego.

El coronel Prieur me había dicho que existía un kilómetro de camino. En menos de un cuarto de hora recorrí ese kilómetro. Seguí una garganta oscura. Abajo, el riachuelo lloraba dulcemente en la noche. Aullidos de chacales crispaban mis nervios.

De pronto, el corazón me dio un salto en el pecho. Acababa de distinguir, muy cerca, una masa sombría: el castillo. Entonces abandoné el camino y empecé a trepar por un flanco de la montaña.

Las nubes pasaban sobre la luna. Estuve unos segundos sin ver nada. Luego se disiparon las nubes y continué mi ascensión.

No me detuve hasta que llegué a ponerme precisamente a la altura de la torre más alta. Desde allí podía ver el conjunto del edificio. En aquel caos de murallas negras distinguí el primer recinto, tenebroso; luego, el patio de armas; el cuerpo principal de la construcción, por último, iluminado por ventanas ojivales recortadas en oro. En el patio brillaban dos puntos blancos, como los ojos fulgurantes de algún monstruo. Era el automóvil de la condesa de Orlof que, parado ante la puerta de honor, esperaba.

Los gritos de los chacales se habían acallado. Con atención intensa escrutaban mis ojos la oscuridad, esforzándose en detallar aquella extraña guarida. La rama espinosa del arbolillo en que me apoyaba me rasgó el índice de la mano izquierda.

Siempre he conservado la sensación de la hora. Aun en los momentos de mi vida más ricos en emociones he conservado, con toda exactitud, la noción del número de minutos que transcurrían. Lo mismo les ocurre a los grandes pródigos: que conocen el número exacto de escudos que tiran por la ventana. Los arrojan, sin embargo, y con ello su placer gana en intensidad y en amargura.

Se apagó la luz de unas ventanas. Se iluminaron otras. Una silueta se dibujó en una de ellas y permaneció inmóvil. ¡Una sombra! Acaso la de Athelstana, desnuda.

Necesitado de encontrar justificación para tan ridícula calaverada de colegial, cruzó un pensamiento por mi imaginación:

—Después de todo —me dije—, ¿no es mi profesión lo que me obliga a observar de cerca esta extraña caja de sorpresas orientales? Un sitio por donde ha pasado Dyemal; por donde, luego, han pasado otros de la misma calidad, probablemente . . .

No pude menos que sonreír ante semejante hipocresía. Dyemal, Dyemal y sus probables sucesores, ¿era mi patriotismo quien me los hacía tan odiosos en aquel momento? Engañar a los demás . . . pase. Pero ¡a mí mismo! . . . Una segunda sombra acababa de surgir al lado de la primera. La doncella de Athelstana, sin duda. A continuación desaparecieron las dos.

—¡Vámonos! Ya es hora.

Encontré a mi *chauffeur* agazapado en la cuneta, al lado de su automóvil. Los dragones azules de Blucher surgiendo tras la Barrera Santa, no proporcionaron a Wellington tanto consuelo como el que mi regreso produjo en el corazón de aquel muchacho. Eran las siete y media.

Un poco después de Aley, oímos a nuestra espalda, imperativas e insistentes, las llamadas de una sirena. Elías tomó precipitadamente su derecha hasta bordear el precipicio. Casi en el mismo instante nos adelantó un enorme automóvil a toda velocidad. Era el Mercedes de la condesa de Orlof. Tuve el tiempo justo de entrever la silueta de la dama y, sentada a su izquierda, una segunda silueta, que me pareció la de un hombre . . . Pero no lo hubiera jurado.

A las nueve y media, vestido de gala, subía los primeros escalones de la Residencia. El general Gouraud se hallaba ante la puerta del salón de la izquierda, recibiendo a la muchedumbre de sus invitados; cuando me vio hizo un gesto de satisfacción.

—¿Ha regresado el coronel Prieur?

—No, mi general. Ruega a usted que le dispense. Un asunto del servicio le ha retenido en Rajak. Volverá mañana por la mañana.

—Bueno. Tengo que hablar con usted esta misma noche. Un asunto grave —murmuró—. Búsqueme usted dentro de una hora. Nos aislaremos unos momentos . . .

—A su disposición, mi general.

—Por lo pronto tiene usted que ponerse a disposición de mis invitados. Los que bailan son los primeros esta noche. Hasta ahora.

Me incliné y entré en el salón de la derecha, resonante de compases de un *one-step*.

La primera pareja con que tropecé al entrar fue la condesa de Orlof y el mayor Hobson.

* * *

Contrastes apasionantes que ofrece esta Siria de 1922. En menos de una hora de automóvil se encuentra uno transportado desde las oscuras cimas nevadas a los tibios salones luminosos que sonríen al borde del mar entre los perfumes de las plantas tropicales. Desde los senderos desiertos, donde drusos y maronitas continúan arreglando a cuchilladas y a tiros sus viejas querellas, se pasa a los artesonados resplandecientes, bajo los cuales los cheikhs de los unos flirtean con las mujeres de los otros. En menos de una hora, las blandas cadencias de los tangos han sucedido al aullar de los chacales.

Todavía un poco deslumbrado, me adosé a una de las columnas de alabastro del salón. Contemplé el desfile de las parejas. Pero no veía más que una. La condesa de Orlof llevaba un vestido de terciopelo negro, cuya pura armonía no se quebraba con el menor adorno. La extraordinaria profusión de brocados, plumas, telas bordadas, que daban aquella noche a los salones de la Alta Comisaría cierta semejanza con un jaulón de brillantes pájaros de las islas, acababa de prestar todo su valor a la magnífica sencillez de aquel lirio sombrío. Hobson, que bailaba con ella, lucía la gala de su regimiento: pantalón azul oscuro con franja encarnada, muy ajustado sobre las botas de charol, erizadas con dos gigantescas espuelas en forma de signos de interrogación invertidos. Llevaba el cuello, el pechero, la corbata negra de *smoking;* ceñido de seda roja, a la altura del corazón, un pasador en el que se alineaban minúsculas condecoraciones de brillantes. Una de ellas era la Cruz de Guerra francesa con palma.

Pensé en el ayudante Franceschini, degollado por los Chammars, y para quien Walter no había podido conseguir la Medalla Militar... Sobre la Cruz de Guerra de aquel desdichado no había más que estrellas.

Cuando el desarrollo de la danza llevó cerca de mí a la misteriosa pareja, observé que se reían. Una vez, extinguido el último acorde, se dispersaron los que bailaban, y Hobson me hizo señas. Fui a buscar a ambos, en el comedor.

—Una copa de *champagne* —me dijo Hobson.

Reía sin disimulo. Cambió algunas palabras, en inglés, con Athelstana, que también se reía.

Yo debía tener en aquel momento un gesto de humillación imbécil. Hobson rió con más descaro.

—¡Es imperdonable en un oficial de Informaciones ignorar el inglés! —dijo.

Se inclinó hacia mí.

—¡Por la buena! —me susurró al oído.

Y chocó su copa con la mía.

—¿Y no me invitará usted a bailar, capitán?

—Si quiere usted concederme el próximo baile...

—El próximo es un *fox-trot,* y lo tengo comprometido. Pero luego..., voy a consultar mi *carnet.* Entretanto, vaya usted un rato con la señorita de Hennequín. ¡Está deliciosa su novia! Y nos abandonó, deslizándose con su nueva pareja.

—¿Te parece bien —me dijo Micaela, a quien fui a buscar al rincón donde charlaba con las dos hijas del gobernador del Líbano—, te parece bien esta hora de llegar? Hace dos días que no le veo a usted, caballero.

—Estaba en Raiak. Acabo de llegar.

—¿Bailaremos juntos el próximo tango?

—Naturalmente, Micaela.

Volví hacia Hobson, que vaciaba otra copa de *champagne.* Decididamente estaba un poco alegre. A mi vez pensaba que, siendo oficial de Informaciones, bebía demasiado. Pero no me tocaba a mí hacerle semejante reproche.

—¡Por la buena! —repitió con su risa, que aquella noche se me antojaba insoportable.

Athelstana, bailando, acababa de pasar junto a nosotros.

—Dígame usted, Hobson —murmuré—. ¿Es en este terreno donde hemos de jugar la buena?

—¡Oh! Sería gracioso. Y, después de todo, ¿quién sabe? ¿Otra copa de *champagne*?

Los dos reímos. Athelstana volvía hacia nosotros sola. Seguíamos riendo.

—No son ustedes galantes. Me parece descubrir tras esas risas algún secreto . . . Estoy a su disposición para el próximo baile, capitán.

Era el tango de Micaela. Tuve el tiempo justo para deslizarme hasta la señorita de Hennequin.

—Micaela, perdóname. Me había olvidado por completo. Tengo prometido este tango a la señora de Orlof.

Y la abandoné precipitadamente, para sustraerme a su gesto de sorpresa, sorpresa en la que todavía no encontré aquel matiz doloroso que más tarde, ¡ay!, he podido contemplar tantas veces.

La orquesta mecía mi danza con Athelstana. Mi remordimiento se disipó pronto. Eramos el blanco de todas las miradas. Cierta vanidad infantil se mezclaba a la ola de sentimientos que inundaban mi corazón.

La condesa de Orlof bailaba con grave indolencia, vaga la mirada. De repente observé que sus ojos acababan de fijarse en mi mano izquierda, en el sitio en que estaba la línea sangrienta, la insignificante herida abierta tres horas antes por la acacia del Kalaat el Tahara.

—¿Dónde se ha hecho usted eso? —preguntó.

Y sin dejar la danza, acariciaba con su dedo el arañazo.

—¡Ay! —pensaba yo—. ¿Cuándo llegará el momento de confesárselo?

V

Es posible que yo no sea más que un niño ingenuo. Pero cuando razono con sangre fría, hay una cosa que no puedo admitir, y es que en los sucesos que me he propuesto relatar haya existido, ni siquiera en ínfimo grado, cálculo por parte de la condesa de Orlof. ¿Con qué fin? ¿Para qué?... ¿Por dinero? Muchas veces me ha demostrado que era la mujer más desinteresada del mundo. Y no es que me haga hablar así el amor propio, ni el temor de haber sido su víctima. En el punto en que me hallo colocado, semejante delicadeza sentimental no me estaría indicada. Entonces, ¿el amor, se dirá, el amor que, a pesar de todo, le sigo teniendo? Tampoco. El amor es más circunspecto, más desconfiado y más lúcido de lo que se imagina. Apenas si nos hacemos ilusiones sobre el objeto amado. Se ama, y eso es todo. Yo sé perfectamente de lo que es capaz Athelstana. Sus estupros, como dicen los que no han estrechado entre sus brazos a la castellana del Kalaat el Tahara, puedo aborrecerlos o quererlos; eso es cuenta mía. Ignorarlos es cosa distinta. Por consiguiente, merezco que se me crea, supongo, cuando afirmo con una solemnidad a la que mi desgracia hace que se deba prestar absoluto crédito, merezco que se me crea cuando afirmo que existe toda una categoría de bajezas premeditadas, de la que es incapaz esa mujer, precisamente por ser ella quien es.

Era la sexta vez que aquella noche bailaba con Athelstana. Cuando acababa aquel baile, me dijo:

—¿Qué va usted a hacer ahora? Supongo que estará usted libre.

—¿Cuándo, señora?

—Después del baile. Seguramente irá usted a acompañar a la señorita Hennequin. Nada más natural. Pero, ¿y luego? Serán las dos de la madrugada. A esa hora es cuando a mí me parece que empiezo a despertarme. Y siempre tengo hambre. Estoy hecha lo mismo que los demás mortales, supongo. De manera que siempre tengo preparada una cena para algunos amigos íntimos: tres o cuatro oficiales, Hobson...; todas personas a quienes usted conoce. Será usted de los nuestros, ¿verdad?

—¿Dónde es eso, señora?
—En mi casa.
—¿En el Kalaat el Tahara?
Se quedó mirándome.
—Me gusta que conozca el nombre de mi castillo. ¿Verdad que es un nombre muy bonito?
—Muy bonito.
—Y más justificado de lo que usted se puede figurar.
No se me ocurrió contestar nada.
—Me divierte usted. ¿Prometido?
Cuando me dirigía esta pregunta, vi a uno de los mayordomos de la Residencia que se acercaba a mí discretamente. Comprendí que el general me llamaba; era poco más de media noche. De todas maneras, seguramente a las dos estaría libre . . ., podía aceptar.
—Prometido, señora.
—¿Dónde está el general?
—Le espera a usted en el *hall* del primer piso, mi capitán.
Subí rápidamente.
Había muy poca gente en aquel *hall*. Señores viejos que jugaban tranquilamente al *bridge*. La iluminación, muy reducida. No se veían más que las manos, sosteniendo las cartas, bajo las pantallas verdes.
El general Gouraud me esperaba en el último peldaño de la escalera.
—Venga usted —me dijo.
Y me llevó a su despacho.
—Siéntese.
Viose obligado a repetirme aquella invitación. Yo le miraba, en pie, sin comprender, empavorecido de emoción, que, al encontrarnos solos, no intentaba siquiera disimular.
—Amigo mío —dijo por fin—, va usted a tener un gran disgusto.
—¿Qué sucede, mi general?
—La segunda compañía de meharistas, la compañía de usted . . .

—¿...?

—¡Acaba de ser casi aniquilada!

Incapaz de modular una sola palabra, me quedé mirándole. Debió creer que no le había entendido bien, y repitió:

—Sí, casi aniquilada. Dos pelotones, de tres.

Yo seguía inmóvil. Se acercó a mí. Vi sus ojos azules, de ordinario tan claros, y en aquel instante sumidos en una bruma triste. El vio cómo brotaban las lágrimas de mis ojos.

—¡Pobre amigo mío! —repitió—. ¡Qué lástima de muchachos!

—¿De Hollonne? —murmuré.

—Muerto.

—¿Y Roussel?

—Sano y salvo. Su pelotón es el único que ha logrado salvarse. Un retraso, por fortuna, le impidió reunirse con los demás. A no ser por eso... Parece ser que había más de tres mil contra ellos.

—¿Y Ferrières?

—Muerto. Los dos primeros pelotones han sido completamente pasados a cuchillo. No me pida usted detalles. Eso es todo lo que sé por el momento. El telegrama en que me comunican esta espantosa noticia me anuncia una información que me enviarán por avión. Mañana la recibiré, seguramente. El coronel Prieur estará aquí. Le espero a usted con él a primera hora. El conoce el país, pero usted lo conoce todavía mejor que él. «Al nordeste de Abu-Kemal...», dice el telegrama. Venga.

Me llevó hacia la pared, sobre la cual estaba colgado un inmenso mapa de los desiertos del Eufrates. Con punteados azules y rojos se indicaban las fronteras, las zonas de influencia inglesa, turca y la nuestra.

Con una caña, cuyo extremo temblaba un poco, señaló un punto sobre el trágico espacio amarillo.

—Los beduinos Chammar son los que han debido dar el golpe —dijo.

Yo negué con la cabeza.

—No han sido los Chammar; nunca se hubieran atrevido.

—Entonces, ¿quién? ¿Los Kurdos?

—Seguramente los Kurdos, y, sin duda, ayudados por regulares turcos disfrazados.

—Tal vez tenga usted razón. Pero no creía yo que nuestros dos pelotones se encontrasen ya tan cerca de la frontera turca. Estamos a 12 de junio. Entre el 7 y el 9 ha ocurrido el desastre. No debían pasar de Abu-Kemal hasta el 16. Vea usted sus cuadros de marcha.

—¿En qué fecha le fueron comunicados a usted esos cuadros, mi general?

—El 20 de mayo. Aquí tiene usted el sello del registro. Yo los aprobé por telégrafo el mismo día. ¿Qué le parece a usted?

No respondí. A cambio de un esfuerzo sobrehumano para dominar mi emoción, estaba a punto de recordar otra fecha, la fecha de cierto viaje de Hobson a Palmira. Un avión inglés procedente de Bagdad le había conducido a Damasco, pero por un camino que nunca he logrado restablecer. ¡Aquella fecha, ¡Dios mío! Decididamente, en aquel momento yo estaba excesivamente emocionado y no podía recordarla.

Arriba, la orquesta empezó a tocar un tango.

El general hizo un gesto de angustia.

—¡Esa música! —dijo—; ¡qué dolor! Me han traído el telegrama cuando llegaban los primeros invitados. No podía echarlos a la calle. Me he dominado. Usted tendrá que hacer otro tanto cuando baje. Todo esto debe permanecer secreto. No se cantan los golpes hasta después de la respuesta.

Después de una pausa breve, siguió:

—¡Pobre Ferrières! Llegó aquí en diciembre. No habrá hecho mucho fuego. Un chiquillo que había hecho toda la guerra sin una herida. Su padre fue compañero mío de promoción. Cuando vino su hijo a Siria, me escribió recomendándomelo. No tenía más que ese.

—¡Ah!... —dije yo—. Tengo la seguridad de que no hubiera ocurrido nada de eso si...

El general me miró.

—¿Si qué?

—Lejos de mi ánimo atacar la memoria de los que acaban de morir. Pero eran muchachos, muchachos demasiado valientes. No, mi general, no. Las cosas no hubieran ocurrido así si él hubiera estado allí.

—¿Quién?

—¡El, Walter!

Me cogió la mano.

—Hemos pensado lo mismo —exclamó.

Me señaló, sobre su mesa, una hoja de papel.

—Ahí tiene usted la minuta del telegrama que acaba de salir para él: calle del Marne, 73, Lagni; ¿no es eso? Le pido que vuelva con urgencia.

—Volverá, mi general.

—Ya lo sé. Pero casi no hace tres meses que se marchó. Ni siquiera ha pasado la mitad de su licencia.

—Tomará el primer vapor, mi general. Dentro de veinte días, lo más tarde, estará entre los supervivientes.

—Sí —dijo Gouraud—. ¡Dentro de veinte días! ¡Largo es el plazo! Allí no queda más que Roussel.

—Roussel es valiente.

—Valiente, demasiado valiente casi, como usted decía hace un momento. Y no ha cumplido veinticuatro años.

El pesado silencio que reinó entonces fue interrumpido por los primeros compases de una nueva danza. El general se levantó.

—Bajemos —dijo—. No quiero que noten nuestra ausencia. Telefonee usted al coronel Prieur, que venga mañana, lo más temprano posible, a mi despacho, y acompáñele usted.

* * *

—¿Dónde estaba usted? —me preguntó Hobson—. La señora de Orlof le estaba buscando por todas partes. Es cerca de la una. Todos estamos de acuerdo para irnos ahora a su casa.

Me pareció sorprender en sus palabras, mientras me estaba hablando, cierto matiz de reto burlón. ¿Qué sabía aquel hombre? ¿Qué intervención podía haber tenido en la siniestra catástrofe? ¡Cuánto hubiera yo dado por saberlo!

Athelstana venía a nuestro encuentro, del brazo de Roche.

—¿Le ha dicho a usted Hobson lo qué hemos convenido? Nos vamos a la inglesa. Yo llevo en mi coche al teniente Roche y al cónsul de España. Usted, Hobson, encárguese del capitán y de los demás invitados. Somos siete; con esos basta.

¡Hierbas, tristes hierbas, pálidas flores que onduláis en primavera, durante algunas semanas, hasta perderos de vista, sobre las monótonas llanuras de Dyezireh, vosotras sois el efímero sudario que se extiende sobre los cuerpos mutilados de mis compañeros! Por únicos lamentos, la queja del viento, el zumbar de los insectos. ¡Ferrières, De Hollonne! ¡Quién habrá conocido el espanto de vuestros últimos momentos, queridos mártires de rojos albornoces! ¡Qué habríais hecho con quien se hubiese atrevido a deciros que la noche en que me enterase de vuestro fin no la pasaría yo llorando! ¿Y adónde voy yo ahora, en un automóvil conducido por este extranjero, qué acaso sea vuestro verdugo más que el beduino que os acuchilló? ¡Adónde voy! ¡Ah! Cómo escucho en este minuto todo el terror de los primeros chirridos del engranaje.

Los dos automóviles no emplearon cinco minutos en recorrer la distancia que separa la Residencia de los Pinos del hotel que poseía la condesa de Orlof, sobre la colina de San Demetrio. En aquel hotel era donde yo la había visitado ocho días antes. No lo habitaba más que accidentalmente, de mayo a noviembre, durante sus cortas permanencias en Beirut. El resto de los meses de verano residía en Kalaat el Tahara. Incluso durante el invierno se encerraba allí durante semanas enteras.

El servicio del hotel estaba asegurado por tres criados egipcios, vestidos con amplias túnicas de lino blanco, galonadas de oro. La condesa dijo, en árabe, a uno de ellos:

—Avisa al *chauffeur*, que esté preparado desde las cuatro, porque he de volver esta madrugada al castillo.

Entramos en el vestíbulo, donde se hallaba servida una cena fría. En el tocador inmediato se veían dos mesas de juego preparadas.

Hobson se frotó las manos.

—*¿Poker?* —preguntó.

—Jueguen ustedes primero, si lo prefieren —dijo Athelstana—. Luego cenaremos.

—Yo no juego —dijo Roche.

—Ni yo tampoco —dije.

—Me hará usted compañía —murmuró la Orlof—. Hay noches en que no tocaría una carta por un imperio.

—No somos más que cuatro —mascculló Hobson—. No resulta interesante. ¿Jugamos un *bridge?*

—Al *bridge* juego yo —exclamó Roche.

—¿Jugamos con nulos?

—De acuerdo —dijeron los otros tres.

Y empezaron a romper la envoltura de las barajas.

—Venga usted —me dijo Athelstana.

En un rincón del vestíbulo, donde se amontonaban tapices y almohadones, se recostó ella.

—Póngase usted ahí, cerca de mí. ¿Qué quiere beber? *¿Whisky?*

—*Whisky.*

Necesitaba yo beber, beber, para no aborrecerme, para huir momentáneamente de la imagen de aquellos pobres cuerpos yaciendo entre las hierbas crecidas.

En el tocador comenzaba el chasquido de los *contra* y de los *sobrecontra.*

La sucesión de los acontecimientos permitirá a los que lean estas líneas formarse de la condesa de Orlof la idea que estimen equitativa. Yo no puedo decir más que una cosa: de aquel instante data su dominio sobre mí. ¡Ironía cruel!: la sacudida que acababa de anonadarme facilitó su tarea. Sentía que poco a poco todo mi dolor se iba transformando en amor. Con prodigiosa intuición, aquella mujer, que generalmente no era más que burla e indiferencia, había encontrado, en el preciso momento en que era necesario, el medio de convertirse, de repente, en suavidad.

Gravemente, me preguntaba:

—¿Qué tiene usted?

Y cuando yo estaba a punto de contestar con una frase cualquiera.

—No, no hable usted. No diga usted nada todavía, porque no sería la verdad, y lo sentiría, me haría daño. Déme usted un cigarrillo de los suyos. He visto que no fuma más que tabaco francés, y a mí me gusta el tabaco fuerte.

Dejó de mirarme. Sus ojos se clavaron en el tapiz sobre el que estaba tendida.

—Mire usted que bonito.

Lentamente acariciaba el espeso tejido oscuro.

—Es un tapiz de caza. Data de la época de los Safidas, la gran época persa. ¿Le gustan a usted los tapices? Yo los he adorado siempre. Cuando era niña y me encerraban porque había sido insoportable, me tendía sobre el tapiz de mi alcoba, que era casi tan bonito como éste, aunque de otro género. Gracias a él no me he aburrido nunca. Cada día descubría en él nuevos dibujos, bellezas que no había observado los días anteriores. Era para mí todo un universo.

En el gabinete los jugadores, excitados, hablaban más fuerte. Se oía, dominando las demás, la voz de Hobson.

—En Khartum —decía—, sí, en Khartum he presenciado yo la partida más interesante. Se logró un *pïque* diecisiete veces. Para pagar, Prescott, que había perdido, tuvo que vender un castillo que tenía en Devonshire y que le había regalado a su trisabuelo la duquesa de Portsmouth. Poco después, ingresó Prescott en la Cámara de los Lores.

—A usted le costará mucho menos esta noche —decía Roche, que al parecer estaba de suerte—. Dos sin triunfo.

—Tres pique.

—Yo, contra.

Tendida cuan larga era, con el mentón tocando casi el tapiz y la mirada fija, Athelstana soñaba. Ni ella ni yo hablábamos.

—La primera vuelta ha terminado —dijo Roche.

—Lo dejaremos —replicó Hobson.

La condesa de Orlof se había levantado.

—Oigan ustedes —dijo—. Son las tres. ¿No creen ustedes que ha llegado el momento de cenar?

Uno a uno fueron apareciendo los jugadores en el *hall*. Athelstana llamó. Los criados egipcios entraron, haciendo funcionar los conmutadores. Una ola de electricidad nos inundó.

—Colóquense ustedes como les parezca.

Yo me encontré sentado a su izquierda.

Los invitados hablaban todos a la vez. Mientras comían y bebían comentaban las peripecias de la partida.

Yo callaba. Miraba a la condesa de Orlof, que me parecía más extraña y más hermosa a medida que avanzaba la noche. Con esa clarividencia generalizadora que proporcionan el alcohol y las vigilias prolongadas, pensaba en mi destino, en el de los tiempos que atravesábamos. Evocaba la época en que aquel salón, brillante aquella noche con nuestros uniformes, se hallaba lleno de uniformes alemanes y turcos... ¡No hacía cuatro años! ¡Ah! ¡Para operar este cambio, cuántos capotes azules tuvieron que quedar tendidos en el Somme y los Vosgos! ¡Y ahora, sobre el Eufrates, los albornoces rojos continuaban el sacrificio...! ¿Los vivos, son dignos de los muertos?

—¿No come usted? —me preguntó a media voz la condesa de Orlof.

Me estremecí. Vio ella que mis facciones se crispaban.

—Es usted un niño —me dijo, aún más bajo, aprovechando un instante en que Hobson se enredaba en una de sus historias—. Haga usted lo mismo que los demás. No debe uno mostrarse abatido cuando no se está seguro de que todos los que nos rodean son nuestros amigos.

De la copa de plata, con filigranas de damasco, que me presentaba, cogí maquinalmente, entre otras frutas, tres o cuatro almendras verdes, que quedaron sobre mi plato. Sin decir palabra, la condesa de Orlof, armándose de un cuchillo, empezó a abrirlas. Iba depositándolas ante mí, una tras otra, todas abiertas.

—¡Mire! —exclamó cuando acababa de partir la última—. Ahí tiene una que es doble. ¿Cómo llaman ustedes a eso en francés?

—Una *filipina* (1), señora.

—Eso es: una filipina. Vamos a hacer nosotros dos una filipina. Yo tengo la mitad que me corresponde; cómase usted la suya. Vamos a ver quién gana. ¿Acepta usted?

Inclinė la cabeza, sonriendo.

Hobson acababa de levantarse, un poco vacilante, con su copa de *champagne* en la mano.

---

(1) En Francia existe un juego llamado *philippine,* que consiste en ir abriendo almendras, y cuando la dama o el galán encuentran una de ellas que es doble, después de repartírselas, convienen en que aquel de los dos que al volver a verse, por primera vez, diga antes al otro: *Buenos días, Filipina*, recibirá del otro un regalo. *(N. del T.)*

—Propongo a la honorable concurrencia que brindemos —dijo—: a la salud de nuestra anfitriona. A la salud de la mujer más..., más..., a la salud.
Se embrollaba, con la lengua pastosa, sin encontrar las palabras.
—A la salud de la Castellana del Líbano.
—¡Eso es! —gritaron los demás—. ¡A la salud de la Castellana del Líbano!
Chocaron las copas, la de Hobson, con tanto entusiasmo, que quebró la mía.
—Eso significa buena suerte, buena suerte para usted... —masculló tartamudeando—. ¡Eh, eh!... ¡Por la buena!
—Amigos míos —dijo la Orlof—, son ustedes muy amables, y yo se lo agradezco. Pero les advierto que hoy, a las doce y media, tengo invitado a almorzar a un emir de Cheab en el Kalaat-el-Tahara. Este hotel no está preparado para las pocas horas de descanso que necesitaré antes.
Sigan ustedes aquí todo el tiempo que quieran. Les dejo las botellas y los egipcios y, con su permiso, me subo al castillo.
—Yo me voy también —dijo Roche—. Tengo revista a las ocho y no tengo gana de que me impongan tres días de arresto, como la última vez.
—¿Y nuestra partida? —exclamó Hobson.
—El capitán Domèvre me sustituirá.
—Imposible. Tengo que trabajar esta mañana.
—Podemos jugar una partida sin nulos —dijo el cónsul de España.
—Jugaremos un *bridge* de cuatro —dijo Hobson—. Tengo que desquitarme de cincuenta libras.
Todo el mundo se había levantado.
—Le dejaré a usted en su casa —dijo la condesa de Orlof a Roche.
—Es usted muy amable, señora. Pero eso la obliga a un rodeo muy grande. Vivo cerca de la iglesia de los Capuchinos.
—Es cuestión de diez minutos. ¿Y el capitán?

—¡Ah! El capitán vive en la Remonta, en la carretera de Damasco. Camino del castillo.

—Bueno, pues en marcha entonces.

—La ayudaré a ponerse el abrigo.

Apuntaba el día cuando el automóvil, después de dejar a Roche a la puerta de su casa, se internó entre los vallados de la carretera de Damasco. Las últimas nieves del Sannin empezaban a teñirse de rosa. La condesa de Orlof bajó uno de los cristales del coche y por la ventanilla entró una brisa fresca.

En aquel momento el automóvil se detenía ante la Remonta.

—¿Es aquí donde vive usted? —preguntó Athelstana.

—Aquí es, señora. Mil gracias...

—Bueno; no olvide usted nuestra filipina. Ya sabe usted que la apuesta empieza a contarse desde mañana.

Me tendió la mano, que yo llevé a mis labios. Aquel perfume, ¡Dios mío!, ¿dónde lo había yo olido por primera vez? ¡Ah, sí!, ya recordaba, estaba seguro: en el saloncito de Hobson, cuando le hice la primera visita.

Y mientras el Mercedes desaparecía en la carretera, yo permanecí inmóvil, aterrado de mi descubrimiento.

* * *

¿En qué admirable lazo han decidido hacerme caer? «Un niño —decía Athelstana—, es usted un niño.» ¡Pues vamos a ver si resulta fácil mantear a ese niño!

Nunca olvidaré aquel día. De pronto, me acusaba de demencia. ¿Qué manía de persecución era aquella que me acosaba? Hubiera puesto la mano en el fuego como garantía de que Athelstana era sincera cuando me hablaba, tendida sobre el tapiz, con aquel acento de triste compasión. ¿Qué novela estaba yo a punto de edificar sobre el recuerdo de un perfume? En el peor de los casos, quería decirse que pudo ser la amante de Hobson. ¿Y qué? La libertad de su vida, ¿no estaba expuesta a plena luz? ¿No se envanecía de esa libertad aquella mujer, como de una especie de gloria insolente? Y, por otra parte, ¿no estaba yo en camino de conceder a mi propia persona una importancia exagerada? Si la condesa de Orlof quería o *debía* ayudar a Hobson en alguna maquinación, ¿de qué podía servirles yo, consciente o inconscientemente? Todo aquello no tenía la menor consistencia...! Pero, a continuación, no tenía más que evocar los cuerpos de mis amigos traicionados y asesinados, y un frenesí se apoderaba de mí. Veía espías y traidores por todas partes. La connivencia de la condesa de Orlof y el oficial británico me parecía indiscutible. ¡Alucinaciones, etapas abrasadas en el curso de un razonamiento! ¡Que otros espíritus más fríos me arrojen la primera piedra! Me paso la mano por la frente. Todavía hoy, después de haber reflexionado mucho sobre el más nimio detalle de mi aventura, me sucede a veces que dudo de todo, de ella..., que no sé... ¡Imagina, lector, el espanto que se apoderó de mí, en los primeros instantes, cuando pude vislumbrar mi inexorable porvenir!

¡Mi porvenir! Pero ¿a qué ese fatalismo? ¿No soy, después de todo, un hombre libre? Queridos antídotos de aquel venenoso dúo, Micaela y Walter, ¿quién puede impedirme que corra a refugiarme junto a vosotros todavía? Hoy había de ser, porque mañana preveo que será demasiado tarde.

No dormí. ¡Cómo había de dormir! El coronel Prieur, a quien yo había telefoneado desde la Residencia, debía estar a las ocho y media en casa del general, y yo también. Tenía mucho miedo a no despertarme. Y, además, no tenía sueño.

En el jardín habían roto a cantar todos los gorriones a la vez, bajo mi ventana. Asomado sobre el antepecho, contemplaba yo el Sannin. Las nieves de la enorme montaña estaban a punto de pasar del rosa al rubí sangriento. Unos aldeanos trotaban a lomos de sus asnos, camino de la ciudad.

En casa del general, mi enervamiento no tuvo límites. Mientras él hablaba, poniendo al coronel Prieur al corriente, y luego leyéndonos el informe que acababa de recibir, hice grandes esfuerzos para contener la emoción.

—Tenía usted razón —había dicho al empezar la lectura—: los Kurdos son los que han dado el golpe.

Irguiéndome para no estallar en sollozos, escuchaba la enumeración de los atroces detalles de aquella emboscada: el cuerpo de Hollonne, cosido a cuchilladas y hallado en medio de una corona de cadáveres...; hasta el último momento, sirviéndola él mismo, había estado disparando la ametralladora de su pelotón; Ferrières, decapitado, y su cabeza, horrible trofeo, paseada por las calles de Mardin por los innobles vencedores..., y otras cosas que la mano se niega a escribir y la imaginación a pensar...

El general había terminado. Mientras permanecíamos los tres en silencio, entró un ordenanza con un telegrama.

Gouraud lo leyó y sus ojos brillaron.

—Es la contestación del capitán Walter. Me anuncia que tomará el primer vapor.

Yo me había puesto en pie.

—Mi general, tengo que pedirle a usted una cosa.

—¿De qué se trata?

—Walter no podrá estar aquí antes de quince días. Roussel está solo en el campo. Debe usted autorizarme para que me vaya con él. Yo me consideraré siempre un meharista.

El alto comisario cambió una mirada con el coronel Prieur.

—Me complace mucho que me pida usted eso. Hasta le diré que lo esperaba, que estaba seguro de que lo pediría usted. Pero no puedo aceptar su ofrecimiento.

—Mi general . . .

—No lo acepto, y en esto estamos de acuerdo el coronel y yo. Usted cumple con su deber pidiendo ir a campaña. Nosotros cumplimos el nuestro reteniéndolo aquí. Triste es la ocasión que escojo, Domèvre, para decirle cuánto estimo su esfuerzo y en cuánto aprecio los servicios que sin interrupción viene usted prestando desde hace tres meses en el negociado de Informaciones. Su coronel me ha hecho un cumplido elogio de usted. Tiene usted que permanecer en ese puesto, que no ha solicitado. Si no hubiera dispuesto del capitán Walter para recoger los desgraciados elementos que se han librado de la matanza, hubiera recurrido al capitán Domèvre, se lo juro. Pero tengo a Walter. No tengo que ensalzarle ante usted. A cada uno, su tarea. Continúe usted en Beirut la que tiene emprendida con tanto acierto. El tono era tal que no tenía réplica. A partir de aquel instante ya no tendría más que ocasiones de agobio. Séame permitido por última vez decir, con plena justicia, que hice en aquel minuto cuando me fue posible para sustraerme a mi destino. Sirva esto en mi descargo; después ya no he sido más que un cuerpo miserable a merced de las olas.

El coronel Prieur y yo salimos en silencio de la Residencia. En el automóvil que nos conducía al Gran Serrallo, de repente, me dijo:

—¿No le choca a usted nada en esta historia?

Y como yo callase:

—Sí; una fecha, la fecha del viaje de Hobson a Palmira, del supuesto viaje a Palmira. Hay que tener en cuenta que regresó por Bagdad. En avión se tarda poco en dar una vuelta por Mossul, y en Mossul se está perfectamente situado para deslizar una orden secreta a los cheiks kurdos. Fue precisamente diez días antes del suceso. ¡Diez días! No sería la primera coincidencia de esta índole que descubriéramos en el activo de nuestro amigo. Pero esta vez pasa de la raya. ¿No le parece a usted?

Yo acababa de estallar en sollozos.

—¡Mi coronel, mi coronel!

—¿Qué hay?

—¡Yo debía marcharme!

Gravemente, me dijo:

—Tranquilícese usted.

Y añadió:

—Yo opino como el general. Su puesto está en Beirut. Hubiera querido trabajar un rato con usted, aunque es domingo. ¡Pero no! Hay que volver a casa y usted debe descansar todo el día; intente pensar en otra cosa. Mañana necesitará tener la cabeza despejada. Me asusta un poco su excitación nerviosa. Supongo que en esa excitación no habrá nada que no sea efecto natural de su dolor.

Allí comenzaron las mentiras. Hice un gesto negativo.

—Bueno, pues repito que necesita usted descansar.

El automóvil había pasado hacía largo rato por la Remonta. El coronel dio orden al *chauffeur* de que diese media vuelta. Se apeó para acompañarme hasta la puerta de mi cuarto.

—Vamos, entre usted. Mañana haremos doble tarea. Hay en esta dolorosa historia algunos puntos sospechosos que tendremos que aclarar de común acuerdo. Y hasta entonces, descanso y tranquilidad. ¿Entendido? Considere usted ambas cosas como cariñosos castigos que le impongo.

¿Debemos dejarnos llevar por los acontecimientos, o llevamos en nosotros mismos la fuente de las complicaciones que nos abruman? Primero, de niño, y, más tarde, siendo muchacho, cuántas veces se me ha ocurrido deplorar la monotonía de mi destino. «¿Se me presentará ocasión anguna vez de romperla?» Bienhechora mediocridad, ¡qué horror me causabas entonces! Ahora tiemblo al escuchar la voz misteriosa que me invita a caminar por el estrecho sendero donde un paso en falso puede conducirme al abismo. Desde el principio suben hasta mí vahos venenosos. Y, sin embargo, ¡qué inmensa paz aparente me rodea! En la habitación contigua, un buen hombre, un teniente, está silbando. Conozco sus costumbres: está sacando espuma al jabón de afeitarse. Es domingo; está libre y se encuentra satisfecho. Nunca conocerá la inquietud que produce un bello cuerpo de terciopelo negro inclinado sobre almocárabes de un tapiz de Saraband.

Era sincero, lo juro; no tenía intención de salir en todo el día cuando, a eso de las dos, envié unas letras a Micaela disculpándome ante el coronel Hennequin por no ir a cenar con ellos. Alegaba un violento dolor de cabeza, y no era un vano pretexto: las emociones sucesivas de aquellos dos días me habían destrozado.

Era uno de los primeros días de intenso calor. Me tendí sobre la cama y no tardé en amodorrarme. Cuando desperté, el sol poniente teñía de naranja las paredes enjalbegadas de mi cuarto. Eran las seis. Me levanté extrañadamente despejado. Tenía sed, bajé al comedor y di orden al senegalés que estaba adscrito a nuestro servicio, que me diera algo de beber. No tenía la llave del armario de los líquidos. Fuera no quedaba más que una botella de ajenjo vacía en sus tres cuartas partes. Bebí.

Todavía me parece que me veo ante aquella mesa de madera, sin mantel, bebiendo la verdosa mixtura. La especie de beatitud vulgar en que me hundió me hacía encontrar risibles, de pronto, las aprensiones que me exaltaban al dormirme. ¿Habría perdido el sentido común?

Razonemos un poco —me decía—. Es espantoso que hayan asesinado a Hollonne y a Ferrières. Pero, vamos a ver, ¿es ésa la causa de mi tormento? Demasiado me consta que no. En cualquiera otra circunstancia, aquel espanto no hubiera hecho más que multiplicar mis facultades activas. ¿Entonces, cuál era la causa? Tal vez Hobson fuese el culpable de la matanza. ¿Y qué? ¿Podría sorprenderme? Estaba seguro de que no. ¿Athelstana, sus probables amoríos con él?... Evidentemente, ahí estaba todo el secreto.

Llamé al senegalés.

—Ya-Poó, tráeme el paquete de cigarrillos, que está en mi cuarto, encima de la mesa.

Me trajo los cigarrillos. Entretanto, yo me había preparado otro ajenjo.

—¿Quién cena aquí esta noche?

—No haber nadie, mi capitán, todos los oficiales comer fuera, en ciudad.

Lo prefería.

A las siete me senté a la mesa. Despaché rápidamente mi colación. Luego volví a subir a mi cuarto y me vestí de paisano.

Cuando recuerdo con detalles aquella tarde trágica, me veo obligado a confesar que la controversia que sostuve conmigo mismo no tuvo siquiera el mérito elemental de la sinceridad. Aquellas horas las pasé intentando embaucarme. No tenía más que un afán: volver a ver a Athelstana. Pero la realización de aquel deseo, me constaba, era un crimen para con Micaela. Era preciso disfrazarlo hipócritamente. Eso es lo que hice y el ajenjo me ayudó a ahogar, a mis propios ojos, mi doblez.

—Si la condesa de Orlof tiene amores con Hobson, mi deber es comprobarlo. Y ¿no cuento para ello con el mejor de los pretextos, un pretexto que ella misma me facilitó anoche?

Mi plan estaba completo. Era una de esas locuras que parecen infinitamente razonables. Las ocho y media acababan de dar cuando tomé, delante de la Remonta, el tranvía que conduce al centro de Beirut.

* * *

En la Plaza de los Cañones busqué un automóvil conducido por un *chauffeur* musulmán. Un *chauffeur* cristiano no se hubiera prestado, en aquella época, a llevarme en plena noche por territorio druso. Rápidamente ajustamos el precio: seis libras ida y vuelta:

—¡Adelante!

Apenas empezaba el automóvil a internarse en el camino de Damasco, cuando ordené al *chauffeur* que volviera hacia atrás.

Una enorme laguna acababa de surgir en mi proyecto. Me era indispensable encontrar a Athelstana sola en el Kalaat-el-Tahara, y podía muy bien suceder que hubiera *alguien* con ella. Previamente debía comprobar la presencia en Beirut de ese *alguien*.

Guiando al *chauffeur*, no tardé en llegar, a espaldas del Gran Serrano, a la puerta de la casa de Hobson.

—¿Está su amo? —pregunté al *cavas*(1) que salió a mi encuentro en la escalera.

Me contestó por señas que sí, mientras se apartaba para dejarme paso. En tres meses me había conquistado las simpatías de aquel personaje; de modo que pude entrar bruscamente, y casi por sorpresa, en el despacho del mayor.

Se hallaba en pijama, disponiéndose a trabajar, ante su mesa. La pantalla concentraba la luz sobre su maciza y roja cabeza. No la levantó cuando entré. Sin duda me oyó llegar, pero debió figurarse que era algún criado.

—Buenas noches, Hobson.

Apenas se estremeció.

—¡Oh! Buenas noches. ¿Es usted?

Estaba lo bastante cerca de él para distinguir el objeto de su trabajo. Sobre una mesa había un mapa de Estado Mayor, doblado de tal manera, que la re-

---

(I) *Cawas, kawas o cavas* es el nombre que se da en los países de Levante a los gendarmes o policías.

gión que se encontraba en aquel instante bajo la mirada del oficial de enlace británico era la región sur del Dyzireh. Si alguna duda me hubiese cabido, no habría podido conservarla mucho tiempo.

Al verme, Hobson hizo un movimiento para cubrir aquel pico del mapa con una cuartilla. Pero ya era tarde. Semejante gesto equivalía a la más elocuente confesión.

El siempre ha sido buen jugador. En aquella ocasión se mostró a la altura de su fama. Se volvió, despreocupadamente, arrellanándose en su sillón.

—¡Ah! ¡Cuánto me alegro de verle! Estaba dispuesto a embrutecerme con estos papelotes.

—Me marcho en seguida —dije—. Dos palabras nada más. Ceno mañana con un amigo que ha de estar en Beirut solamente tres días. Hónreme usted con su compañía.

—El honrado he de ser yo.

Nos contemplamos, con la media sonrisa de dos hombres obligados a mentirse continuamente y que saben que no se pueden engañar uno al otro.

—¿Trabaja usted?

—Esta condenada frontera del Tigris —dijo—. Me piden un informe. Cosa sin el menor interés.

—¿Tan poco interés como esto?

Le dirigí una mirada burlona. Sus párpados aletearon ligeramente. Acababa yo de señalar un punto en el mapa. Con temeridad proseguí mi ataque:

—¿Me permite usted una pregunta, Hobson?

—Diga usted.

—Supongamos que uno de nuestros agentes, admitiendo que nuestras dos naciones empleen todavía, una contra otra, agentes secretos; supongamos, digo, que ese agente viniera a ofrecerme ese informe, ¿cuánto opina usted que debería darle?

Me observó fijamente.

—¡Oh! No mucho —dijo, con la mayor tranquilidad—. Con veinte mil libras esterlinas estaría bien pagado.

—¡Demonio! ¡Ya lo creo! ¿Y por qué esa cifra y no otra?

—Porque, en la improbable suposición que acaba usted de hacer, yo siempre estaría autorizado a pagar esa suma al individuo que me trajera un documento análogo al de usted. Inglaterra es una nación generosa. Los dos lanzamos una carcajada. Sobre la pared; el ébano pulido de los rompecabezas sudaneses tenía reflejos sombríos.

—¿Qué documento, por ejemplo, Hobson?

—Por ejemplo... El trabajo que ahora tiene usted entre manos sobre los jefes beduinos y sus personales necesidades de dinero.

Mientras hablaba así, no me quitaba ojo. Yo no me movía. Era un torneo de esgrima.

—Me ha dado usted el nivel de mi valer y se lo agradezco. Pero ¿no exagerará usted un poco por amistosa cortesía?

Encendió su pipa y lanzó al espacio una bocanada de humo denso.

—No exagero.

—¡Cómo! ¿Me hará usted creer que una estadística de ese género no la puede hacer usted mismo?

—Desde luego que puedo. Pero el trabajo de un adversario es siempre el mejor procedimiento de comprobación. Mire usted: cuando era yo muchacho, en el colegio, estaba el primero en Matemáticas. Aunque estuviese seguro de que mis problemas estaban bien resueltos, siempre procuraba echar un vistazo sobre el cuaderno de mi vecino. Así robustecía mi confianza, ¿comprende usted? Tenemos cierta gracia de pequeños ¿verdad?

—Mucha gracia, Hobson. ¡Y de mayores también!

Tranquilamente iba plegando su mapa y poniendo en orden los papeles. Luego llenó hasta la mitad dos vasos de *whisky*.

—Ya se le he dicho —dijo con gravedad—. Me gusta, me gusta mucho jugar esta partida contra usted.

—Bueno, ¿estamos de acuerdo en reunirnos mañana a las ocho?

—De acuerdo.

Tenía los pies descalzos con zapatillas. Podía estar tranquilo; al parecer no tenía propósito de salir aquella noche.

Llegamos a Sofar un poco después de las once.

El automóvil se detuvo por orden mía delante del mismo café de la víspera. Aún estaba abierto e iluminado. A las doce menos ciarto reanudamos la marcha. No hacía mucho que había pasado la media noche cuando el Ford dejaba la carretera de Ain-Zahalta y se internaba en el camino de Dyemal. ¡Cuántas cosas en veinticuatro horas! Así en las tragedias se atropellaban y se acumulan los acontecimientos generadores... Luego, de pronto, estalla el drama.

Penetramos en la garganta del Nahr-el-Hayat. El camino, hasta entonces lunar y amarillo, se hizo tenebroso. El automóvil moderó su velocidad.

—¡Alto! Espérame.

El agua de los arroyos brillaba débilmente a derecha e izquierda del puente, que los franqueaba para llegar a la puerta del patio de armas. Yo iba provisto de una lámpara eléctrica, que me fue necesaria para descubrir la anilla del llamador. Tiré de ella, y a lo lejos, en la oscuridad, tintineó una campanilla.

Surgió un rudio de pasos que fue creciendo. Abrióse un ventanillo en el espedor de la puerta. Una voz me interpeló en árabe.

—¿Quién es?

—De parte del comandante Hobson —respondí en el mismo idioma—, pregunto por tu señora. Comunicación urgente e importante.

La puerta se entornó para dejarme pasar. No me había equivocado. ¡Qué sésamo era el nombre de Hobson!

Me recibieron dos hombres que cerraron la puerta. Colocáronse uno a mi derecha y otro a mi izquierda, y así atravesamos el patio tenebroso. Apenas si distinguía sus facciones. Eran de talla mediana y vestían, como los egipcios de la ciudad, largas túnicas blancas.

Penetramos los tres en una inmensa sala de espera. Sentado sobre tapices, junto a una bandeja con una taza de café, un anciano hacía solitarios. Era un negro monstruoso, de carrillos lacios y colgantes. Sus ojillos crueles me interrogaban. Imperturbable, repetí mi frase.

Me preguntó:

—¿De qué se trata?

—Tengo orden de no decírselo a nadie más que a tu señora —repondí.

—Está durmiendo.

—Despiértala.

Lanzó un gruñido. Pero mi acento se había impuesto. Se levantó pesadamente y yo me quedé solo con mis dos introductores.

Tuve tiempo de examinar la sala en que me hallaba. ¡Magnífico sitio para representar *Zaire!* Una enorme arquitectura franca con ojivas y pilares oscuros. Las paredes estaban decoradas con panoplias: cotas de malla, hechas de guerra, escudos redondos y el casco sarraceno con su punta larga y aguda.

No tardó en volver el negro.

—¡Ven! —me dijo.

Le seguí. Iba dando vueltas a los interruptores; pasillo y escaleras se iluminaban sucesivamente a nuestro paso, y luego sumíanse de nuevo en la sombra. En otra ocasión haré una descripción detenida de aquellos lugares, destinados a serme más familiares que mi estrecha alcoba de la Remonta. Al llegar ante una inmensa puerta de maderas preciosas, mi guía la abrió, doblándose en una reverencia y haciéndome señas de que entrase.

Al primer golpe de vista, en medio del lujo abigarrado que la rodeaba, distinguí a la condesa de Orlof. Estaba leyendo. La cabellera, suelta, le inundaba los hombros. Nunca los hubiera creído tan opulentos. Una túnica diáfana dejaba adivinar casi todo su cuerpo.

¡Ah! Cuando tan despreocupada se mostraba con el emisario, ¡qué sería con el otro!

Al verme se había levantado. Pero no la dejé tiempo de volver de su asombro.

—¡Filipina! —grité.

Había recuperado todo el domino sobre sí misma.

—¡Bravo! —exclamó—. ¡Bravo! ¡Enhorabuena, capitán Domèvre!

Con gesto seco había ordenado al negro que se retirase. Nos quedamos solos frente a frente.

Repitió:

—¡Enhorabuena!

Al mismo tiempo me contemplaba con semblante a la vez satisfecho e irónico.

—¡Bien tramado, capitán! De seguro que si llega usted a anunciarse con su nombre... Pero, dígame usted: ¿por qué ha escogido el nombre del comandante Hobson?

—¡Es verdad! —contesté—. Pude haber utilizado el de Dyemal Pachá.

—Es usted más imbécil que impertinente —dijo con mucha calma.

Y añadió:

—¿Y ha hecho usted esta excursión para quedarse así, como un cirio, delante de la puerta? ¿Es costumbre entre ustedes que los premios de excelencia no se atrevan a subir al estrado donde les espera la corona de papel verde?

Acababa de sentarme y me hacía indicaciones para que me acercase. Obedecí torpemente. Ella continuaba observándome. Luego encendió un cigarrillo.

—He perdido —murmuró—. Está bien; pagaré. ¿Qué piensa usted que hubiese yo pedido si llego a ganar?

No respondí.

—¿Ha venido usted en un *auto* militar? —preguntó después de un instante de silencio.

—No, señora. He venido en un *auto* de alquiler.

—¿Está ahí?

—Sí.

Llamó. Acudió el negro.

—Atar-Gull —ordenó—, paga al *chauffeur* del capitán y dile que puede marcharse.

A continuación nos quedamos solos. Me miraba sonriendo.

—No me disgustan sus procedimientos. Pero me hubiera gustado mucho más que antes de llamar a mi puerta hubiese usted despedido el coche. Me complace que la gente tenga confianza en mí.

VI

Al llegar al punto culminante de mi relato me recojo. Miro hacia atrás. Se me representa todo mi pasado: mi infancia, arrastrada de guarnición en guarnición; las amistades, tan pronto interrumpidas como reanudadas; las ciudades adonde se llega una noche de lluvia: Abbeville o Castres, según lo que hubiera decidido cualquier subalterno de la oficina de la calle de Santo Domingo; los estudios seguidos a salto de mata; los repartos de premios, en los que nunca alcanzaba más que menciones, porque siempre llegaba empezado el curso y pasados los ejercicios del primer trimestre; el bachillerato, conseguido a duras penas; Saint-Cyr; la guerra, que me lanzó, pobre criatura asustada de su responsabilidad, a la cabeza de una sección de sesenta hombres... ¡Paradójico destino! ¿Dónde encontrar tiempo y ocasión de aprender los terribles secretos de la vida? ¡Qué excusa para los nervios, sometidos desde la más temprana juventud a sacudidas tan caóticas!... Y de repente, tras una pesadilla de cuatro años, el Oriente pálido y rosa; el prestigio de los victoriosos; los perfumes, las mujeres y las flores al borde del mar sonoro; los grandes sueldos ficticios: un espejuelo en el que se han dejado cazar otros mejores y más fuertes que yo. Todo el mundo no es como Walter.

Los primeros calores rodeaban la ciudad, al salir el sol, con sus vahos malsanos. En los pantanos verdosos croaban las ranas con algarabía creciente. Los cascos de tela habían sustituido a los quepis. Un manto polvoriento cubría los olivos y las chumberas. El Líbano, despojado de sus últimas nieves, se erigía en el azul implacable, enorme y rojo. La época de Aley había llegado.

Aley es el punto de veraneo del Beirut administrativo y mundano. Una familia regularmente acomodada se creería deshonrada si tuviera que pasar el verano al ras de las olas. A partir del 15 de junio, se ve en la carretera de la montaña un cortejo continuo de camiones que desocupan la mitad de una ciudad y se la llevan arriba, a ochocientos metros, al nivel de las nubes, sobre un halcón rocoso, desde donde se ve la ciudad febril y fatigada, en un baño de vapores estancados. Allí, el aire, despejado de miasmas, circula más fresco y más puro. Se siente uno revivir Las noches son casi frías. «Tendrá usted que abrigarse». Trabajo moderado, siesta, *tennis,* visitas de vecindad... Y por la noche, al son de un *jazz-band* compuesto por unos rusos, miserables evadidos, las blandas mujeres de Asia, con sus vestidos claros de la calle de la Paz, en las terrazas de los hoteles iluminados, danzan con oficiales del ejército y con marinos.

Retenido su padre en Beirut por las obligaciones de su servicio, Micaela no pudo ir a instalarse en Aley. Me vio marchar con mal disimulada pena, una tristeza que apenas disipó mi promesa de bajar a comer con ellos con la misma frecuencia que cuando estaba en Beirut. En aquel momento, ¿sospechaba ya algo? Siempre lo he ignorado. ¡Pobre Micaela! ¡Si hubiera podido saber cómo me trataba yo a mí mismo en los momentos de sangre fría... Pero esos momentos eran cada vez más raros.

Si la distancia entre Micaela y yo había aumentado, por el contrario, la que me separaba de la condesa de Orlof había disminuido en dos tercios. En media hora se iba desde Aley a Kallat-el-Tahara; así que desde él primer momento pude encontrarme junto a Athelstana todos los días, sin que por ello se resintieran mis ocupaciones. Poco después, aquellos minutos de libertad me parecían insuficientes. Poco a poco observé que el trabajo me iba pareciendo una carga. Llegué a envidiar a los ociosos, a los que merced al dinero son dueños de sus destinos. ¡El dinero!... Creo que es la primera vez que escribo aquí esta palabra; pero, ¡ay!, a buen seguro que no será la última.

Todas las mañanas salía yo del Kalaat-el-Tahara hacia las ocho. Cuando el alba empezaba a arrancar a la sombra los mil destellos preciosos de la alcoba de Athelstana, me despertaba. Acodado en el lecho contemplaba durante horas enteras el hermoso cuerpo dormido. Tenía el tranquilo y magnífico impudor de la desnudez. La pintura escarlata que lucían sus labios la víspera, se había cambiado en rosa. El círculo negro del *khôl* dejaba paso, en torno a sus párpados, a una especie de halo lánguido y malva que me hacía estremecer de orgullo. El rostro, descansado por el sueño, era tan virginal como el de Micaela. Conteniendo la respiración me acercaba. Nuestras dos frentes casi se tocaban. ¿Qué contenía la suya, aquella frentecita estrecha y pálida? Me acercaba más aún. Ella sonreía levemente, como en un sueño. Entonces, loco de miedo a despertarla, me levantaba. El sol, filtrándose a través de las cortinas, empezaba a juguetear sobre los maravillosos tapices acumulados en aquella alcoba. Hacía rebrillar el azul oscuro de los salvanabads, el verde desfalleciente de los jordas, el gris de los fenués, el rojo de los korassans. Como césped mullido y elástico, amortiguaban el ruido de mis pasos. Alcanzaba la puerta. Apoyado con una mano en la columnita de mármol y levantando con la otra la cortina de Damasco, contemplaba otra vez a Athelstana dormida, con tanta emoción como si nunca más hubiera de verla.

Fuera me esperaba el deslumbramiento de una mañana estival en el Líbano. Como las pájaros en los árboles, las cabras, a cien pies por encima de mi cabeza, saltaban de roca en roca. La brisa mañanera mecía en los flancos de las viejas murallas montes de hiedra, sonora por el constante zumbar de insectos. Los criados drusos, mudos y graves, iban y venían. Sobre el agua de los arroyos, los cisnes de Falkenhayn, hermosas aves del Norte, se deslizaban asombrados de navegar bajo aquella espléndida bóveda azul. Uno de los coches de Athelstana me llevaba hasta Sofar. Allí tomaba un Ford de alquiler, con objeto de que la gente de Aley no me viese llegar solo en el suntuoso Mercedes de la Orlof. Estábamos todavía en los comienzos. Al final ya no sentía yo tantos escrúpulos. Durante el día me dedicaba a mis ocupaciones; almorzaba al mediodía con algunos compañeros, que al principio me daban bromas amistosas por mi buena suerte. Alrededor de las ocho, Athelstana descendía de su automóvil ante el hotel del *Belvedere,* donde cenábamos juntos. Las noches de baile —aquellos bailes en que ella era la reina— permanecía en Aley hasta las tres de la madrugada. Los demás días, a media noche, estábamos siempre de regreso en Kalaat el Tahara.

Castillo de Pureza, residencia maldita y sagrada, donde pasé cuatro meses de mi vida, de los que no renegaré jamás, no te guardo rencor, lo repito, lo repetiré siempre, por haber sido la decoración donde me hundí. Tus muros fueron en otras épocas símbolo y garantía de fuerza. Di, sin embargo, si no han sido algunas veces testigos de un decaimiento semejante al mío. ¿No hubo varones de mi raza, y de los más rudos, que sucumbieron también en las emboscadas de la molicie asiática? Por la noche, de regreso en el castillo dormido, se nos ocurría a Athelstana y a mí prolongar muestras veladas. Aún me parece ver nuestras dos sombras elevándose en las enormes escaleras en espiral. Nuestros pies se deslizaban sobre los peldaños pulidos, desgastados en su centro por las plantas de hierro de los pesados caballeros que en otros tiempos los subieron con prisa, cuando la trompa de alarma convocaba a cada combatiente en su almena o su atalaya, y cuando el valle en derredor se cubría con un mar de lanzas, sobre el cual ondeaba la bandera verde de Bibars o de Saladino. A medida que subíamos, la escalera se hacía más estrecha y más espesa la muralla. Un paso más y nos encontrábamos con la bocanada de viento con que nos recibía el rellano de un torreón. ¡Qué sereno asombro! Hormigueaban las estrellas en el cielo, sobre nuestras cabezas. A nuestros pies, en las tinieblas, los aullidos de los chacales se mezclaban con los más roncos de las hienas. Aquel paisaje no había sufrido mudanza desde la época en que los caballeros del Temple eran los encargados de guardarlo, desde el tiempo de los príncipes franceses de Edesia, de Antioquía y de Trípoli. Nos tendíamos sobre tapices para fumar y beber naranjadas. Athelstana hablaba, y como la oscuridad me velaba sus facciones, encontraba para contestarla, y a veces para preguntarla, una audacia que me habría fallado a plena luz.,

—¿Qué te han dicho hoy de mí? —preguntaba.

Yo no respondía.

—¿No me lo quieres decir? ¿Las mujeres . . .?

—Saben que eres hermosa. Eso basta para que no te quieran mucho.

—Me burlo de sus apreciaciones. ¿Y los hombres?

—Aún no hace tres días que cenaste en casa del general y estabas a su derecha. ¿Cómo quieres que los hombres de este país se atrevan a decir nada malo de ti?

—¡Bah, bah, bah! Tú mismo dices que te han contado que soy una espía inglesa.

—No me lo han contado, pero me lo han dado a entender.

—Y tú ¿qué opinas?

—Estoy tentado a darles la razón.

—Harías mal, y además abusarías de la palabra amor, que me prodigas. ¡Bonito amor el que acabaría con la demostración de mi indignidad! Calumnias tus sentimientos hacia mí. Yo te aseguro que me has querido incluso desconfiando de mí.

—Mi profesión me obliga a desconfiar. Y además, ¿tú no has dado nunca motivos que justifiquen esa desconfianza?

—¿Públicamente?

—Escucha: hay aquí un hombre, contra el que yo lucho. La vez primera que entré en su casa, ¿sabes lo qué encontré? Tu perfume.

—Amigo mío, me obligarás a contarte cosas desagradables. Si hace dos años, por ejemplo, hubieras entrado de improviso en casa de tu compañero el teniente Fabre, también allí habrías olido mi perfume. Lo cual no impide que yo tuviera derecho a reírme de ese Fabre, si de eso hubiese deducido que estaba a sueldo de Francia. Podría ponerte otros muchos ejemplos... Pero no, vale más que me detenga, ¿verdad? Observa que no procuro defenderme. En el fondo, todo eso me divierte, no es vulgar. Escucha, sin embargo. En el mismo sitio en que tú estás ahora sentado, se han sentado sucesivamente tres hombres ilustres. Hemos hablado con toda libertad, como estamos hablando esta noche, bajo esta oscura bóveda estrellada. El primero fue Dyemal Pachá. Parece que le estoy viendo todavía, pequeño y cabezudo, con las trenzas de oro sobre los hombros, que relucían a la luz de la luna. Hablaba lentamente, con la cabeza baja. Era en la época de vuestros peores días, hacia marzo de 1918, cuando el ejército inglés desalojaba el campo, arma al hombro, camino del mar, dejando una vez más a vuestros buenos territoriales la tarea de obstruir el camino de París. Todas las esperanzas les estaban permitidas a los alemanes y a los turcos. La seguridad del éxito prestaba locuacidad a Dyemal Pachá. «¿Cómo puede usted...?», me decía...

—¿Te hablaba de *usted?*

—Te ruego que no me interrumpas con tonterías, y que no mezcles ociosos matices sentimentales en las cuestiones de alta política que estamos tratando. «¿Cómo puede usted —me preguntaba Dyemal— continuar sintiendo simpatía por esa Francia que tenemos bajo los talones, usted, una mujer inteligente?» Te hago gracia de mi contestación. Ocho meses después, cambio de decoración. Allenby cenaba aquí una noche con su Estado Mayor. Es una especie de gigante que rebusca sus palabras. «¿Cómo puede usted —me preguntaba después de un whisky que se dignó encontrar bueno—, cómo usted, una mujer inteligente, puede encontrar algún atractivo en esos bárbaros turcos?» Todavía no hace un año, siempre en el mismo sitio, estaba Gourcaud. Me daba broma con lo que se ha dado en llamar mi drusofilia. «¿Cómo puede usted, usted, cuyos verdaderos sentimientos he tenido ocasión de conocer, hacer contra nosotros, en este país, el juego de Inglaterra?» El círculo está cerrado, como ves, con las preguntas de mis tres famosos interlocutores. ¿Cuál tenía razón? ¡Yo me río y dejo que digan lo que quieran! Hablemos de otra cosa. ¿Tú sabes lo que significa esta estrella de cinco puntas que llevas bordada en el cuello y en el quepis?

—No —dije, molesto por semejante salto en la conversación.

—¿Tú crees que no existe una razón para que hayan bordado este talismán en vuestro uniforme, en los de todos los soldados del desierto, expuestos sin cesar a los maleficios de los espíritus de los arenales y de los vientos abrasadores? Esta estrella es el pentagrama mágico, el pentagrama de Agrippa, de Pedro Albano y de Estanislao de Guaita. Lo prefiero, por mi parte, al sello de Salomón. Simboliza la lucha de la sensualidad y el entendimiento, y como el número de las puntas es impar, siempre hay uno de los dos principios que es superior al otro. Gracias al pentagrama, debemos conseguir el triunfo, a nuestro albedrío, de aquel de los dos principios que nos inspire más simpatías. ¿Por qué ese asombro que noto en ti? ¿Quieres que me arrepienta de hablarte de distinto modo que a mis parejas de *fox-trot?* ¿En qué tierras crees estar? ¿No sabes que ésta es la tierra de Medea, y que nosotras, mujeres de Asia, mujeres por Asia seducidas y modeladas, somos todas, unas más y otras menos, magas? Piensa en la reina de Saba y en la sibila de Gudor. Zenobia poseía los poderosos secretos de los magos caldeos y de la cábala aramea. En Roma creían, y no sin fundamento, que Cleopatra, en Tarsos, y Berenice, en Cesárea, habían lanzado un sortilegio a Antonio y a Tito. Un día, cuando te dejen un poco de respiro en tu trabajo, te llevaré al Kesruan, junto a la tumba de la profetisa Hendyé, y al Chuf, junto a la tumba de aquella lady Ester Stanhope, que interrogaba a los astros y con quien vino vuestro Lamartine a hablar gravemente de democracia y libertad. Allí te juro que conseguirás luces, que no han de serte inútiles ni siquiera para tus informes confidenciales. Aprenderás a penetrar la esencia de una tierra que no se parece a otra ninguna. Todas esas mujeres, ¿para quién crees tú que han «trabajado», como decís vosotros? Para ellas, hijo mío, para ellas. ¡Ah! ¿Quién podrá nunca medir el orgullo que debió sentir lady Stanhope el día en que en Palmira cuarenta mil beduinos la proclamaron soberana? En cuanto a mí, cuando atravieso un pueblo druso y se me acercan en bandadas los niños para besarme la mano, siento que por todo mi cuerpo corre un estremecimiento que el amante mejor musculado no podría jamás producirme. Pero ya hemos hablado bastante esta noche. A propósito, ¿cómo van los asuntos con tu novia?

—Mañana ceno con ella —respondí secamente.

—Enhorabuena. Salúdala en mi nombre. Es encantadora esa muchacha y creo que has de ser muy feliz con ella.

* * *

Había pasado el domingo al lado de Athelstana. Al día siguiente, en la pensión, faltaron a la hora de almorzar dos de nuestros compañeros.

—¿Dónde están?

—Han avisado —dijo el capitán Mauduit—. Si no están aquí a las doce y media, nos sentaremos a la mesa. Lemercier está en su oficina. Roche se ha dejado tentar por el automóvil de Walter: ha bajado con él a Beirut.

—¿Walter, de los meharistas?

—¡Claro! No creo que haya dos Walter.

—¿Está aquí?

—Estaba. Ya no está. Llegó ayer. Almorzó en casa del general y luego cenó con Roche. Esta mañana se ha vuelto a Palmira por Trípoli. El camino de Damasco no le gusta; prefiere la carretera de Homs. Roche le acompaña hasta Beirut.

El anuncio de aquella llegada y aquella partida bruscas me dejaba una impresión desagradable. No pude ver a Walter en los dos días que había pasado en Beirut, dos meses antes, al volver precipitadamente de Francia, llamado por el telegrama del general... Y ahora la mala suerte de no encontrarle tampoco...

El capitán Lemercier llegó. Pertenecía al primer negociado. El era quien, por lo general, nos llevaba las «novedades».

—¿Saben ustedes la noticia? Prieur asciende a general.

—¡Bravo! —exclamaron todos los oficiales.

—Es una bellísima persona —dijo el teniente Pfeiffer—. Quien lo va a sentir será el capitán Domévre. No es posible ganar en el cambio. ¿Han nombrado ya a su sucesor?

—Todavía no.

—Podemos sentarnos a la mesa. Aquí está Roche. Llegaba cubierto de polvo.

—¡Maldita carretra de Aley! —dijo, quitándose las gafas ahumadas—. En agosto, al mediodía, es un horno.

—La carretera de Ain-Zahalta es mucho más agradable —aseguró el teniente Pfeiffer.

Dijo esto con toda la inocencia de su alma. Todos se echaron a reír. Pfeiffer se puso rojo como un tomate, y yo me vi obligado a sonreír.

Estaba yo sentado entre Pfeiffer y Roche. Mientras los demás comentaban la hoja de servicios del coronel Prieur y la mala calidad de las sardinas que nos servían como entremés, me dirigí a Roche, en voz baja:

—¿Has visto a Walter?

—Acabo de dejarle.

—¿Cómo estaba por aquí?

—Aprovechó un avión desde Palmira a Raiak. Ha venido para hablar con el general de la reorganización de su compañía. Gouraud le tenía dicho que lo hiciese en la primera ocasión. Parece que todo marcha bien por el campo; todo lo bien que es posible después de semejante golpe.

—¿Se ha marchado?

—Sí, a las diez.

—Demasiado sabes que yo estoy siempre en mi despacho a las nueve. Creo que podías haber propuesto a Walter...

—¿Y quién te dice que no lo he hecho?

—¿Entonces, cómo?...

—Chico, ya que insistes, te diré que mi proposición no tuvo éxito. Entre nosotros: yo creo que Walter está un poco molesto contigo, y tal vez no le falte razón.

Yo me callé. Roche aludía al anterior viaje de Walter. Había llegado antes de lo que se esperaba. Yo, aquel día, estaba invitado en casa de la condesa de Orlof. No pude disculparme. Al día siguiente, él no estaba libre. En resumen: que había vuelto a marcharse sin que yo pudiera verle. De aquella coincidencia me había quedado un mal sabor de boca, que el contratiempo de ahora hacía más intenso.

Arriesgué:

—¿No te ha hablado de mí?

—Sí; pero de cierto modo. Me dijo: «No te pregunto por Domévre. Debe seguir muy ocupado.» Y añadió, dando un golpe en la mesa: «Me habrían de nombrar de un salto coronel, ¿comprendes?, coronel, y no podría acostumbrarme a la vida idiota que lleváis aquí.» Yo me defendí como pude, chico, pero no demasiado, porque comprendí que era a ti a quien se dirigía. Ya conoces a Walter. Es celoso como una mujer, y...

Roche no pudo acabar su frase. Yo me había puesto a hablar con el teniente Pfeiffer. Aquel buen muchacho, ex ayudante en los meharistas, no tenía de seguro sino muy vaga idea acerca de la significación de la estrella de cinco puntas que lucía en el quepis. Estaba ocupado en lamentar la insuficiencia alcohólica del vino de la Intendencia. Experimentó la agradable sorpresa de oírme apoyar enérgicamente su punto de vista. El coronel Prieur llegó muy tarde a la oficina. Yo le esperaba con impaciencia. No quería ser de los últimos en felicitarle. Siempre había sido bueno conmigo.

El hombre no intentaba disimular su alegría.

—Mi querido amigo —dijo—, éste es uno de los días en que yo quisiera que todos los que me rodean fuesen felices.

Este preámbulo me satisfizo, precisamente porque tenía que pedirle una cosa. Siguió:

—Hennequin me acaba de telefonear para felicitarme. Es tanto más de agradecer cuanto que yo estaba detrás de él en la escala, como usted sabe. Le he invitado a cenar aquí pasado mañana, con su hija. ¿Estará usted contento, me figuro?

—Muy contento, mi general.

—Todavía no sé el nombre de mi sucesor, pero puede usted estar tranquilo. Ya le diré yo lo que haga falta, especialmente en lo que se refiere a su permiso. ¿Sigue usted pensando en marcharse en noviembre?

—Mi general, a propósito de eso, tengo que rogarle una cosa.

—¿Qué es ello?

—Me encuentro un poco fatigado. Por otra parte, mi trabajo está al día. Quisiera que me autorizase usted a disponer de una semana a cuenta del permiso.

—Está usted fatigado —dijo, y una sombra enturbió su mirada—. Será preferible no hablar de eso a Micaela, ¿verdad? Podría preocuparse.

Adiviné que no se dejaba engañar. Había en aquel hombre tanta delicadeza como bondad.

—Desde luego, puede usted disponer de esa semana. Disfrútela usted pronto, mientras yo estoy aquí.

A la alegría había sucedido en su rostro un gesto de melancolía. Pude comprender cuánto me quería.

—Amigo mío —dijo con gravedad—, sentiré mucho, muchísimo, separarme de usted.

Aquella frase tenía un doble sentido que yo no quise comprender.

* * *

Sobre la torre del homenaje de su castillo hablaba Athelstana. La noche acumulaba en torno nuestro sus profundidades sombrías.

—Creo —decía— que empieza a haber entre nosotros alguna desconfianza. Esta noche has estado a punto de hacerme una escena ridícula, porque un imbécil ha bailado conmigo. Permíteme decirte que has de ver a otros muchos. ¿Qué crees tú que soy yo para ti? ¿Piensas que te he concedido algún derecho sobre mi vida? Debo determinar inmediatamente nuestras respectivas posiciones. Dos o tres episodios me ayudarán a conseguirlo, y cuando los hayas escuchado, sabrás, si no quién soy yo, por lo menos lo que debes hacer con quien no ha consentido nunca que nadie se le imponga. Aunque joven todavía, creo haberte dado algunas pruebas menos sofísticas que una partida de nacimiento; ya he tenido no pocas ocasiones de demostrar a la gente que una mujer como yo dispone, cuando lo cree necesario, de eficaces venganzas. Escucha primero la historia roja:

«La llamo la historia roja a causa del escenario en que tuvo lugar: un encantador barco de flores con cortinas y almohadones escarlata. No fue a uno de mis amantes —entre paréntesis, pierde el sobresalto de mal gusto que has experimentado al oírme pronunciar esas palabras—, no fue, repito, a uno de mis amantes a quien jugué esta partida, sino a mi marido, el conde de Orlof. Acababa de casarse conmigo y yo encontraba indecoroso que continuase haciendo su vida de libertinaje. Era en Cantón, una de las ciudades más curiosas del mundo. Era yo casi virgen y me aburría enormemente soplando todo el santo día en una pipa de jaspe las burbujas de jabón que hacía saltar y bailar sobre sederías rosas y azules que les daban brillantez extraordinaria. Aquello era bonito, pero a la larga monótono. Tenía también el opio, pero te confieso, de pasada, que, después de probar todas las drogas, no me he aficionado a ninguna, porque todas ellas matan lo único que me interesa un poco en el campo sensible: el placer. En una palabra, acabé por cansarme. Un día se me ocurrió la idea de una broma original, y la puse inmediatamente en práctica. Me habían dicho que mi marido se pasaba todas las noches en un barco de flores, al lado de una chinita que llevaba el nombre, un poco pretencioso, de *Estrella de Humo*. Llegaba allí a las once, hacía cuanto le venía en gana y volvía a casa, en bastante mal estado, hacia las cuatro de la madrugada.

Inmediatamente, y gracias a un canalla de vicecónsul francés que me hacía la corte, compré la complicidad de la patrona del barco, y a las dos de la tarde ya me encontraba yo a bordo, sola, con mis trebejos. El vicecónsul, intranquilo ante las consecuencias de la aventura, me faltó a su palabra a última hora.

He frecuentado muchos lugares de este género, pero de todos se desprende el más denso y el más sospechoso de los aburrimientos. Los más ricos tienen un aire de burguesía postiza que hace recordar con nostalgia las alegrías familiares. ¡Qué horror! En cambio, tú no puedes figurarte el encanto de un barco de flores. Se aspira allí, entre pesados perfumes, como un olor de rosas silvestres, algo como el fresco que tiene en primavera la brisa que resbala sobre los verdes sembrados. Y el silencio, el chapoteo sordo del agua del río que se desliza incansablemente en la noche. Ellas, las mujeres, no hablan nunca. Están inmóviles, con sus atavíos de ídolo, y hay hombres que, sin ser frailes, me han asegurado que pasaron horas enteras junto a ellas sin hacer otra cosa que contemplarlas.

Toda la tarde estuve encerrada en el camarote de *Estrella de Humo*. Mi nueva amiga llamó a una de sus compañeras, y entre las dos emplearon más de cuatro horas en transformarme. Los abalorios y las sedas que yo llevaba no sirvieron de nada. Las de *Estrella de Humo* eran mucho más bonitas. Me las prestó.

Cuando acabaron, me miré en un espejo y me sentí contenta y asustada de no reconocerme. Quisiera que hubieses podido ver la trágica máscara blanca en que se convirtió mi cara. Me habían afeitado las cejas, para pintármelas a lápiz, dos centímetros más altas, casi en medio de la frente. En mi lívido rostro, de Pierrot, los labios y la nariz parecían menudas heridas sangrantes. Al principio, las tres nos reíamos como locas. Luego, gravemente, acurrucadas sobre las plantas de sus pies, me dieron una lección de impasibilidad.

A las siete cenamos unas confituras que yo había llevado. Luego le di diez taeles a *Estrella de Humo.*

»—Vete a casa de tu madre. Tienes permiso. Esta noche mando yo aquí.

»Se fueron. Me quedaban dos horas largas de espera. Me acurruqué sobre un almohadón en la postura que ellas me habían indicado, y no me moví.

»Los acontecimientos se encargan muchas veces de dar fuerza a las mejores farsas que podemos imaginar. A eso de las nueve se oyó un estrépito de mil diablos. El barco acababa de ser tomado al abordaje por los marineros de un acorazado americano, el *Beecher-Stowe* creo, que había atracado aquella misma mañana en el puerto de Cantón. La marina de los Estados Unidos es todavía una marina joven, pero que aún está haciendo sus pruebas. La patrona, desolada, acudió presurosa a decirme que tenía tiempo de huir; pero ¡figúrate cómo había yo de utilizar su consejo! Se me presentaba una ocasión única, como no podría imaginarme otra tan completa, de dar a mi marido una lección.

»Casi inmediatamente, seis de aquellos bestias irrumpieron en mi camarote. Borrachos como toneles, no pudieron ponerse de acuerdo entre ellos, y empezaron a golpearse como condenados por quedarse conmigo. Yo escuchaba el ruido mate de los puñetazos sobre los rostros, sobre los torsos... ¡Pam! ¡Pam! ¡Pam! A un tiempo, me sentía loca de alegría y de miedo. Al cabo, el más fuerte, o el menos ebrio, dio cuenta de los otros cinco y los echó fuera, menos a uno, que estaba excesivamente magullado y que permaneció tendido en el suelo, sin moverse. El vencedor se quedó conmigo una media hora. Al marcharse me dejó cinco dólares, precio, al parecer, muy aceptable. Todavía los conservo.

»Mi marido era un hombre de escrupulosa puntualidad. A las once en punto entraba en el camarote. Se habían llevado al marinero amodorrado y yo había tenido tiempo para arreglar un poco mi atavío. Me reconoció casi en seguida, y su pasmo coronó, como yo deseaba, aquella noche agitada. Era un verdadero hombre de mundo, y no se dejó vencer por ninguna manifestación inadecuada. Yo, por mi parte, no le omití ningún detalle, y aunque sabía dominarse, en la ocasión, observé que algunos de ellos le parecieron de mal gusto. Yo aprecié que no careció de aplomo. ¿Qué te parece? ¿No me respondes? ¿Tal vez eres de su opinión?... Escucha, entonces, la historia blanca.

»¿Por qué la llamo la historia blanca? Como la otra a causa de la decoración. Era en 1907. Yo estaba en San Petersburgo con mi marido. Se hablaba con insistencia de él para una embajada. El ministro del Interior, todopoderoso en la corte, era el conde de... No, no quiero decirte ahora su nombre, porque adivinarías el final de la historia. Déjame que vaya graduando los efectos. Teníamos una casa espléndida en la Perspectiva Newsky, y dábamos en ella muchas fiestas para demostrar que mi marido era digno del puesto que postulaba. El ministro del Interior —llamémosle X— era asiduo a aquellas fiestas. Pronto advertí que le gustaba yo, y una noche, en un pasillo, me dio la seguridad con la voz y con el gesto. Me murmuró especialmente que si yo quería, sería, antes de un mes, embajadora en Madrid. Le contesté con un par de bofetadas. Ni él ni España me importaban nada. A partir de aquel instante no tuve ya, puedes creerme, enemigo peor.

»A la Embajada de Madrid se le asignó su titular;

luego, a la de Bruselas; después, a la de Roma; y mi marido seguía quedando al margen. Todos los años, en noviembre, el Zar daba una gran fiesta en el Palacio Nuevo. No nos invitaron y mi policía se apresuró a informarme que X... era quien se había opuesto. Incluso había hecho una gestión personal cerca de Su Majestad:

»—El marido, pase todavía, señor. Pero la mujer, es completamente imposible.

»Era urgente enseñar a aquel caballero de lo que yo soy capaz cuando llega la ocasión. Ten en cuenta que durante todo aquel tiempo el traidor no faltaba a una de mis fiestas. Y en eso hacía bien. No era cosa de que la gente se enterase de nuestras cuestiones.

»—Es igual, amigo —pensé—, el baile a que voy a convidarte será el último a que concurras.

»Y pensando esto, redacté una docena de invitaciones para cenar en mi casa —una de ellas dirigida a él—, el lunes 10 de diciembre. Tenía ocho días por delante. Era más que suficiente.

»Al llegar aquí, tengo que volver atrás un poco para darte algunos detalles de una aventura de la que en su origen no pensé sacar más que una ligera diversión. Mi marido tiene en Petersburgo un primo que era subdirector de Seguridad. Yo adoro las historias de nihilistas, y los revolucionarios siempre han excitado mi imaginación y a veces mi simpatía. No me costó mucho trabajo obtener del jefe de policía unos cuantos nombres y la dirección de algunos cafés, más o menos sórdidos, de los frecuentados por los dinamiteros. Aún no habían transcurrido ocho días cuando ya había encontrado ocasión de entablar relaciones con uno de ellos.

»¡Qué admirable disfraz me había compuesto! Vestido negro, muy sencillo; abrigo de piel de conejo, modesta gorrita de ídem y una corbata que era todo un poema. Parecía la mismísima realidad. Cualquiera hubiese dicho que me disponía a representar una obra de Gorki en el teatro de Lugné-Poe. Una noche, a eso de las seis, entré deliberadamente en uno de los cafés en cuestión, el más modesto de todos. Me senté ante una mesa, pedí cerveza y luego me sumí en la lectura de una obra cuidadosamente escogida: ¡El segundo tomo de *El Capital!*

»Al pronto nadie se fijó en mí. Empezaba ya a desanimarme. Pero, de repente, me estremecí de alegría. Alguien acababa de susurrarme al oído:

»—¡Estás loca, chiquilla! Deja inmediatamente ese libro. Aquí hay espías.

»Volví la cabeza y pude ver a mi espalda un muchacho modestamente vestido, de aspecto simpático y enfermizo. Era feo, pero tenía dos ojos que no podían dejar indiferente a una mujer de mi especie.

»—¿Y por qué he de ocultar este libro? ¡Yo no temo a nadie!

»Movió la cabeza con lástima.

»—Eres una niña. No sabes a lo que te expones.

»Autoritariamente se apoderó del volumen y lo guardó en uno de sus bolsillos.

»—Ahora —murmuró—, yo me marcho. Sígueme.

»Estaba encantada. Aquello iba saliendo tal como yo quería.

»Al cabo de un cuarto de hora, durante el cual no había dejado de entrar y salir gente, se levantó él, en efecto. Yo también me levante con soltura. Después de franquear dos puertas, nos encontramos en un recinto mugriento.

»—Aquí —dijo— ya no hay espías. Estamos seguros. Podemos hablar. ¿Quién eres tú?

»—¿Y tú quién eres?

»El sonrió.

»—Podría ponerte algunos reparos antes de decirte mi nombre. Pero te lo voy a decir: Iván Sokolovsky, estudiante.

»—Y yo, María Goutcharov, una pobre dactilógrafa.

»—Lees *El Capital;* ¿eres de los nuestros?

»—Si admirar a Carlos Marx basta para ser de los vuestros, lo soy.

»Así comenzó mi idilio con Iván Sokolovsky. A los veinticinco años ya había sido condenado tres veces a muerte, y tenía en su cuadro cuatro o cinco piezas de caza mayor política. Puedo asegurarte que nunca he encontrado un alma más cándida, un ser más dulce que aquel asesino. Cuando vi que, poco a poco, se iba enamorando de mí, me dio lástima, cosa que me sucede pocas veces. Decidí ir espaciando nuestras citas para llegar a no verle más. Así estaban las cosas cuando se produjo el incidente del baile de la corte, y quise vengarme de X...

»El lunes que envié mis invitaciones, acudí al café. Iván no estaba. El martes, tampoco. Por fin, el miércoles se presentó. Se estremeció al verme.

»—¿Qué tienes, hermanita? ¡Estás pálida!

»Yo no respondí.

»—Tú me ocultas algo.

»—No, Iván; te lo aseguro.

»—No dices la verdad. ¿Es qué no tienes confianza en mí?

»Me llevé las manos a la frente.

»—¡Iván, Iván, soy muy desgraciada!

»—He venido para decirte que me olvides. Ya no soy digna de ti.

»Entonces fue él quien se puso lívido.

»—¡Habla, te lo suplico!

»—No, no. Aquí no. Ven.

»Tomamos un coche. Y con la cabeza apoyada en su hombro, le conté mi novela. El efecto sobrepasó a mis esperanzas.

»—Se han atrevido —aulló—, se han atrevido... Dime el nombre del infame que ha abusado de ti.

»—Ivan, te lo ruego, cálmate; nunca podría decirte . . .

»—Te lo mando.

»Acerqué mi boca a su oído y deslice un nombre.

»Lanzó un verdadero rugido.

»—¡X...! ¡El ministro del Interior! ¡Ah, el miserable! ¡Ah, canalla! Pero, no comprendo. ¿Cómo, cómo?

»—Estoy empleada en una administración que depende de su ministerio —expliqué—. Se indispuso una dactilógrafa de su secretaría y me nombraron para sustituirla durante una semana. Por eso no vine últimamente a nuestras citas. El primer día sólo vi dos o tres veces al ministro. Pero no pareció fijarse en mí. Al día siguiente, el jefe de la secretaría me ordenó que fuese a trabajar por la noche. Son horas extraordinarias que se pagan aparte; no me podía negar, tanto menos cuanto que la vida es cara, Iván. Fui. ¡Ay, si llego a saberlo! El ministro empezó por despedir al ujier y al oficial de guardia. Nos quedamos los dos solos en el inmenso despacho sombrío. Se puso a dictarme una carta —todavía conservo en la memoria el texto íntegro—, una carta dirigida a una tal condesa de Orlof, Perspectiva Neósky, 72, diciéndola que el lunes próximo, 10 de diciembre, a las ocho, tendría el honor de acudir a su invitación para cenar... Y luego, luego... ¡Ah, Iván! No me preguntes más... ¡Es innoble! ¡Es horrible!

»Le veía temblar junto a mí. Su voz silbaba: «Lunes próximo, Newsky, 72, a las ocho.» Me besó.

»—No llores, hermanita, no llores.

»Me dejó en la esquina de la calle de Kazan, como le había rogado, y se marchó en el coche.

»—¿Te asombras de mi imaginación? ¿Crees que he sido yo quién ha compuesto ese magnífico plan? ¿Sabes de dónde lo he tomado al pie de la letra? De *Los Tres Mosqueteros,* sencillamente. ¿No recuerdas que hay allí un pobre diablo, que se llama Felton, que va a asesinar a Buckingham en las mismas condiciones? Con frecuencia, los novelistas viven a expensas de la realidad, para que ésta, de cuando en cuando, los compense, convirtiendo en hechos sus fantasías. Vestida a la moda petersburguesa de Milady.

»Yo estaba un poco nerviosa el 10 de diciembre, a las siete de la tarde, cuando me ataviaba para la cena. Acababa de recibir una soberbia cesta de flores, con una tarjeta en la que habían escrito: «La embajada de Viena va a quedar vacante.» «Sí, amigo —pensaba yo—, y un sitio en el infierno, también.»

»A partir de las siete y media estaba yo en una de las ventanas del salón, entre cristal y cortina. Había luna. La Newsky, cubierta de nieve, parecía un río blanco, quieto. Las ocho menos cuarto, ¡y nada! Siempre aquella nieve inmóvil y desierta. Las ocho menos diez, menos cinco... Sí, dos faros a lo lejos, en el fondo de la Perspectiva. Era el automóvil ministerial que avanzaba rápidamente. Los faros lanzaban sobre la nieve sus pinceladas amarillas. Y ningún otro coche en toda la avenida. Nada. ¡Ni un alma viviente!... Ya había franqueado la mitad de la distancia. Antes de treinta segundos el automóvil estaría delante de mi puerta. Sería demasiado tarde...

»Mordí el pañuelo, de rabia.

»—¡Qué idiota! —murmuré—. O mejor dicho, ¡qué cobarde!

»Entonces, precisamente en el momento en que me desesperaba, vi pasar bajo mi ventana un carruaje negro, una *troika* miserable que, a toda velocidad, subía la avenida en sentido contrario al automóvil. ¡Bravo, muchacho! Estaba a punto de cruzarlo. Cerré los ojos, conteniendo la respiración, y, de repente, lancé un grito de alegría. Una inmensa llamarada acababa de rasgar la noche. La vi a través de mis párpados cerrados. El edificio tembló de arriba abajo. Cristales pulverizados llovían en pequeños fragmentos a mi alrededor. Uno de aquellos pedazos, tropezando en mi frente, a un centímetro de la sien, me hizo una herida cuya cicatriz conservo. Dame tu dedo y tócala.

»En los periódicos de diciembre de 1907 puedes

encontrar a placer los detalles del atentado que costó la vida a su excelencia el conde Dimitriev, ministro del Interior del gobierno imperial ruso.

»La comida, como puedes suponer, no se verificó. No dices nada, y a pesar de que hay un hombre muerto en ella, encuentras esta historia blanca menos escabrosa que la del marinero americano. Tal es la elasticidad de vuestras conciencias masculinas. Pues oye una tercera, y por esta noche será la última, porque en este vientecillo fresco noto que pronto empezará a rayar el alba. Mis dos primeras venganzas las he saciado en hombres que me habían ofendido. La que te voy a contar la ejercí sobre uno que no me había hecho nada. Era imbécil nada más. Por eso quise castigarle.

»Llamo a esta última historia la historia azul, por el color del río a cuya orilla sucedió y también por la ridícula florecilla que tiene ese color. En aquella época estaba yo en Biarritz, ocupada en jugar y en pelearme con mi enamorado de entonces, un barón húngaro, coronel de uno de los regimientos de caballería de Pest, el hombre más guapo y acaso el más valiente que yo he conocido. Le ejecutaron hace tres años, en condiciones verdaderamente siniestras, porque intentó matar a Bela Kun. ¡Qué colección de seres raros he conocido! ¡Cuando lo pienso! Es igual. En 1912, las extravagancias de aquel húngaro me atacaban los nervios. De noche, cuando despertaba, le encontraba inclinado sobre mí, sonriendo como un loco y con el revólver apoyado en mi frente. «¿Qué es lo que me contiene cuando trato de asegurarme para siempre de tu fidelidad?» En fin, una colección de bromas, que la primera vez pueden resultar graciosas, pero que acaban por fatigar.

»Una noche, en el Casino, después de una escena más violenta, me metí en mi *auto*, sin llamar la atención, y ordené que me llevasen a Bayona. Subí en el primer tren que salió, un ómnibus para Burdeos. Llegué a esta ciudad a las nueve de la mañana. Ten en cuenta que iba en traje de baile, pues no había tenido tiempo de pasar por mi hotel para cambiarme de vestido. Llevaba un abrigo grande, desde luego; pero, el fin y al cabo, no era ropa para pasearse por los andenes de una ciudad a las nueve de la mañana.

»Tomé una habitación en el *Términus,* hice comparecer a las mujeres de servicio, y encargué a la que me pareció más despejada, que era aproximadamente de mi estatura, que fuese a comprarme ropa. La camarera volvió con un traje sastre, que no me sentaba mal del todo. Me encontré sola, libre y desconocida. Brillaba el sol. La vida era hermosa.

»No se trataba, sin embargo, de eternizarse en Burdeos, que sería seguramente uno de los primeros sitios donde mi húngaro me haría buscar. Después de hacer algunas compras, eché una ojeada por la guía y en seguida descubrí un nombre que me decidió: Langon. Siempre me ha gustado, ya te he dicho, las historias de criminales y no conocía nada más emocionante que la lucha de Raskolnikof y el juez de Porphyre-Langon. Recordaba el crimen magnífico que, cuatro años antes, había ilustrado aquella reducida ciudad: el fondista Branchery, el mudo; la gorda Lucía; el cuerpo de Monget, el viajante de comercio, precipitado en el Garona. ¿No encuentras tú ya en los nombres de esa gente, que inspiran sangre y asesinato? Tomé el tren de la una para Langon. ¡Pensaba no estar allí más que dos días y me quedé más de dos semanas!

»¡Qué aspecto más gentil tenía yo con mi trajecito de almacén de ropas hechas y mi sombrero de veintiséis francos, cuando me sentaba, a la hora de las comidas, en una mesita, en el comedor del hotel! Había allí siete u ocho personas, viajantes de comercio, que hablaban a gritos. Yo admiraba a aquellos viajantes que todavía se atrevían a ir a Langon.

»En un rincón del comedor observé en seguida a un hombre joven, de unos treinta años. Se hubiera dicho que era el perfecto compendio de todas las virtudes mediocres. Si le hubieses visto desdoblar su periódico, que leía mientras cenaba, siguiendo un orden riguroso: primero, el artículo de fondo, durante la sopa; las noticias de la localidad, en los platos fuertes, y los anuncios, en el café.

»Por eso me sentí atraída hacia aquel individuo; estaba harta de las novelerías de mi húngaro. Descubrí en mí cierta simpatía por los tintes y el chaqué negro, por la raya a un lado en la cabellera del señor Péborde, del señor don José Péborde. Era cajero de una casa de banca, la única que había en Langon.

»Nuestras mesas estaban colocadas una frente a otra, de modo que nos mirábamos con disimulo. Cuando alguna vez se cruzaban nuestras miradas, ambos nos ruborizábamos y aquel juego resultaba encantador. Duró aquello nueve días. Al décimo, mientras una muchacha de la servidumbre, subida en una escalera de mano, limpiaba los cristales, sufrió una caída, y tal suceso provocó entre los pupilos vivos comentarios, que hicieron inútiles las presentaciones. Trabé conocimiento con el señor Péborde y acepté el vasito de agua de nuez que me ofreció, ruborizándose más que nunca.

»Pronto adquirimos mutua confianza. El me contó su historia, tanto más breve cuanto que carecía de ella. Yo le referí la mía, una historia casi tan sencilla como la suya. Yo era la señora de Mauperin, viuda de un comerciante de Villeneuve-sur-Lot. Mi familia política me ponía obstáculos para la herencia de mi marido.

»—Mi abogado es el señor Déveze —le dije—. El de mi suegro, el señor Fourcade.

»—Le conozco —dijo con toda gravedad.

»No me extrañó, pues aquellos dos nombres los había yo escogido por la mañana en una guía.

»—Me parece que en todo este asunto, la actitud del señor Fourcade con usted no es correcta.

»—¡Tiene usted razón! —exclamé, suspirando—. Pero ¡una mujer sola, qué ha de hacer!

»No dijo nada. Limpiaba, con gesto preocupado, los cristales de sus lentes.

»Al día siguiente, a eso de las diez de la mañana, me lo encontré en la puerta cuando yo salía.

»—Hoy tengo permiso —me dijo—. ¿Le molestaría a usted que diéramos un paseo juntos?

»—Lo haría con muchísimo gusto. Pero, ¿no teme usted?... Es tan chismosa la gente en estos pueblos...

»—Así tendrán de qué hablar —dijo, estirándose.

»Fuimos a almorzar a una media legua de allí, a la orilla del río, en un merendero rodeado de un jardincillo, por el que saltaba una gallina coja. ¡Qué suavidad la de aquel paisaje! Puedes creer que llegué a sentirme seducida por una emoción de sentimientos inocentes. Pensé que sería curioso que me quedase allí indefinidamente, con mi trajecito sastre, en compañía del señor Péborde.

»A los postres, me di cuenta de que estaba emocionado y se disponía a hablar. Empezó tosiendo para dominar su timidez.

»—Renata —dijo, al fin—, Renata, porque ha de permitirme usted que la llame por su nombre, ¿verdad?

»Yo le había dicho, efectivamente, que me llamaba así, Renata, consecuencia de Mauperin, ya comprendes (1). Un plagio más a mi cargo.

»—Está usted autorizado, José —respondí, bajando la vista.

»—Renata —murmuró—, Renata —y su voz se quebró por la emoción—, yo soy libre.

»Lo contrario me habría asombrado.

»—Yo también.

»—¿Quiere usted que unamos nuestras vidas?

»—Ese sería el ideal de la mía, José.

---

(1) *Renata Mauperin* es el nombre de la protagonista de la célebre novela de los hermanos Goncourt que lleva ese mismo título. *(N. del T.)*

»Su rostro, congestionado, se cambió en radiante. Necesitó dos minutos largos para reponerse de la emoción.

»—En lo sucesivo me permitirá usted que sea yo quien se ocupe de sus asuntos. Yo no tengo más que mi anciana madre, que vive en Nérac. Mañana mismo iré allí para ponerla al corriente de nuestros planes. El lunes estaré en Villeneuve y diré al señor Fourcade lo que hace al caso.

»Volvimos juntos, muy despacio. De cuando en cuando se paraba para cogerme devotamente las grandes margaritas de que estaban cubiertos los prados a nuestro alrededor.

»Al día siguiente el pobre diablo salió para Nérac y Villeneuve. En el expreso, que aquella misma noche me conducía hacia mi húngaro, escandalizaba yo a una familia de veraneantes ingleses, con las crisis de carcajadas locas que me sacudían al pensar en la cara que pondría el honorable abogado Fourcade cuando se viera censurado duramente por su actitud en el asunto de la señora viuda de Mauperin.

»Y esto fue todo. Jamás he vuelto a pasar por Langon e ignoro lo que habrá sido de José Péborde... Pero ya la aurora asoma por encima de los cedros de Baruk. Tú no has dormido mucho esta noche por culpa de mis historias. Tengo otras más crueles todavía; otras también que no te cuento —inconscientemente saldrás beneficiado con ello—, en que me he revelado como mujer igual que las demás: débil, sumisa, adaptable. En medio de esta complejidad debes percibir al menos el amor a la vida ardiente y pintoresca, a la vida tal como la comprendía aquella noble rosa que cuando todavía estaba en posesión de todos sus elementos supo poner alegría en el monótono universo. Aquel tiempo pasó. Unicamente el Asia y sus milagros ofrecen todavía campo de acción a los que escaparon de la catástrofe. Europa ha llegado a ser tan siniestra como un oratorio americano, desde que un puñado de judíos con ideas generales hizo saltar a los cuatro extremos del mundo el tesoro de los antiguos Romanoff."

* * *

Terminaba agosto. Una mañana el general Prieur entró en mi despacho:

—Me voy el 12 de septiembre. Ya está nombrado mi sucesor. Es el coronel Marest, que manda en Tolón el octavo de infantería colonial. Ha estado un año en Siria. Debe usted conocerle.

—He oído hablar mucho de él, mi general; pero no le conozco.

—Tendrá usted las mejores referencias. Es un hombre notable. Muy estricto, por ejemplo, en cuestiones del servicio.

No pude contener un movimiento instintivo. Aquella simple frase no me la hubiera dicho nunca, dos meses antes, el general Prieur.

—Me habló usted —añadió— de su propósito de conseguir una semana de permiso. Vale más que la tome en seguida para que pueda estar en su puesto, libre y fresco, cuando llegue el coronel Marest.

—Ya tengo la semana de permiso —dije aquella noche a Athelstana.

—¡Ah! —exclamó ella—. ¡Eso está bien!

Llamó a uno de sus criados:

—Haz que ensillen para mañana, a las cuatro de la madrugada, mi caballo y el que monta siempre el capitán. Es para una excursión larga. Que les den un buen pienso. Hassan nos acompañará. Díselo. Estaremos dos días ausentes.

—¿Dos días? —dije cuando hubo salido el criado—. ¿Adónde vamos?

—Ya lo verás —me constestó.

VII

Me quedé dormido a media noche. Al despertar penetraban en la alcoba las primeras claridades del alba. Athelstana no estaba a mi lado. La descubrí sentada ante su escritorio. Ya estaba vestida con el traje de montar. Escribía.

—Vístete —me dijo—, que ya es hora.

Pronto estuve dispuesto. Cerró dos sobres y escribió en ellos la dirección.

Los caballos nos esperaban en el patio. Los murallones del castillo, igual que las montañas, bañábanse en la luz del amanecer. Se preparaba un día magnífico. La condesa de Orlof dio algunas órdenes a sus criados.

—El automóvil tiene que estar en Saïda mañana por la tarde, a las seis. Estas dos cartas hay que llevarlas esta misma mañana a Beirut.

Montamos. Los cisnes, inmóviles y graves sobre el agua negra, nos vieron franquear el puente levadizo.

—¿Adónde vamos?

Respondió con la misma frase evasiva de la víspera:

—Ya lo verás.

No había demasiado polvo y el calor no era aún muy intenso. Además, el camino se tendía ante nosotros casi desierto; de modo que, sin fatigar mucho a nuestras cabalgaduras, pudimos ponerlas al galope corto, y así avanzamos mucho terreno. No eran las diez cuando se abrió a nuestros pies un valle profundo. A la derecha, una aldea bastante importante se escalonaba en el flanco de la montaña. A la izquierda se erguía un enorme cono rocoso, coronado por una especie de fortaleza hundida a medias en el boscaje.

—Ese es Deir-el-Kamar —dijo Athelstana—, y a la izquierda, Beit-ed-Din, con el palacio del emir Béchir.

Por el momento creí que me llevaba hacia este célebre palacio. Pero al llegar al cruce de las dos carreteras, tomamos la de Deir-el-Kamar.

Penetramos en el pueblo, amodorrado bajo el sol. La calle central tenía el aspecto de una de nuestras calles provincianas: aquí, la botica; más allá, la tienda de accesorios para bicicletas; más lejos, el café, bajo cuyo toldo cuatro individuos, dos de ellos de chaqué, fumaban el narguilé y bebían arak.

—Aquí fue donde se encontraron drusos y maronitas en 1860 —dijo Athelstana—, y el recuerdo de aquellos sucesos no ha dejado de atizar los odios locales. No he de hablarte de ellos. Dirías que soy partidaria de los drusos. En vez de aquello que nos desunió, vamos a ocuparnos de lo que puede unir. Mira esa casa.

Pasábamos por delante de un edificio grande, sin estilo, pero amueblado de tal modo, que denotaba relativa comodidad.

—Ese es el hotel donde Mauricio Barrés, atacado por las fiebres, se detuvo dos días, en la primavera de 1914. Parece que le estoy viendo todavía con su americana gris, su sombrero de paja, su corbata de plastrón y los estribos, que llevaba demasiado largos. He conocido muchos literatos; casi todos tenían aspecto de soberbios. Aquél revelaba la pureza de su raza. Notábase que su vida y su obra eran vasos comunicantes. ¿Verdad que se parecía a Condé?

Preguntó de nuevo:

—¿No volverá por aquí?

Yo hice un gesto en señal de ignorancia.

—Has de saber que él hubiera dado algo por ver el sitio hacia donde te llevo.

Salimos de Deir-el-Kamar e hicimos cerca de una legua por la montaña, en dirección sudoeste. El calor iba siendo cada vez más fuerte. Nuestros caballos empezaban a bajar las cabezas y a tropezar con las piedras del sendero. No hablábamos.

En un recodo surgió una casa. El caballo de Athelstana se detuvo. Relinchó.

—Vamos a pararnos aquí —dijo la Orlof—, para que descansen un poco los animales.

Al relincho del animal, como de una caja de sorpresa, salió un bando de chiquillos drusos, que se extendió por el sendero. Niños mofletudos, con rosetones rojos; niñas delgadas y morenas que llevaban, como las vírgenes, sobre sus cabellos un velo de muselina. Lanzando gritos de júbilo, rodearon a Athelstana.

—Buenos días —le dijo a un anciano que apareció en el umbral de la puerta.

El hombre, de blanca barba, se inclinó profundamente.

—La paz sea contigo y con tu compañero —contestó el viejo—. Entrad.

Penetramos en la casa, que estaba oscura y fresca y cuya limpieza me sorprendió.

—Estáis en vuestra casa —dijo el anciano—. ¿Dormiréis aquí, verdad?

—No, padre. Nos vamos en seguida —dijo Athelstana.

Hablaba al aldeano en un tono respetuoso, que por vez primera oía yo en labios de aquella mujer altiva.

Yo examinaba la estancia. En la pared había una estampa, un mal cromo, representando a lord Wellington.

Athelstana sorprendió mi mirada y rompió a reír.

—Esto es significativo —dije un tanto humillado.

Ella se encogió de hombros.

—Aquí hay corazones que conquistar —respondió ella sencillamente—. La sonrisa que te es habitual vale más, puedes creerme, para esa tarea, que ese gesto receloso y apenado, que no te favorece.

Dos horas después, ya más descansados, volvimos a emprender el camino, y a poco desapareció toda vegetación. Avanzábamos entre enormes rocas calcinadas. Cuando llegamos a la cima, el calor era tórrido. Al menos distinguíamos a lo lejos, al oeste, un rincón fresco de mar azul. Abajo reinaba la sombra, la sombra asfixiante de un horno. Acostumbrado a la saludable quemadura, a cielo abierto, de los vientos de las estepas, encontraba insoportable aquella sensación de encierro. Athelstana, lo notaba yo, también sufría. Pero era de esos seres capaces de perecer antes que proferir una queja.

Curioso paisaje este del Líbano sur. Hace pensar en la Tesalia de Esquilo, en las agrupaciones de montañas que amontonaron los gigantes para elevarse hasta los dioses. Por todas partes el hacha de talar había llevado a cabo su obra de muerte. Hace treinta siglos, las raíces de los árboles retenían entre sus vivas garras aquel humus precioso que luego la lluvia implacable precipitó en el torrente y el torrente llevó al mar. Aquellos viejos mercaderes fenicios, cuyo error milenario continúan sus descendientes, cometieron siempre una torpeza: el deseo desenfrenado de una ganacia brutal e inmediata. Nunca comprendieron el principio de la solidaridad de las generaciones entre sí. Después de mí, el diluvio; ¿no es esto? Salomón pide a Hiram la madera de los cedros tutelares. Desde el momento en que el rey de Israel paga por ella un buen precio, el supremo magistrado de Tito se decide a pelar sus montañas. Y ahora el Líbano no es más que un estéril ejército de gigantes calvos.

Dos horas estuvimos avanzando entre aquellas rocas esqueléticas. Tras de cada peñasco imaginaba uno que había de encontrarse un poco de verdor, un poco de agua, algo menos trágico y desolado. ¡Perpetuo viaje de Sísifo! Una a una, iban desvaneciéndose aquellas esperanzas. Los caballos llevaban ese paso lento e inseguro que produce una intensa fatiga; era preciso llevarlos con las riendas muy cortas. Aquel caos gris, negro, amarillo, era la vez primera que yo lo atravesaba, estaba seguro, y, sin embargo, me parecía que ya había errado por allí, con el pensamiento o en sueños. De pronto recordé, y al mismo tiempo comprendí, cuál era el objeto de nuestro viaje. Pero me abstuve de interrogar a mi compañera. Indudablemente, ella se prometía una infantil satisfacción dándome la sorpresa.

Declinaba el sol cuando empezó a ensanchar la garganta que atravesábamos; saltó una ligera brisa. En una grandiosa desgarradura apareció, a unos quince kilómetros, el mar. El espacio intermedio estaba erizado de colinas tachonadas por manchas negras, que eran olivos.

Athelstana se apeó del caballo. Yo la imité. Había allí un chiquillo montañés, que se acercó obedeciendo a una seña de ella y a una voz que le llamó por su nombre. Toda aquella comarca debía serle familiar a la condesa de Orlof.

—Toma —le dijo, dándole algunas piastras—. Echa por el atajo y avisa al padre Bardaouil que dentro de un momento iremos tres personas a pedirle hospitalidad en Deir-el-Mkhallas.

El muchacho salió a todo correr.

—Deir-el-Mkhallas —me explicó— es el convento greco-católico de San Salvador. El padre Bardaouil es el procurador general. Pasaremos allí la noche. Ya verás qué recibimiento nos hacen. Ven.

Abandonando el sendero, subía por una colina. La seguí. A nuestros pies se tendió la inmensidad del paisaje.

—Mira allá lejos, en dirección del sol poniente. ¿Ves esa colina que tiene un pueblecito en la falda?

—La veo.

—¿Y ves ahora, justamente enfrente, esa segunda colina, aislada de todas las demás, y que parece un montón de piedras viejas?

—También la veo.

—Bueno, el pueblo es Djun, y la segunda colina es el *Dahr-es-Sitt, la Colina de la Dama.* ¿Comprendes? Ese macizo de oliveras, en la cumbre de la colina, es todo lo que queda de los jardines de lady Stanhope. Allí vivió. Allí murió. Allí duerme.

Pronunció esta última frase con una inflexión de suavidad extraordinaria, bajando la voz, como si se tratase de no despertar a la muerta.

En aquel momento ya no miraba yo a la colina ilustre, sino que contemplaba un espectáculo sorprendente para mí: Athelstana, conmovida.

¿Cuánto tiempo permanecimos así, los dos mudos? No lo sé. Tal vez una hora. Las montañas adquirían un tono violeta. La sombra avanzaba rápidamente.

* * *

El ruido de los cascos de un caballo sobre las guijas del sendero nos sacó de nuestra meditación.

—Aquí está el padre Bardaouil —dijo Athelstana.

Era un hombre de unos treinta y cinco años. Vestía la levita larga y el bonete cilíndrico de los sacerdotes griegos. Era alto, con ojos enérgicos y dulces. Negra barba cercaba su rostro regular.

—Se ha tomado usted el trabajo de venir a buscarnos, padre.

—En absoluto, señora. Estaba dando una vuelta por el campo cuando me avisó el muchacho. No he tenido que hacer más que un corto rodeo. En el convento los esperan.

Un cuarto de hora después, ya casi de noche, llegamos a Deir-el-Mkhallas, amplia red de edificios en la cumbre de una colina abrupta. La campana sonaba en el crepúsculo con largos intervalos. Sus ondas tranquilas y profundas esparcían sobre aquella soledad un mundo de sensaciones misteriosas. Es preciso haber sido viajero fatigado, con el corazón oprimido por las vagas angustias de la noche, para conocer la impresión de amparo y gratitud que invade al que franquea el umbral de uno de esos monasterios perdidos en medio de la montaña. Al día siguiente, a la luz mañanera, se sentirá fuerte, volverá a emprender el camino, riéndose del hombre débil que la víspera temblaba al pasar bajo el arco de aquella puerta oscura.

A la luz de una lámpara de petróleo cenamos muy bien y con buen apetito, en compañía del padre Bardaouil, en un comedor fresco y sombrío. Luego, siguiendo la costumbre del país, pasamos al Diván, donde los religiosos, con el padre general a la cabeza, llegaron a saludarnos. Nada tan pintoresco como la entrada, en fila india, de aquella docena de altos fantasmas. Athelsana sabía realmente componer a maravilla sus efectos teatrales.

—El capitán ha venido para visitar la tumba de la *Dama* —explicó el padre Bardaouil al presentarme.

El padre general hizo un movimiento de cabeza. Veíase que admitía con dificultad el interés que podía inspirar aquella vieja historia.

—Estaba loca —dijo—, y todo induce a creer que se dedicaba a la magia. Además, la señora sabe del asunto mucho más que yo y aun que el padre de Constantino Bacha, nuestro bibliotecario.

—Usted fue, padre, quien mandó hacer la tumba bajo la cual reposa ella actualmente.

—Sí, en 1911. El convento posee el Darh-es-Sitt, la colina donde se elevaba su casa. Ella murió, como usted sabe, en 1839, después de haber arruinado a su propietario, a quien nunca quiso pagar. El hijo de aquel desgraciado se ahorcó. La maldición del cielo caía, evidentemente, sobre cuanto aquella mujer tocaba. Entonces adquirió el convento los terrenos. Le enseñaremos a usted la escritura de compra, si le interesa. La casa está derribada, el jardín deshecho. Nuestros pegujaleros labraron todo aquello. Poco a poco fueron llegando hasta la tumba de la *Dama*. Su recuerdo empezaba a borrarse en la comarca; únicamente las personas muy ancianas hablaban de ella. Entonces, en 1911, recibí la visita del señor Abela, vicecónsul de Inglaterra en Beirut. Venía en nombre de su Gobierno.

Yo miraba a Athelstana, impasible.

—Venía en nombre de su Gobierno a recomendarme que una dama inglesa de calidad estaba enterrada en nuestra colina, y que acaso conviniera darle una sepultura decorosa. Considerando, en mi fuero interno, que había tiempo de pensarlo, no puse dificultad. Delegué en mi procurador general de entonces, el padre Pablo Dagher, hoy párroco de Madjluna. Designó a un maestro albañil de Djun, llamado Ibrahim Atdel Nur. Si estos detalles le aburren...

—Continúe usted, padre, se lo ruego.

—Bueno, pues se descubrió la antigua sepultura y en ella se encontraron dos esqueletos.

—¿El de lady Stanhope y el del general Loustannau?

—¡Ah! —dijo Athelstana—; veo que conoce usted el libro de Thompson. Sólo ése contiene tal detalle. Es falso. No fue el cuerpo de Loustannau el que enterraron con el de lady Ester, sino el cuerpo de su hijo, un pobre niño que llegó de Francia expresamente para ver si conseguía llevarse al padre extraviado. Murió de fiebres. Lady Stanhope hizo que le enterrasen en su jardín. Loustannau no murió hasta dos años después, cerca de Saïda.

—Los dos esqueletos —continuó el padre general— fueron sepultados, bajo nuestra vigilancia, en la tumba que yo mandé erigir, un mausoleo compuesto de cuatro losas de piedra rectangulares, de tamaños decrecientes, superpuestas. Mandé preguntar al vicecónsul si se debía grabar alguna inscripción en la losa superior. Me respondió que no valía la pena.

—De modo —dije— que Inglaterra quiso que su hija pródiga recibiese sepultura decente. Pero no quiso llamar demasiado la atención sobre su recuerdo. Le doy a usted un millón de gracias, padre. ¿Puedo hacerle a usted otra pregunta? Además de los dos esqueletos, ¿qué encontraron el padre Dagher e Ibrahim Atdel Nur?

—¿Qué quería usted que encontrasen? —preguntó en tono casi agresivo Athelstana.

—Tal vez —dije tranquilamente— los restos de la bandera inglesa en que fue envuelto el cuerpo de lady Ester. Ese detalle también consta en el libro del reverendo Thompson.

El padre general hizo un movimiento significativo de cabeza.

—No se encontró nada —repitió.

—No sabía yo —dijo Athelstana con voz extraña— que estuviese usted tan al corriente de esa historia.

—Nada que interese a usted puede dejarme indiferente —respondí.

Los padres asistían con placidez a este cambio de flechas.

—¿A qué hora quiere usted subir mañana a Dahr-es-Sitt? —preguntó el padre Bardaouil.

—A eso de las diez —dijo la condesa—. Nos marcharemos por la tarde, para estar a las siete en Saïda, donde he dado orden de que nos espere el automóvil.

Nos despedimos de los religiosos. El padre Bardaouil y yo acompañamos a Athelstana hasta la alcoba que le estaba reservada. Al llegar al umbral de la puerta le dimos las buenas noches.

El procurador general me condujo a mi cuarto, que estaba dos puertas más allá, en el mismo corredor.

—¿No necesita usted nada?

Me hubiera considerado feliz leyendo de nuevo en el *Viaje a Oriente*, la descripción que hace Lamartine del itinerario que acabábamos de recorrer entre Deir-el-Kamar y Djun. El recuerdo de aquellas páginas era lo que me había dado la sensación de *ya visto*, que me asaltó poco antes en aquel desierto peñascoso.

—No tenemos el *Viaje a Oriente* —dijo el padre Bardaouil—. Pero, puesto que usted lee el árabe, puedo buscarle la *Enciclopedia*, de Boustani. Allí hay noticia bastante completa sobre lady Stanhope.

Me llevó el voluminoso libro y se fue.

Abrí la *Enciclopedia* y encontré un artículo muy concienzudo, consignando las fechas esenciales de aquel destino extraordinario: Las primeras armas de la sobrina de Pitt en la Corte británica, su salida para Oriente, el romántico naufragio en el golfo de Macri; luego sus carreras por el desierto, con la apoteosis de Palmira; su permanencia en el Líbano sur; sus altercados con el emir Béchir; la visita de Lamartine; la decadencia, y, por último, la muerte siniestra en la miseria. Nada nuevo, en resumen. Ningún detalle susceptible de iluminarme sobre el misterioso papel representado por aquella mujer en beneficio de Inglaterra. Algo había, sin embargo: una frase cuyo alcance seguramente no había comprendido el compilador, una frase relativa a la hostilidad demostrada por la *Dama* a Ibrahim Pachá. ¿No era normal que ella apoyase la política turca, puesto que Francia, en la misma época, sostenía el punto de vista egipcio? Esto era todo. Nada, naturalmente, de los dos episodios sobre los que yo tenía trágicos indicios. Nada de rivalidad de lady Ester con Lascaris, agente de Napoleón entre las tribus beduinas. Nada de su lucha contra Badía, enviado secreto de Luis XVIII; el mismo Badía, cuyo asesinato habría de confesar a Marcelus algunos años después.

Cerré el libro. Turbias humaredas oscurecían mi cerebro. Entornando la puerta, examiné el corredor. El montante de la alcoba de Athelstana estaba iluminado. Tampoco ella dormía.

¿Qué podría hacer a tales horas? ¿En quién pensaba? Acaso también en lady Ester y en el desdichado Badía. Un deseo, una súbita locura de ir en busca de Athelstana me acometió, llamar a su puerta hasta que me abriese. La sangre golpeaba en mis sienes.

Aquello no duró más que un minuto, en el transcurso del cual tuve que realizar un supremo esfuerzo para contener aquel sacrílego frenesí.

Volví a cerrar mi puerta, me acosté y apagué la lámpara. Desde mi lecho y a través del montante seguía viendo en la pared el rectángulo luminoso recortado por la lámpara de Athelstana. Tornó mi pensamiento a Badía y lady Stanhope. En Damasco, donde se encontraron, acaso durmieron también ellos en el mismo lecho. La aparente cordialidad de sus relaciones autorizaba para ello a los dos antagonistas: él no vivía más que para su gran ideal de imperio franco-islámico; ella se entregaba por entero a su sueño de hegemonía árabe, pero ya devorada por las preocupaciones económicas. Se separaban. Badía tomaba el camino de la Meca, y una buena mañana, en Kalaat-el-Belka, después de tomar una inofensiva taza de café, sucumbió... ¡Cien años! ¡Hacía cien años justos! ¿Hasta dónde continuaría aquel terrible paralelismo? Noté que mi frente se bañaba en sudor.

El rectángulo luminoso seguía proyectando su amarillenta claridad sobre la pared frontera. Aún no había desaparecido cuando me dormí. Un narrador que no tuviese por única norma la verdad hallaría en este punto ocasión propicia para intercalar un sueño. Hobson, empujándome hacia una mujer parecida como una hermana gemela a Athelstana; yo, estrechándola contra mi corazón y dándome cuenta, de pronto, aterrado, de que tenía entre mis brazos un esqueleto, el esqueleto de lady Stanhope... ¡Ay! La realidad más rastrera me obliga a decir que dormí de un tirón hasta las seis de la mañana.

* * *

Aproximadamente a las diez, después de un sobrio almuerzo, nos despedimos de los religiosos de San Salvador y comenzamos a escalar las abruptas pendientes de Dahr-es-Sitt. Pobre colina de piedras, ¡qué desolación!

—Dejemos los caballos a Hassan —dijo Athelstana—; no podrían seguir subiendo.

Y continuamos la ascensión a pie, obligados, en ocasiones, a ayudarnos con las manos para escalar las rocas. Por fin llegamos a la cresta de la colina, que ya no servía de soporte más que a un montón de escombros, en medio de los cuales habían sido reconstruidas, ruinas sobre ruinas, dos habitaciones miserables, que servían de albergue al labrador del convento y a su mujer. Aquella gente nos esperaba al borde de la meseta. Athelstana los despidió dándoles las gracias. Quería estar sola y hacerme los honores de los informes vestigios.

Me guiaba, saltando sobre las paredes derruidas, y hablaba en voz baja y entrecortada.

—Ahora puedes comprender cual fue su error la enorme ignorancia del poder del pasado; el exceso de confianza en sí misma. Quiso crearlo todo con todos los detalles. Aquí tienes el resultado: nidos de ortigas, guijarros esparcidos sobre los cuales los lagartos se calientan al sol. Yo, en cambio, estoy segura de que cuando haga muchos años que hayan desaparecido todos los oropeles que allí he amontonado, las murallas de Kalat-el-Tahara continuarán desafiando a los milenarios. Pero mira este agujero al ras del suelo.

—Ya lo veo.

—Es uno de los respiraderos de sus calabozos. Porque tenía prisiones, verdugos, cadalsos y derecho de vida y muerte, otorgado por el sultán Mahmud. Nadie ha tenido un desprecio a la existencia humana como el que sentía aquella mujer... ¡Calla!

Acabamos de abandonar los escombros para internarnos en un bosquecillo de oliveras. Solemne calma religiosa reinaba bajo su sombra. Era el verdadero *lucus* antiguo. A unos veinte metros aparecía la pincelada blanca del mausoleo.

La condesa de Orlof me cogió de la mano.

—Júrame, júrame antes una cosa: que jamás conducirás aquí a nadie.

—¿Qué quieres decir?

Rió nerviosamente.

—¿No lo has comprendido? ¡Piensa en una banda de curiosos, sin respeto, que viniera a asomarse a este recuerdo! El caballerete que quiere estar al corriente de todo; hombres y mujeres de broma; el estampido del champaña al descorcharse, y la niña casadera que pierde la llave de la lata de sardinas... ¿Crees tú que para eso...?

No pudo continuar. Su voz se quebraba. Con espantado asombro me di cuenta de que había lágrimas en sus ojos.

—Athelstana...

—¡Chss...! Más bajo. No me hagas caso. Sobre todo, no creas que estoy loca. Cuando las mujeres lloramos, siempre es un poco por nosotras mismas.

Caminaba en torno de la tumba, deteniéndose, arrodillándose sobre las losas de piedra para arrancar las hierbas que habían brotado en las uniones. Hacía los mismos gestos, suaves y cometidos, que las viejas de luto hacen en los cementerios cuando cuidan las tumbas de sus muertos.

—¿Te das ahora cuenta de lo que representa la mujer que duerme ahí? Mañana, cuando cuentes mi vida, no faltarán espíritus recios ni idiotas que la tachen de inverosímil. Pero esta vida mía, a pesar de cuanto yo pueda hacer todavía por darle relieve, nunca será más que un pálido reflejo de lo que fue la suya.

Había terminado su piadosa cosecha. Se calzó los guantes.

—Intentaré hacértela entender. Despreciaba a Napoleón. «No era al principio más que un pobre muchacho», decía un adolescente famoso cuando empezaba el elogio de aquel héroe. En realidad, durante toda su vida soportó el peso de este origen. De ella, por el contrario, ya conoces su fortuna y su nacimiento ilustre. No debemos criticar demasiado a aquella alta sociedad inglesa de fines del siglo XVIII. A pesar de una incurable mediocridad intelectual, posee otros méritos, aparte de la mejora del caballo de carreras y de las instituciones parlamentarias. Piensa en los comienzos que aquella niña que fue a los veinte años reina de Londres. Piensa en Shelley, en Burke, en Byron, en Fox, en Nelson, en Brummel, en Romel y en aquella lady Hamilton, por la cual yo, que soy una mujer, me habría dejado matar con gusto. Eso es lo que ella, deliberadamente, abandonó. Es decir, que no fue nunca una improvisada, y eso es lo hermoso, lo que explica su juicio sobre Bonaparte. Pero aún es más hermoso ver aquellos dos seres de acuerdo sobre la manera de realizar sus ambiciones. En 1798 decía el joven vencedor de Italia: «Todo se gasta en París. Ya no tengo gloria. Hay que ir a Oriente. Todas las cosas grandes vienen de allí...» Y reunía a sus soldados al mismo tiempo que la sobrina de Pitt reunía sus riquezas para igual aventura. ¡Pero cuánta mayor constancia demostró ella en tan gran empeño! Ven por aquí.

Me condujo, a unos cuantos metros del mausoleo, al borde de la meseta que miraba al Sur. Las colinas libanesas, centelleantes de luz, ondulaban en pliegues profundos hacia el mar. Sobre la más elevada me señaló, muy lejos, el rojo tejado de una casa.

—¿Ves esa casa? Pertenece al mudir de Nabatyé, Hussein bey Derwiche. Me habían contado que desde su terraza se veía todo el Líbano y dos tercios de la costa siria, desde Haifa hasta Trípoli. Quise verlo, porque no lo podía creer. Los que afirmaban aquello tenían razón. ¡Qué espectáculo! Detrás, el Hermon, que vigila los restos de los más viejos templos del mundo antiguo y donde el río del mundo nuevo, el Jordán, tiene su fuente. Enfrente, Sidón, Sarepta, Tiro, y a lo lejos, a la izquierda, en el golfo del Carmelo, un pueblecito musulmán, oye, bien, un pobre pueblecito a punto de extinguirse suavemente al borde de las olas: Akka, San Juan de Acre, ¿comprendes? Allí fue donde Bonaparte se mostró definitivamente inferior a su suerte. Sí, luego, y a pesar de Austerlitz y de todo lo demás, no hizo más que ir trampeando hasta Waterloo. No tenía que hacer más que dejar un plan al Directorio —eso era lo único que le preocupaba, ¿verdad?—, y volviendo la espalda a San Juan de Acre, marchar hacia Oriente, siempre hacia Oriente, como dos mil años antes el macedonio. Pero el torpe pensaba en sus soldados atacados por la peste; en su mujer, que le engañaba. Su mujer, aquella menuda martiniquesa estúpida, mientras el Asia le hubiera ofrecido, en cambio, todas sus Roxanas y todas sus Barsinas. Sus soldados, veinte mil maravillosos veteranos, ¿qué más podían pedir que convertirse en guarnición de las inmensas multitudes que hormiguean estérilmente entre el Eufrates y el Ganges, en vez de dejarse asesinar en las toperas europeas? ¡Ah, qué distinta hubiera sido su suerte! Hundirse, sin volver la cabeza, en el corazón del más viejo continente; rehacer a su paso el espíritu de beduinos, persas, indios; bajar por todo el río Acesino, llegando hasta Seringapatan; reanimar las cenizas todavía calientes del viejo Tippo-Sahib... ¿Tú crees que eso no hubiera tenido un resultado distinto a volver precipitadamente para tirar por las ventanas a unos cuantos diputados, hacer una excursión a la montaña y casi exponerse a ser derrotado por un general austríaco ya chocho? No estuvo a la altura de las circunstancias. Ella, ella, en cambio, era superior a lo que hizo.

Mientras decía esto, yo la contemplaba. Era la misma mujer que coqueteaba en los salones de Beirut con pálidos cretinos, o perdía noches enteras ante una mesa de *póker*. En una cátedra de facultad, cualquier profesor puede intentar un comentario sobre Napoleón. Aquel gigante de sangre y carne no puede tener para él más realidad viva que los signos algebraicos trazados en el mismo momento por su compañero el matemático en el aula vecina. Es muy bonito oír cómo un ser joven y frívolo vivifica lo que, no es más que palabra muerta, hacer de ella su médula, su regla de vida práctica. Milagrosa tierra de Asia, donde puede una mujer con tal desenvoltura hacer alternar la política y la bacanal, y no deja ni un minuto de pertenecer al cortejo de Adonis más que para incorporarse al cortejo de Zenobia.

—Háblame —dije entonces a Athelstana—, háblame un poco también de miss Williams, la hermosa amiga inglesa de lady Stanhope, y de Fatun y de Zizefun, sus secuaces drusas.

Dibujó una ligera sonrisa que puso en tensión por un instante sus rasgos.

—Eres muy indiscreto —dijo—. Esta noche, si quieres, hablaremos de eso en nuestro cuarto. Por ahora, no olvides que estamos junto a una tumba. Vale más escalonar los asuntos y cuidar un poco de evitar ciertas faltas de buen gusto.

Al cabo de unos minutos el sol ya se había ocultado tras densos nubarrones. El calor se hacía muy intenso, como en los preludios de una tormenta que no ha de estallar.

Athelstana lanzó un suspiro.

—Ya son las dos. No llegaremos a Saïda hasta las cinco y media. Vámonos, es hora.

Bajamos lentamente la colina hasta el sitio donde nos esperaban los caballos. Una vez montados, Athelstana se volvió para seguir contemplando todavía el Dahr-es-Sitt.

—Hay que ser francos —dijo—. En toda esta aventura, ¿sabes tú lo que domina, y eso es lo innoble?: el dinero.

—Murió arruinada —murmuré con un malestar que procedía de mis reflexiones de aquella noche.

—Sí, arruinada. Una indigna gusanera cayó sobre aquel gran cadáver. ¡Y pensar que el más formidable destino pudo ser estorbado por una miserable cuesción de monedas! Un ser único sometido a los usureros, perdiendo poco a poco lo mejor de sí mismo, la confianza; acorralado por las letras de vencimiento más o menos largo; convertido, en una palabra, en presa de lo más bajo que hay en el mundo: el hambre de dinero. ¿Qué te parece?

—Que nunca te he oído hablar con tanta vehemencia.

Se encogió de hombros.

—Comprendo que hago mal —dijo—, y que nada de eso le hubiera sucedido de no haber pasado de los cincuenta años. Diez años más joven, habría encontrado, seguramente, el medio de no padecer semejante desgracia. ¿Es verdad?

La miré sin comprender.

Rompió a reír, y, con un terrible espolazo, lanzó su caballo a galope entre las piedras y los escombros. Tuve que recorrer un kilómetro para alcanzarla.

—Me has dado miedo —dije.

Su rostro había recuperado su serenidad acostumbrada.

—¿Estás satisfecho de la excursión? —preguntó.

—Muy satisfecho.

—Tienes razón. Creo que este paseo está llamado a jugar un papel importante en nuestra vida.

Durante el regreso ya no cambiamos una sola palabra.

* * *

En Saïda nos esperaba el automóvil. En él había ido un criado para ayudar a Hassan a llevarse nuestras cabalgaduras al Kalaat-el-Tahara.

—¡En marcha! —ordenó la Orlof.

Un poco antes de las ocho llegábamos a Beirut. Athelstana mandó al *chauffeur* que se detuviera en el hotel Real.

—Baja —le dijo, cuando estuvimos delante del

hotel—y pregunta en la Dirección si hay alguna carta para mí.

Inmediatamente volvió.

—No hay nada.

En la oscuridad no podía ver el rostro de Athelstana, pero experimenté la sensación de que aquella respuesta la contrariaba.

—¡Mejor! —dijo ella con acento de despecho.

Y añadió:

—Esta noche tengo ganas de encanallarme. Convídame a comer en Miramar. Luego veremos el *cinema*. ¿Qué dan esta noche? *El misterio del loto blanco,* en seis episodios. Eso debe ser interesante.

—A tus órdenes —dije un poco secamente.

Se me había ocurrido, en efecto, la idea de que pretendía que nuestra presencia en aquel sitio le fuera denunciada al día siguiente a la señorita de Hennequin.

Allí fue donde, seis meses antes, había pasado una noche inolvidable en compañía de Walter. Había vuelto tres o cuatro veces, antes de conocer a la condesa de Orlof, por motivos sensuales poco confesables. ¡Cuántas cosas ocurridas en tan pocas semanas! Franquear aquel umbral era obligarme a comparar mi imagen presente con la que Walter me había pronosticado. A pesar de toda la mala fe que me esforzaba en poner en aquella confrontación, no pude por menos de temblar.

Las mesas estaban puestas en la terraza. Había mucha gente, sobre todo oficiales, unos con sus mujeres, otros con cupletistas y bailarinas del establecimiento. Una brisa cálida soplaba sobre el mar oscuro. Tocaba la orquesta rusa. En resumen: un conjunto bastante simpático.

La primera persona que vi al entrar fue a Grizot, un capitán de Ingenieros, adjunto del coronel Hennequin. Nunca nos hemos podido ver el uno al otro... Sospecho vagamente que pretendía a Micaela. Si hubiese yo creído que mi estancia en Miramar con

Athelstana iba a pasar inadvertida, ya podía estar seguro de todo lo contrario. Cosa rara: aquella seguridad disipó mi mal humor. Me senté dando frente a Grizot. El volvió la cabeza con afectación.

La amazona de paño blanco de la Orlof fue el punto de mira de toda la terraza. Hubiera yo querido saber cuántos, más fríos que yo, habían acompañado a aquella mujer sin experimentar el orgullo que a mí me embargaba en aquel momento.

Se apagó la luz. La cinta empezaba a proyectarse.

—Es más estúpido esto de lo que yo me figuraba —dijo Athelstana, encendiendo un cigarrillo, cuando terminó el primer episodio.

En aquel momento dos manos me cerraron los ojos.

—¿Quién soy yo? ¡Adivina!

Me volví bruscamente y vi a Marussia. No se había dado cuenta de la presencia de la condesa de Orlof. Comprendiendo su indiscreción, quedóse de pie, junto a la mesa, consternada ante mi gesto colérico.

—No me había fijado. Perdón...

Athelstana la miraba sonriendo.

—Preséntenos usted —dijo.

Y como también yo, aturdido, permaneciera en silencio, se dirigió a la bailarina.

—Ya he tenido muchas veces el gusto de aplaudirla, señorita. Encantada de conocerla. ¿Nos hará el favor de aceptar una copa de *champagne?*

La electricidad acababa de surgir de nuevo en la terraza. La maravillosa desenvoltura de la Orlof me llenó de admiración. Todo el mundo nos miraba, pero nadie se atrevía a sonreír. Se necesitaba toda la fascinación de Athelstana para sacar semejante partido de una situación tan falsa.

Luego llenó de *champagne* la copa que la bailarina, petrificada, encendida de rubor, le tendía.

—¿Tenía usted algo que decir al capitán?

—Es verdad —dijo Marussia, mirándome tímidamente—. Quería pedirle un favor.

—Será para él, seguramente, un gran placer el servirla.

—Es que tengo intención de marcharme a Egipto, donde me ofrecen un contrato más ventajoso que el de aquí, a partir del primero de noviembre. Pero las autoridades inglesas son muy severas para conceder pasaportes a los artistas. Como te he..., le he visto muchas veces con el comandante Hobson, he pensado que podría usted recomendarme a él.

—La recomendará —dijo Athelstana—. Yo cuidaré de ello. Tendrá usted su pasaporte.

Y de nuevo vertió *champagne* en la copa de Marussia.

—Muchísimas gracias, señora..., y perdóneme pero tengo que marcharme. Ahora es mi número.

Cinco minutos después surgía Marussia en el escenario. Se diría que aquella noche la impulsaba una especie de fiebre. Ejecutó maravillosamente sus dos danzas orientales.

Athelstana no la quitaba ojo.

—Es muy divertida —dijo—. con esa melenita roja tan graciosa. ¿Habéis tenido ella y tú...?

—No —respondí casi brutalmente.

—No te incomodes. Pero como te tutea.

—Te repito que no.

—No sería ningún delito, porque, después de todo, es muy linda.

A los pocos momentos nos levantamos para salir. En el umbral de la puerta se detuvo la condesa para cambiar algunas palabras con un espléndido teniente que llevaba en el quepis la franja negra de los oficiales de dragones.

En el mismo instante reaparecía Marussia en la terraza. Me cogió del brazo.

—No vuelvas nunca con esa mujer —me dijo—. Me da miedo; ganas me han dado de tirarle su *champagne* a la cabeza.

* * *

—Entonces —dijo el teniente Pfeiffer—, es hoy en el *Lamartine*, cuando llega el coronel Marest.

Acaban de terminar mis ocho días de permiso. Desde la víspera ocupaba yo mi puesto en aquella mesa.

—¿Y cuándo toma posesión?

—Pasado mañana —respondí—. El general Prieur se marcha en el mismo barco.

—¿Conoces a Marest? —me preguntó Roche.

—No, pero he oído hablar mucho de él.

Se hizo un silencio, al cabo del cual dijo Roche:

—También ése salta de prisa.

—No tiene usted derecho a hablar así del coronel Marest —dijo el capitán Lemercier, que tenía por doctrina defender siempre a los superiores—. Su hoja de servicios durante la guerra es magnífica, y...

—No hay que olvidar sus méritos en tiempos de paz —dijo Roche—: el gabinete de Etienne, el de Berteaux, luego el Elíseo. Mañana Versalles, si es el rey; la Malmaison, si fuese el emperador.

—Sí —dijo el capitán Mauduit—, es un buen trepador.

—Usted, Mauduit —dijo riendo Lemercier—, no es buen juez. Todos sabemos por que no le quiere usted.

—¡Toma! ¿Porque me obsequió con cuatro días de arresto? Estaría bueno que eso me privase del derecho de hablar de él, de decir que es un...

—Sea usted justo. Pregunte a los que se batieron en Cilicia, en el Taurus. Ellos le dirán...

—Yo no discuto su capacidad ni su valor. Lo que sostengo, y nadie puede prohibirme que lo mantenga, es que pertenece al género que más me repugna de todos: al del militar político.

—¿Le arrestó a usted, Mauduit? —pregunté—. ¿Es qué ha servido a sus órdenes?

—Sí, en Tolón, en 1920. Yo estaba en el 8.º colonial. El era el Mayor de la guarnición. Con este título . . . No, no les contaré el caso. Lemercier, que lo conoce como yo, ya empieza a torcerse de risa.

—Cuente, cuente, Mauduit —dijo Lemercier—. Merece la pena. Es muy gracioso.

—Para los demás, tal vez. Al menos tiene el mérito de que se pueden apreciar ciertos detalles. Estaba yo en Tolón, mandando el destacamento malgacho agregado al 8.º colonial, lo cual me daba cierta independencia. Llegó la fiesta del 11 de noviembre. Era el año que se decidió en París transportar bajo el Arco del Triunfo el cuerpo del soldado desconocido y el corazón de Gambetta al Panteón. Y llegaban circulares, instrucciones y más instrucciones, con orden de explicar aquel día a las tropas una conferencia sobre Gambetta, para enseñarles quién era. En lo concerniente al soldado desconocido, se juzgaba, con razón, que ya tenían de eso bastantes conocimientos. Bueno, el texto de la decisión era categórico, lo concedo. Pero a mí se me podía disculpar, si juzgaba que únicamente era aplicable a las tropas metropolitanas. Hablar de Gambetta a los malgachos me pareció de un grotesco subido. Decidí, por lo tanto, que la conferencia ordenada por el ministro fuera sustituida para mis soldados por un cuarto de hora de teoría sobre el punto de mira, y otro cuarto de hora sobre los trabajos de limpieza. Y como lo pensé, lo hice. Una vez desalojada la compañía, me marché. Pero al día siguiente, por la mañana, al llegar al cuartel, verán ustedes de lo que me entero: inmediatamente después de mi salida se presentó el Mayor de la guarnición. Había ido reclutando por los dormitorios todos los individuos que encontró de mi tropa; los hizo formar en filas de a dos y comenzó a preguntarles sobre Gambetta. Para que les voy a contar las respuestas que le dieron. En cuanto salió del cuartel, se fue a la Plaza y me hizo el regalo de cuatro días de arresto simple.

—Hasta ahora, me parece que no se excedió de su derecho —dije.

—De acuerdo. Pero no acaba ahí. Yo estaba en las mejores relaciones con el oficial de órdenes del general que mandaba la subdivisión, el cual no podía ver a Marest. Le conté el caso, y aquella misma noche el general estaba enterado. Fui oportuno, demasiado oportuno. El general era Ortoli, un hombre del corte de los Grossetti y de los Passaga. Tampoco quería mucho a Marest, pero sobre todo, como buen corso, aborrecía a Gambetta. Decidió que la orden ministerial no podía aplicarse más que a las tropas metropolitanas, y que no habíamos hecho la guerra para enseñar a los Sakelavos y a los Hovas las proezas de un aeronauta genovés. Me levantaron el arresto. Marest bajó la cabeza. Siempre la baja ese animal. Pero quince días después se armó un jaleo de mil demonios. Una serie de artículos en los periódicos sobre las astucias pretorianas contra los hombres y las instituciones de la República. Una interpelación en la Cámara. El ministro de la Guerra obligado a plantear la cuestión de confianza. El general Ortoli destituido y mis cuatro días de arresto simple convertidos en ocho días de arresto de rigor. Un mes después, Marest ascendía a coronel. Ese es el caballero.

—Creo —dijo gravemente el teniente Pfeiffer, que tenía la habilidad de resumir en una frase definitiva las controversias—, que el capitán Domèvre no hubiera perdido nada con seguir a las órdenes del general Prieur.

Yo también lo creía. Tan persuadido estaba de ello, que la reflexión de aquel muchacho tuvo la virtud de desesperarme.

* * *

El general Prieur embarcó el viernes. Con el corazón lleno de tristeza vi zarpar el vapor que le llevaba. La víspera me había presentado a mi nuevo jefe en términos que me conmovieron profundamente.

Al día siguiente, como de costumbre, llegué a mi despacho a las nueve.

—Mi capitán —dijo el ordenanza—, el coronel le ha llamado dos veces.

Entré en su despacho de mal talante. La hora reglamentaria de entrada era las nueve. Estaba dispuesto a discutir la primera observación sobre el particular. Pero no me hizo ninguna.

Era un hombre de talla media, de mirada aguda tras los lentes, que le eran de prodigiosa utilidad para observar a la gente con disimulo. Usaba un bigotillo rubio.

—Siéntase usted —me dijo.

Tenía sobre la mesa, al lado de la caja de caudales, abierta y casi vacía, toda una pila de expedientes. Notábase que había llegado temprano y se había puesto a examinar papeles.

—Salvo algunos extremos concernientes a la clasificación, y que discutiremos juntos —dijo con su voz clara—, me complazco en felicitarle por la forma en que se lleva el servicio. Permítame usted que le diga, especialmente, lo bien que me parece esto —y me mostraba mi trabajo sobre los jefes beduinos—. Es muy notable —e insistió—, muy notable.

Yo me incliné.

—¿Es usted casado?

—No, mi coronel.

—¿Tiene usted novia?

Hice un débil gesto negativo. Tenía los ojos clavados en los expedientes. El parecía que ya estaba pensando en otra cosa.

—Preveo —dijo— que dentro de un par de meses, en cuanto yo me haya puesto al corriente, será usted el verdadero jefe de este servicio. Espero mucho de usted, mucho. Yo seré su discípulo, un discípulo del que espero que ha de estar contento. Además, tiene usted una ventaja sobre mí: conoce el desierto y habla el árabe. Gran ventaja, enorme ventaja.

Continuó examinando los expedientes.

—No le pondré obstáculos. Puede disponer del tiempo a su antojo para las necesidades del servicio, exactamente igual que hacía con el general Prieur.

Ya estaba en el umbral de la puerta, cuando me volvió a llamar.

—A propósito, ¿dónde vive usted?

—En tal sitio.

—Bueno —dijo, apuntando las señas—. En el caso improbable de que pueda necesitarle de noche, quería saber dónde puedo encontrarle. Para mi tranquilidad personal, ya comprende usted.

VII

La temporada de verano tocaba a su fin. Los días se acortaban con rapidez vertiginosa. De uno a otro me sucedía que, sentado en la terraza del hotel del Belvedere esperando a Athelstana, no podía distinguir las letras del periódico que la víspera, a la misma hora y en el mismo sitio, había leído sin dificultad. Los quepis fueron sustituyendo a los cascos. Cada día se cerraba una nueva villa. Beirut desaparecía cada vez más en medio de una bruma gris y me parecía que toda aquella bruma otoñal penetraba en mi corazón.

La fecha en que los servicios de la Alta Comisaría debían ser trasladados a Beirut se fijó para el 14 de octubre. Con objeto de que aquella temporada de verano terminase con un aire de danza, la condesa de Orlof decidió dar el 13 un baile de trajes en el Kalaat-el-Tahara. En Sofar, en Aley, en Beirut, no se hablaba más que de aquella fiesta, que prometía ser suntuosa. Yo, naturalmente, fui víctima de cuantos querían informarse: «¿Irá mucha gente? ¿Se admite el dominó?», etc. Pero ya había pasado la época en que aquellas preguntas hubieran halagado mi vanidad, y, en consecuencia, las contestaba en forma seca o evasiva a los que tenían la falta de tacto de formulármelas.

Las invitaciones se enviaron el 30 de septiembre.

La mañana que recibió la suya, me llamó el coronel Marest.

—Vea usted —me dijo, enseñándome la tarjeta— una invitación que me deja confuso. Hasta ahora no he visitado a la señora de Orlof. Es muy de agradecer que se haya acordado de mí. Creo que son ustedes buenos amigos. ¿Será tan amable que se encargue de darle las gracias en mi nombre y de disculparme? Si no tiene nada mejor que hacer esa noche, podíamos ir juntos a su castillo. Yo le llevo en mi automóvil y usted me presenta.

Me era imposible eludir una proposición hecha con tanta anticipación.

—De acuerdo, mi coronel. Y muy agradecido.

—De nada, de nada. Yo a usted. A ver..., me parece que tenía algo más que decirle. ¡Ah, sí! Hace un momento me ha telefoneado el coronel Hennequin. Ha preguntado por usted. Me he tomado la libertad de disculparle a cuenta del trabajo. Pero no puedo pasar a sus ojos por un tirano. Tómese una tarde para ir a tranquilizarle.

* * *

Por negligencia esperé a última hora para encargar mi dominó. Llegó el día del baile y aún tenía que probármelo. Bajé a Beirut aquella mañana, a las once. A eso de las cuatro, en posesión de mi disfraz, salía de casa del sastre, cuando me tropecé con el coronel Hennequin.

Al vernos, nos azoramos casi lo mismo el uno que el otro.

—Hace mucho tiempo que no ha ido usted a vernos —dijo, intentando sonreír.

—El trabajo —balbuceé.

El papel que cubría mi dominó era algo escaso.

Un buen pedazo de seda negra y un enorme botón de seda blanca asomaban por el envoltorio. Los vio.

—¡Ah!, sí —murmuró, como hablando consigo mismo—. Esta noche es el baile.

Me resultaba difícil seguir buscando justificación en las necesidades del servicio.

—¿Y Micaela? ¿Está bien? —pregunté.

Se estremeció. Movió la cabeza con gesto preocupado.

—Eso es precisamente lo que me inquieta. No está muy bien.

Llevaba también él un paquete en la mano, pero muy pequeño.

—Esto es para ella —dijo—. Unos medicamentos que acabo de comprar.

—¿Está enferma?

—¡Oh! Nada grave. Por lo menos eso espero. Es el tercer verano que pasa en Siria; ¿no es extraño, verdad? El aire de Francia la restablecerá del todo . . . en noviembre próximo . . .

Y repitió tímidamente:

—En noviembre próximo.

—Además, ahora el tiempo ya va siendo más tolerable —dije yo.

—Sí —confirmó él—. Pero siempre quedan los mosquitos; ya los conoce, esos menudos que pasan las mallas de los mosquiteros más finos.

Se hizo una pausa.

—¿Se sube usted en seguida a Aley?

—Sí, mi coronel; y usted, ¿va a la Dirección?

—No, voy a casa. Me está esperando ella.

Me dirigió una mirada casi suplicante.

—Le preguntaba eso porque, si no hubiera tenido prisa, le hubiese rogado que me acompañase hasta casa. Micaela se habría alegrado mucho de verle.

—Con mucho gusto lo hubiera hecho, mi coronel. Tengo que pasar por la oficina . . . Pero pasado mañana estaremos ya de regreso en Beirut. Alguna vez iré a pedirles que me conviden a almorzar.

—Cuando quiera —dijo—, cuando quiera. Ya sabe que su cubierto está puesto siempre..., lo mismo que antes.

Apenas pronunció esta frase, observé que se turbaba. ¡Si él hubiera podido comprender hasta qué punto le compadecía y hasta qué punto me odiaba a mí mismo!

—Bueno, hasta la vista. No quiero entretenerle.

—Hasta la vista, mi coronel. Y muchos recuerdos a Micaela.

Nos separamos. Apenas di algunos pasos me volví para mirarle. Bajaba la calle con su paquetito pendiente del dedo. ¡Pobres espaldas arqueadas!

La abominable tristeza que me dejó aquella entrevista se cambió en mal humor cuando en la plaza de los Cañones buscaba un vehículo para trasladarme a Aley. Iba retrasado. Todos los Ford ya se habían ido. Al cabo pude subir, ocupando el último puesto, en un mal automóvil. Me senté con indolencia en mi rincón, colocando el paquete del dominó sobre mis rodillas.

Acabábamos de salir del casco de la ciudad, cuando me llamó la atención de pronto oír un nombre. Mis dos compañeros de viaje, muchachos sirios bastante elegantes, iban charlando. Habían pronunciado el nombre de la condesa de Orlof.

Acerqué el oído. Instantáneamente desaparecieron mis remordimientos. ¿Qué podían significar al lado de la angustia creciente en mí a medida que los dos jóvenes sirios hablaban?

Inmediatamente supe de lo que hablaban. Eran empleados de Banca. Se expresaban con absoluta libertad en su idioma, sin preocuparse del *chauffeur*, dedicado a su volante, ni mucho menos de mí... ¡Hay tan pocos oficiales franceses que sepan el árabe! De cuando en cuando cortaban una conversación, que me dejaba jadeante, con reflexiones y con bromas estúpidas. De buena gana les hubiera gritado que no se detuviesen en semejantes tonterías, que continuasen... Necesitaba toda mi sangre fría para conservar una actitud que no los detuviera en el curso de sus confidencias.

—Mala jornada para Zagazig —dijo uno de ellos.

—No le queda más recurso —decía el otro— que procurar vender. ¿La han avisado? (Y aquí el nombre de Athelstana.)

—Sí. El director, en cuanto supo la noticia, a las tres, envió a Négib para avisarla. Hace tres meses que la había prevenido. Ella se obstinó.

—Y si vende, ¿qué podrá quedarle?

—Ocho, lo más.

—Entonces, ¿está arruinada?

—¡Figúrate! Le quedan sus terrenos de la Bekaa.

—¿Cómo sus terrenos de la Bekaa? Pero ¿no sabes que los vendió hace dos meses?

—¿Qué me dices?

—Como lo oyes. Estabas con permiso cuando dio la orden. Vendió Choukri, y todo el dinero lo invirtió en el negocio de la *Alambrera Egipcia*, en el negocio de Zagazig.

—¡Estaba loca!

—Pues así lo hizo.

—Y entonces, ¿qué le queda?

—Poca cosa. Ten en cuenta que el 16 tiene que pagar los intereses de su último préstamo al *Banco di Roma*. Apuesto cualquier cosa a que cuando lleguemos mañana a la oficina nos encontramos una orden de retención de depósitos, firmada por el director del Banco.

Hablaban muy de prisa, gesticulando mucho, mezclando en su charla términos técnicos que me desconcertaban. Pero ¿no estaba bien claro el sentido de la conversación?

—Es demasiado lista para meterlo todo en un solo negocio. Depósitos no tiene más que en nuestro Banco.

—Es posible. De todos modos, recuerda las tres

letras que aceptó el mes pasado, en tres días, para pagar una miseria de mil libras. Ella misma bajó a cobrarlas. No pude por menos de pensar: mala cosa es ésta.

—¿Y su castillo?

—¿Conoces tú en todo el país alguien que sea capaz de comprar eso?

—¿Te olvidas de sus alhajas?

—Desde luego, le quedan sus alhajas.

—Ya ves. No te preocupes. Una mujer como esa no se ahoga en poca agua. Ya sabrá salir a flote.

Los dos rieron maliciosamente. Tan sólo mi deseo de seguir escuchando me impidió tirarlos por la borda.

Ordené al *chauffeur* que parase ante la puerta de la casa donde me alojaba.

Un desaliento enorme acababa de apoderarse de mí. Si me hubiesen exigido en aquel instante juramento de que nunca había sido tan desgraciado, habría jurado sin vacilar. No me era posible prever las consecuencias de la noticia que acababa de saber. Sin embargo, tenía la seguridad de que serían trágicas.

Instintivamente abrí un cajón y cogí un paquete de cartas bordeadas de negro.

Eran las cartas de mi madre. Me puse a releerlas, a leerlas, mejor dicho, porque hacía algún tiempo que me saltaba muchos párrafos por cobardía, por miedo a encontrar lo que siempre estaba temiendo: recelos sobre mi vida actual, lamentaciones con motivo de la brevedad cada vez más evasiva de mis cartas. Esos eran los únicos reproches que se atrevía a hacerme; la conocía demasiado para no estar seguro de ello. Había todo un género de quejas que su delicadeza y su orgullo le prohibían formular. En esas era en lo que yo pensaba.

A partir del mes de julio me había dado cuenta de que mi sueldo era insuficiente para hacer frente a los gastos que me había sido imposible prever cuando, en los primeros días de mi instalación en Beirut, formulé una especie de presupuesto. Tan sólo la cifra de alquileres de Ford ascendía a una cantidad considerable en la partida de gastos suplementarios. A eso había que añadir las salidas con Athelstana. El mínimum de un almuerzo o de una cena para dos personas era cuatro libras, ochenta francos. El juego también representaba su papel en aquellos imprevistos. No jugaba yo más que rara vez, pero en ocasiones me era imposible sustraerme a la obligación de sentarme a una mesa de *bridge* o de *póker.* Bien conocidos son los infalibles resultados de estos experimentos para los que no disponen sino de escasas rentas. Cuando ganan, es un dinero que se disipa en cosas superfluas tan pronto como el humo. Cuando pierden, lo que se va es una parte de lo necesario. Además, tenía que incluir en este cálculo gastos de indumentaria, constantemente aumentados por un género de vida que al principio no imaginé yo tan mundano. En una palabra, mi presupuesto del mes de junio se había saldado con un déficit de tres o cuatro mil francos. El del mes de julio, con uno de ocho mil. Las economías realizadas durante mis dos años de campaña se habían desvanecido de repente. Tuve que pedir.

Ha llegado el momento, ¡ay!, de decir unas palabras acerca de mi fortuna personal. Yo era hijo único. Mi madre había recibido una dote de cincuenta mil francos, más la casa adonde se había retirado en Dordogne. Mi padre poseía un capital fabuloso para un oficial: algo más de quinientos mil francos. Un tercio de esta suma había desaparecido, absorbido por los traslados y por los gastos de mi educación. Al morir, hace nueve años, mi madre quiso rendirme cuentas. Yo rechacé esta idea, que me pareció entonces una monstruosidad. Dejé en sus manos aquellos cuatrocientos mil francos, que producían seguras y modestas rentas, oscilando entre el cuatro y el cinco por ciento. Ella capitalizó cuidadosamente los intereses, porque hasta ahora a mí me había bastado con mi sueldo. Por su parte, viviendo de un terreno cuyos productos le permitían alimentarse con desahogo, no gastaba al año más que estrictamente los intereses de su dote. En vano la exhorté muchas veces a que hiciese vida menos modesta.

El próximo Oriente es hoy el país donde hasta el más inexperto se descubre un alma de especulador. Nadie menos aficionado que yo a ocuparse de tales asuntos. Pero como la necesidad de dinero acuciaba, se me ocurrió la idea de que podría conseguir que mi fortuna rindiera un interés superior a los quince mil francos que venía sacándole cada año. Comuniqué este pensamiento a un muchacho libanés, hombre de negocios, llamado Alberto Gardafuy. Venía encontrándomelo con frecuencia entre la mejor sociedad y también en otras no tan escogidas. Encontré en él una experiencia verdaderamente genial en el campo de las finanzas. Sonrió discretamente cuando le confesé el interés a que estaba colocada mi fortuna. Aun proponiéndose no influir en mí sobre este asunto, me aseguró que él no encontraría dificultad ninguna para hallar en Beirut, con todas las garantías deseables, condiciones tres veces mejores. ¡En qué explicaciones me veo obligado a entrar, Dios mío, por ser ellas la razón de tal desorden!

Había en la calle del Correo un Khan. Llámase así en Oriente a una especie de inmenso edificio ocupado por oficinas y almacenes. El gerente del Khan de la calle del Correo deseaba hacer algunas mejoras en su finca. Con tal objeto, buscaba un préstamo de trescientos mil francos, por los cuales ofrecía, en primera hipoteca, el doce por ciento. Me informé de algunas personas acerca del valor de aquel edificio. Todas estuvieron de acuerdo en la tasación. En tales condiciones, no tuve escrúpulo en escribir a mi madre una carta detallada demostrándole las ventajas de la operación. A vuelta de correo, sin una frase de reproche, me puso en posesión de la fortuna de mi padre. Ocurría esto a mediados de agosto.

Aquel mismo mes, que había sido para mí extraordinariamente costoso, tuve que contraer un préstamo de treinta mil francos sobre mi hipoteca. Lo hice por mediación de Alberto Gardafuy, cuya amabilidad continuaba manifestándose inagotable.

Algo de estos asuntos insinué a Roche, que empezó por oírlo encogiéndose de hombros, con gesto desaprobador. En su opinión, había tres categorías de humanos destinados a verse siempre embrollados por los negocios: los sacerdotes, las solteronas y los oficiales. Rectificó un poco su teoría al enterarse de las garantías que se me otorgaban. A nadie más que a él hice esta confidencia, y eso porque estaba seguro de su discreción. Me vi, pues, desagradablemente sorprendido al saber que toda aquella historia había trascendido, que circulaba como tema de las conversaciones, pero deformada y ampliada. El general Prieur me hizo una leve alusión. Otros muchos indicios me permitieron comprender que los rumores que corrían con este motivo no estaban desprovistos de mala intención.

Al mismo tiempo, una tarde tuve la mala suerte de ganar dos mil francos al *póker,* y de perder cuatro mil al día siguiente.

Expongo los hechos con absoluta verdad. A mi juicio, no había en esto nada que pudiera motivar los molestos comentarios, que iban multiplicándose. Los que esperaba fuesen mis defensores, no eran los últimos en criticarme. No podía dudar de que había conquistado más enemistades que simpatías con aquella generosidad natural que me había impulsado tantas y tantas veces a convidar a los compañeros a almorzar o a cenar. Semejante ingratitud, cuando me vi obligado a comprobarla, no tuvo otra consecuencia, al principio, que afligirme. Luego, poco a poco, fue influyendo en mi carácter y llegó a hacerme también injusto. Llegué a ser susceptible, vidrioso y sombrío. Me daba cuenta de este cambio, y su reconocimiento, lejos de disminuir mi antipatía hacia los demás y hacia mí mismo, contribuía a aumentarla de día en día.

Hacía mucho rato que la sombra empezara a invadir la estancia, y yo continuaba reflexionando ante las cartas esparcidas. ¡Las siete ya! Encendí una lámpara. Lentamente comencé a prepararme. Me puse el dominó. ¡Ah!, siniestro traje de máscara, cómo aumentaba la angustia que me consumía. ¡Tan pronto habría que darle la razón a Walter! ¿Cómo se había arreglado para adivinar que al final del camino que yo había emprendido estaba el abismo? Pero no se trataba en aquel momento de Walter ni de los demás. ¡Qué me importaba lo que pudieran decir! Yo no tenía más que un pensamiento, Athelstana; un solo fin, conservarla. Para lograrlo no existía ya nada, nada de que no me sintiera capaz.

Arrastré una silla hasta la ventana abierta sobre la noche. Me senté, apagué la lámpara y esperé con indolencia a que acudiera a buscarme el coronel Marest.

* * *

Eran las cuatro de la madrugada. Los últimos invitados se acababan de marchar. Nunca había visto yo en Siria una fiesta tan brillante ni tan perfectamente organizada. ¡Qué espectáculo el de aquel Kalaat el Tahara cuando en la curva del camino de Dyemal surgió de repente, ante nuestros ojos, en la noche, iluminado desde los fosos hasta los torreones! Y cuando, a las tres de la madrugada, sumido cinco minutos en las tinieblas, se incendió de pronto en los mil colores de una gigantesca arquitectura de fuegos artificiales, un grito de admiración brotó de la oscura muchedumbre disfrazada que se apretujaba en los jardines y en el patio de armas.

En aquel preciso momento tenía yo a mi lado un dominó de raso bermejo. Noté que me oprimían el brazo.

—¡Eh, eh! —dijo una voz, que me era bien conocida, en medio de todo aquel griterío—. ¿Todavía se acuerda usted de la apuesta?

—Puede usted estar tranquilo —respondí secamente.

Una dogaresa de terciopelo violeta se acercaba a preguntarme:

—¿Quién soy yo, capitán?

—Declaro que no lo sé, señora. Pero, y usted, ¿cómo me ha conocido?

—¡Es muy fácil! Viendo que a cada momento daba usted órdenes al director de orquesta. ¡Qué bonito es el traje oriental de la condesa de Orlof! ¿De qué es?

—No sé nada.

—¡Puf! ¡Qué tono de mal humor! ¡Si no lo sabe usted, quién va a saberlo! ¡Ah! Tal vez el comandante Hobson. Voy a preguntárselo.

—Eso es lo mejor —dije furioso.

En cuanto empezó a deshacerse la ola de invitados me refugié en el gabinete contiguo a la alcoba de Athelstana. A lo lejos oía cómo se iban extinguiéndose las sirenas de los últimos automóviles. Luego, la puerta de la alcoba se abrió y volvió a cerrarse.

—¿Estás ahí? —preguntó la señora de Orlof—. Puedes venir. Estoy sola.

La encontré sentada ante el tocador, disponiéndose a desprenderse de sus joyas.

—¿Parece que ha resultado bien, verdad?

—Admirablemente.

Me miraba por el espejo, sonriendo. Creo que de cuantos la vieron ninguno había comprendido su disfraz. Yo, en cuanto apareció, recordé el texto famoso: «*Llevaba en la cabeza un turbante blanco, sobre la frente, una franja de lana color púrpura, que caía por ambos lados de la cabeza hasta los hombros. Un amplio chal de cachemira amarilla, una inmensa túnica turca de seda blanca, con mangas flotantes, envolvía todo su cuerpo en pliegues sencillos y majestuosos, y únicamente se veía por la abertura que dejaba esta primera túnica sobre el pecho, un segundo vestido de tela persa bordada con mil flores... Botas turcas de cuero amarillo bordado en seda completaban aquel precioso traje oriental, que ella llevaba con la desenvoltura y la gracia de una mujer que en su vida hubiese vestido de otra manera.»* Tal es la descripción que en el *Viaje a Oriente* nos ha dejado Lamartine del atavío de lady Stanhope. Tal era el disfraz que llevaba la condesa de Orlof. Acababa de quitarse de la frente la banda púrpura. Yo seguía sentado a su espalda. En el espejo vi que me observaba con disimulo.

—¿Qué te sucede? —preguntó con cierta sequedad.

—Nada.

—Repito la pregunta: ¿Qué te sucede?

—Poca cosa. Estaba pensando en el asunto de Zagazig.

Tranquilamente, se quitó el collar de perlas.

—¿Te has enterado?

—De todo.

—¿Te han dicho que yo estaba...?

—Sí, arruinada.

No protestó contra la palabra. Dijo solamente:

—Tienes que hacerme la justicia de declarar que yo no te he molestado hablándote de esas pequeñeces.

Jugaba con la franja roja de lady Ester.

—También ella —dijo— se arruinó. Pero —y sonreía al decirlo— cuando le ocurrió era más vieja que yo.

Aquella frase estaba preñada de amenazas terribles, que concretaron las palabras siguientes:

—No me creerás si te digo (apenas si lo creo yo misma) que sentiría muchísimo perderte.

—¡Athelstana!

—Muchísimo.

—¿Qué me quieres decir?

—Pero, después de todo —añadió, como reflexionando—, ¿por qué te he de perder?

—Eso es, ¿por qué? Ha llegado el momento de hablar claro. Yo he pensado en todo. Escucha, Athelstana, escúchame, te lo suplico. ¿Cómo te explicaría yo...? No soy rico. Pero tengo una bonita carrera. Y te quiero. ¡Dios mío, cómo te quiero! Unicamente ahora lo comprendo. ¿Quieres que unamos nuestras vidas?

Sonrió. De pronto recordé la historia de José Péborde. Acababa de servirme de las mismas palabras de aquel infeliz.

Había dejado caer mi cabeza sobre su hermoso hombro desnudo. Me pareció notar que se estremecía.

—¡Chiquillo! —murmuró—. Demasiado sabes que eso es imposible.

—¡Imposible! Esperaba esa respuesta y no me desconcierta. Tú eres libre, Athelstana, libre, libre. Pero permite que diga una cosa: lo que yo tengo, lo poco que tengo, tómalo, si puede servirte para rehacer tu fortuna. Debes aceptarlo. ¡Toma, toma!

Con mano temblorosa saqué de la cartera los resguardos de mis depósitos, de mis títulos: tal vez un siglo de privaciones, de economías, de vida modesta y honrada.

—¿Qué es eso? —preguntó la condesa de Orlof, frunciendo el ceño...

—El dinero de que yo dispongo. Hay cerca de trescientos mil francos. Dentro de quince días puedo tener otros cien mil más. Tómalos, tómalos. ¡Qué alegría si yo pudiera...!

Callé. Acababa de hacer ella un gesto increíble. Me cogió la mano y la besó.

—Tú no sabes —dijo con una triste sonrisa—, tú no sabes que ahí no hay ni la cuarta parte de lo que debo.

—Pues demos esto —exclamé—. Y luego, lo dejas todo, lo vendes todo y te vienes conmigo.

—¿Contigo? ¡Contigo!... Pero ¿has pensado alguna vez en mí, privada de mi lujo?

—¿Y qué prefieres? —dije con aspereza—: ¿el lujo o yo? Además, que te quedarás sin las dos cosas.

—Acaso te equivoques. ¿No me has oído hace un momento murmurar: «Y, después de todo, por qué te he de perder»?

—Lo he oído, pero no comprendo.

—Intentaré hacerte comprender. ¿No has observado esta noche a un individuo de cierta edad disfrazado de capitán Pachá?

—¿Quién? ¿Ese grotesco, ese viejo ridículo que tenía la pretensión de bailar siempre contigo? Dos veces estuve a punto de castigarle.

—¡Chss! —dijo riendo—. ¡Hubieras hecho una hazaña! En primer lugar, no es tan viejo como te figuras. Apenas tiene cincuenta y ocho años. Es un notable de Alejandría, el señor Basil Kératopoulo. El hombre no tiene más que doscientas o trescientas mil libras de renta.

—¿Y qué?

—¿Y qué?

—Tengo miedo a comprender. ¿Te casarías tú con ese hombre repugnante?

—Calma, calma —dijo riendo—. ¿Casarme? ¡Oh! ¡Qué más quisiera él! De momento se trata de una operación a plazo más corto.

—¿Te prestaría dinero?

—¡Prestarme! No es esa la palabra exacta.

—Entonces, cada vez lo entiendo menos.

—¿De veras? Me asombras. Piensa, piensa bien.

Comencé a temblar de pies a cabeza.

—Hace un momento —dije, procurando asegurar mi voz—, me has dicho: «¿Por qué te he de perder?» Eso es, ¿por qué?

Continuaba observándome en el espejo, convertido en nuestro trágico campo de batalla.

—Y —murmuré—, ¿tú has podido pensar ni un solo instante que yo pudiera aceptar semejante vergüenza?

Encogióse de hombros, contrariada.

—Antes sería capaz de matarte.

—Mira —respondió con gesto desdeñoso—, todo lo que quieras, menos tonterías. Hay cosas, vuelvo a decirte, que yo no abandonaré jamás: ésta, ésta, ésta —y con ademán orgulloso iba señalando los mil detalles de su alcoba—; mi lujo, en una palabra. Está más ligado de lo que te figuras al amor que me tienes. Sin él, ¿qué sería yo? Has de saber que he tenido doncellas mucho más bonitas que yo y más jóvenes. De manera que eso ya está dicho y bien dicho. ¿Qué es lo que te enoja? El señor Kératopoulo no será más que un accidente, ¿comprendes? Con su fortuna a mi disposición, me sobrarán seis meses para rehacer la mía.

Durante ese tiempo no creas que te van a criticar ni a compadecer. Pasarás por tunante. Y una vez transcurridos los seis meses...

Hay en el Kalaat el Tahara una escalera de servicio. Un hombre como ese señor Basil debe estar acostumbrado a salir por puertas de esa clase. Además, es una persona decente, te lo aseguro. Es presidente del Consejo de Administración de la *Sociedad Algodonera de Tanta,* rival afortunada de mi pobre sociedad de Zagazig.

Cerró los ojos.

—A pesar de todo, no creas que me divierte pasar por las horcas caudinas de ese viejo. La verdad es que no me decidiría más que si . . .

—Si ¿qué?

—No, no quiero decírtelo. Acaso fuese engañarte con una vana esperanza.

—Dímelo, te lo suplico.

—Te lo diré, ya que lo pides. Mira: hoy estamos a catorce. El veintiuno puedo recibir de Constantinopla un telegrama que me libre de todas estas preocupaciones sin necesidad de desprenderme de la menor parcela de mí misma.

—¿El veintiuno?

—Sí; ésa es la fecha de la llegada a Constantinopla del correo de Odessa. Tengo propiedades en Azerbeidjan por valor de más de un millón de rublos oro. Los soviets las tienen secuestradas. Dyemal Pachá, actualmente en Tiflis, se ocupa en procurar que levanten el secuestro.

—¿Sigues en relación con ese hombre?

—¡Quéjate! A él, si logra lo que perseguimos, tendrás que agradecerle el conservarme pura.

Reía. Aquel adjetivo debió parecerle gracioso.

—¿Y si el veintiuno te dicen que no se ha levantado el secuestro?

—Ya te lo he dicho: aceptaré los ofrecimientos de Kératopoulo. ¡De todos modos, qué fastidio! ¡Por un millón!

Yo había levantado la cabeza.

—¿Un millón?

—¡Qué más te da esa cifra u otra? ¿Tienes el millón? No. Luego . . .

—¡El veintiuno! Hasta entonces no adoptarás ninguna resolución. ¿Me lo prometes? ¿Me lo juras?

—Te lo prometo. Pero no te hagas ilusiones. ¿Sabes cuántas probabilidades hay de que levanten el secuestro? De ciento, tal vez no lleguen a diez.

—¡Lo has prometido!

—¿Qué piensas hacer? Me intrigas.

—Eso es cuenta mía.

No pensaba decirle qué esperanza me acababa de asaltar. ¡Ocho días! Aquel plazo me pareció la salvación. En un país cuya norma es la especulación, me parecía imposible no llegar a convertir en un millón mis trescientos mil francos. Tres que hacen seis; seis que hacen doce. Lo que suele detener en ese camino es el miedo a la pérdida brutal. Pero yo, ¡qué podría temer!

Todo era ganacia. No podía perder nada, puesto que, perdiéndola a ella, lo perdía todo. Voluntad, nada más que voluntad. ¡Y qué voluntad la mía en aquellos momentos!

—Tengo tu palabra. Ahora, no hablemos más de este asunto hasta el veintiuno.

Era la primera vez que la hablaba con esta autoridad. Me miró asombrada, y su asombro no carecía de cierta admiración.

—Repito —dijo gravemente— que sentiría muchísimo perderte.

* * *

¡Dinero, Dios mío, dinero!

* * *

Alberto Gardafuy tenía sus oficinas en la calle de Bad-Edriss, unas oficinas cuyo aspecto, completamente oriental, contrastaba con la enormidad de los negocios que abarcaba aquel muchacho de veintiocho años. ¿A qué nacionalidad pertenecía Alberto? Yo creo que a la francesa. Sí; lo mismo que un aldeano del Quercy o del Perche. Había nacido en el Fanar, de padre egipcio y madre armenia. Empezó la guerra como telegrafista en el ejército turco, y la terminó de intérprete en el ejército inglés de Palestina. Por lo demás, un muchacho simpático y de lo más complaciente, como se ha dicho.

Su torpedo estaba a la puerta. Necesitaba verle, y, sin embargo, ante la seguridad de que estaba allí, sentí que se me oprimía el corazón.

—Animo —me dije—, y pensemos en lo que depende de la lucha que voy a emprender.

Alberto, sentado ante su mesa, discutía con un caballero anciano tocado con un fez. Cuando me vio, lanzó un grito de alegre sorpresa.

—¡Cómo! Se ha molestado usted en venir... ¡cuánto lo siento!

—¿Que lo siente usted?

—¿Por qué ha venido usted en vez de citarme...? Claro que acaba de recibir mi carta.

—¿Me ha escrito usted?

—¡Cómo! Pero, ¿no ha recibido usted mi carta? Entonces, por una casualidad..., es una coincidencia.

Me mordí los labios. Si hubiese pasado por mi casa antes de ir al escritorio, los papeles se hubiesen trocado. Si me había escrito es que me necesitaba. Lo hubiera tenido a mi disposición. Ahora estaba yo a la suya.

En su actitud comprendí que estaba dispuesto a aprovechar aquella diferencia de posiciones.

—¿Quería usted algo de mí?

—Empiece usted, mi capitán, se lo ruego.

Apreté los puños. Pero apremiaba el tiempo. Había que apresurarse.

—Hablaré yo entonces. Usted recordará que varias veces me ha indicado algo de la posibilidad de encontrar para mi dinero un empleo más lucrativo.

Hizo un gesto.

—Mal momento. Muy mal momento es éste.

No me dejé impresionar. Tuve la sensación clara de que le era necesario y procuraba sacar de mí todas las ventajas.

—Sea usted ahora amable y dígame cuál era el objeto de su carta —dije secamente.

Me miró cara a cara, comprendiendo, sin duda, que había que poner las cartas boca arriba.

—Es una cosa bastante complicada.

—Veamos de qué se trata.

—Mire usted. ¿Conoce seguramente la casa Zarif, Sultán y Compañía?

Aquel nombre, en efecto, me era conocido.

—Es la casa que tiene la adjudicación de cereales y carnes para el ejército de Levante. ¡Sesenta mil hombres! Buen negocio, magnífico negocio.

—¿Y qué sucede?

—Ultimamente, la Intendencia ha multado a Zarif y Sultán por faltar a sus compromisos en varios millares de toneladas de trigo y no pocas cabezas de ganado. Las cifras exactas no influyen en el asunto. Zarif y Sultán han reclamado, arguyendo la imposibilidad en que se encontraban de recibir el trigo comprado para ellos en los distritos de Alepo y de Alejandría, donde los vendedores, aterrorizados por las bandas turcas, se niegan a entregar el trigo destinado a las tropas. Actualmente la reclamación está sometida al negociado de Informaciones, que tiene que dictaminar acerca de sus fundamentos.

—Comprendido —dije—. Usted quiere que el negociado informe en sentido favorable a los concesionarios. El muchacho sonrió, moviendo suavemente la cabeza.

—No es eso precisamente, mi capitán. La casa Zarif y Sultán es rival de la nuestra.

—¡Ah!... —murmuré—. Ya comprendo.

—Entonces también habrá comprendido que, por el contrario, no nos desagradaría verlos pasar por un mal trago.

—Pero, ¿usted se da cuenta cabal de lo que acaba de proponerme?

—Me doy perfecta cuenta, mi capitán. Puede estar seguro de que yo no le hubiese hablado nunca en la forma que acabo de hacerlo si, en esencia, los intereses del Estado francés no coincidiesen con los de nuestra casa. ¿Comprende?

—Comprendo —murmuré con tono ambiguo.

En aquel momento recordé que por la dirección de la Intendencia se nos había pedido aquel informe. Había encargado a mi auxiliar, el teniente Ravel, que se ocupara del asunto. Pero al leer por encima el expediente me había parecido que la reclamación de los adjudicatarios se apoyaba en cimientos muy frágiles.

Conservando la más discreta de las actitudes, Alberto Gardafuy no me interrumpió en mis meditaciones.

—Y ahora —dijo, por fin—, ¿me permite que le pregunte, mi capitán, en qué puedo serle útil?

Adopté un tono de indiferencia.

—Verá. Acabo de recibir noticias de mi casa. Dentro de ocho días sale a subasta una finca importante que linda con la nuestra. Castillo, estanque, bosques, sesenta hectáreas. Esa finca perteneció a mi familia en otro tiempo. Aparte la cuestión de intereses, existe para mí una cuestión sentimental...

Alberto Gardafuy inclinó la cabeza con gesto expresivo, como para darme a entender que a las cuestiones afectivas les daba él una importancia capital. Yo continué, satisfecho y encantado, a la vez, de mi aplomo:

—Tipo de subasta: un millón. Solamente la tierra, sin los edificios, vale cerca del doble. Ahora bien, yo, actualmente, poseo...

—Sí, ya lo sé: trescientos mil francos.

—Algo más: cuatrocientos mil. Me quedan cien mil francos en Francia.

Alberto reflexionaba.

—Efectivamente, eso es muy interesante —dijo.

—¿Verdad? —dije en un arranque del que pronto me arrepentí.

—Muy interesante. De manera que ¿necesitaría usted...?

—Pues... seiscientos mil francos.

—¡Hum!... Olvida el impuesto por traslado de dominio, que es el diez por ciento.

—Es verdad, setecientos mil.

—Además, da usted por hecho que no haya otro postor.

—Creo estar seguro. En mi país hay la costumbre, en subastas de esa clase, de no competir con las familias, y ya le he dicho que la mía fue propietario de la finca en cuestión.

—Magnífico país —dijo Alberto— ese en que a los negocios se mezclan tan honrosos escrúpulos. ¡Ay, mi capitán, si ocurriese aquí lo mismo!

Suspiró.

—Setecientos mil francos no se puede negar que

es una cifra respetable. Pero, después de todo, ¿por qué no? Sobre todo, si, como usted dice, la finca vale más de dos millones. Claro es que buena parte de esa suma se la puede usted proporcionar con un contrato privado por medio del cual se comprometa usted a hipotecar la finca que quiere adquirir.

Me mordí los labios. No podía decir la razón en virtud de la cual había que descartar aquella solución. ¡Hipotecar terrenos imaginarios!

—Preferiría otra cosa —dije con naturalidad.

—¿Qué?

—¡No lo sé! Se lo consulto.

—¡Setecientos mil francos! Pero, ¿Qué garantía puede usted ofrecer, si no tiene más que cuatrocientos mil?

—Mi firma.

—¡Dios mío! —exclamó Alberto—. Perdóneme. Ahora me doy cuenta de que no he pensado siquiera en ofrecerle un vaso de agua. ¿Quiere usted café o una limonada?

—Una limonada.

—¡Antonio, dos limonadas! Su firma... ¡Oh! Entonces, seguramente. Aunque, mi capitán, mi deber es advertírselo: ¡Hay que conocer el corazón de los hombres de negocios en Beirut! Una roca, como usted lo oye, una roca... El Hauran, el Sannin, las mismas montañas de los Ansariés... Evidentemente, si de mí se tratase...

—Precisamente es a usted a quien me dirijo —dije con la garganta seca.

—Siendo a mí es distinto. ¡Muy difícil es! Pero ya conoce la simpatía que le tengo, mi capitán, y no quisiera más que... ¿Cuándo es la adjudicación?

—El veintitrés de octubre.

—¿El veintitrés? Lunes. Y estamos a sábado, catorce. ¡Ocho días! No hay tiempo que perder. Setecientos mil francos. Es una bonita suma. Dígame, mi capitán.

—¿Qué?

—¿Tiene mucho interés por este asunto?

—¡Mucho!

—¿Tanto?

—Repito que mucho —dije con un tono de angustia que le hizo estremecer.

—Entonces habrá que intentarlo. Además, esto me da ocasión para hablarle con entera confianza, con plena libertad. ¡Aquí está la limonada!

Bebí con avidez.

—Claro es —siguió Alberto— que si el asunto de que le he hablado se resolviera favorablemente, podría usted contar...

—No pido ningún favor particular, sino un préstamo con garantía de mi firma.

—Ya, ya; no se incomode. Sin embargo, yo debo decirle que se trata de un negocio de modesta envergadura, hablando francamente, que no debe ser considerado sino como una incidencia de alguna operación más importante.

—Hable usted —dije, enjugándome el sudor que bañaba mi frente—. ¿De qué se trata?

—Es muy sencillo. Nosotros no queremos perjudicar a los señores Zarif y Sultán por el solo placer de molestarlos. No. Debo advertirle que, el año pasado, la casa Hafrache y Gardafuy, nuestra casa, acudió, contra la casa Zarif y Sultán, al concurso de adjudicaciones de víveres. Fuimos derrotados. Este año queremos la revancha. Entiéndase bien que no queremos comprometernos a precios inferiores a los suyos.

—Entonces, ¿qué es lo que se proponen ustedes?

—Esto; los señores Zarif y Sultán son musulmanes.

—Y tienen el mismo derecho que los cristianos a tomar parte en las subastas de guerra.

—Vamos despacio. He dicho mulsumanes, pero son mulsumanes de Antioquía. Usted tal vez no sabe que Zarif tiene un primo. Mouktar bey, con quien sostiene buenas relaciones, y que este Mouktar bey es el adjudicatario de víveres para las tropas turcas de los gobiernos de Adana y de Diarbékir. Yo le proporcionaré a usted las pruebas.

—¿Y qué?

—Pues que me parece que si el Estado Mayor insistiera un poco enérgicamente sobre los inconvenientes que pueden resultar de semejante situación, no dejaría de tratar con nuestra casa. ¿Qué opina usted?

Yo me puse a temblar.

—Ya —murmuré—; ¿que se emitiera un informe concluyente aconsejando la exclusión definitiva, o tan sólo provisional, de la casa Zarif y Sultán, es lo que...?

—Espere, espere. No vayamos tan de prisa. Hay otro asunto en el que también tengo muchísimo interés.

—¿Cuál?

—El trazado del futuro ferrocarril de Alepo a Latakia.

—Ese trazado ya está concluido —dije.

—¿Pasa por Riha, verdad?

—Si.

—Gran error. Enorme error. Sería muchísimo mejor hacerlo pasar un poco más abajo, por Kalaat-el-Moudik, por ejemplo.

—Por lo visto tiene usted en la parte de Kalaat-el-Moudik terrenos que no le importaría que se expropiasen —dije irónicamente.

—Ha puesto usted el dedo en la llaga. Pero, además, ha de saber que el trazado que yo recomiendo tendría la ventaja de asegurar la pacificación definitiva de las poblaciones ansariés. Mi interés particular coincide precisamente con el interés general, y eso contribuye a que se le pueda ayudar sin peligro, caso de triunfar.

Me zumbaban los oídos. Me hubiera sido imposible continuar ni cinco minutos más aquella conversación.

—Mire; no mezclemos los temas. Primero se trata del asunto de las provisiones. ¿Quiere usted que mañana...?

—¡Oh! Mañana es imposible, mi capitán. Es domingo y pasaré todo el día con la familia de mi novia. Porque he olvidado decirle que me caso. Si, con una muchacha encantadora.

—El lunes, entonces —dije, a punto de desfallecer.

—El lunes, de acuerdo. Y yo que le creía ocupado únicamente, como la mayor parte de sus compañeros, en cosas pueriles, de baile, de mujeres, ¡ja, ja! Dicho sea sin ánimo de adulación, mi querido capitán, es usted el primer oficial que encuentro capaz de interesarse en asuntos serios.

Recibí aquel elogio como una bofetada. Aunque Walter se había mostrado muy pesimista conmigo, no pudo imaginar tal bajeza. Pero, ¿qué puedes tú, amigo de mi alma, contra la imagen de Athelstana entre los brazos del repugnante viejo de Alejandría?

Aquella noche, la condesa de Orlof cenaba a bordo de un buque de guerra inglés, que estaba de paso, y yo había aceptado una invitación en el barrio de San Elías. Durante la comida contemplé a las mujeres que me rodeaban. Maquinalmente calculaba el valor de sus collares, de sus pulseras y de sus sortijas.

—¿Qué tiene usted, capitán? —me preguntó mi vecina—. Parece que no está bien.

Fingí reírme de su pregunta. En el salón, me senté a una mesa de *póker* ocupada por cuatro jugadores calificados entre los más temibles. Al cabo de algunos minutos, a consecuencia de mis envites desordenados, se hizo la partida extraordinariamente severa. La suerte me favoreció. Hacia la una, cuando nos separamos, en aquella atmósfera pesada, había ganado más de catorce mil francos.

Deambulé por las calles oscuras, a lo largo de las fachadas de Bancos y almacenes... Cajas de caudales repletas de dinero dormían allí, a dos pasos de distancia. Tropecé con montones de basura espantando a los pobres perros que habían acudido en busca de su miserable pitanza. Ocho días antes, aún tenía derecho a compadecerlos... ¡pero entonces...!

IX

¿Por qué, en medio del horror en que me debato esta noche, acuden a obsesionarme con tal dureza los recuerdos de mis noches en el desierto? Oigo la carrera del viento entre las altas gramíneas, la queja de un río inmenso cuyas ondas tenebrosas se precipitan entre márgenes muy próximas. Me había dormido al ponerse el sol, envuelto en una manta y con la cabeza apoyada en una montura de mehari. A veces, siguiendo al terrible calor del día, nos despertaba el frío de la noche. Abría los ojos. Las estrellas no eran ya las mismas. Las de la víspera habían desaparecido, sucediéndolas otras. Una hacia oriente, vacilaba, derramando, casi a ras del horizonte, el líquido misterioso de su luz. A mi alrededor, los cuerpos de los soldados abollaban el suelo, conservando la misma actitud que, algunas horas antes, al hacer alto, les impusiera la fatiga. Como piquetes negros recortados sobre el cielo oscuro, los centinelas, en los cuatro puntos cardinales, montaban ya la guardia. Un silencio solemne reinaba sobre la inmensa soledad. ¡Qué pureza, qué sensación de limpieza, de seguridad moral...! Y a la madrugada, cuando llegaba la hora de levantarse, entre la reconfortable algazara de un campamento, ¡qué felicidad al sentir aquella frescura en la garganta, aquella respiración virgen, de criatura!

Eran más de las tres cuando me reuní con Athelstana en su casa. Había bajado la víspera de Kalaat-el-Tahara, para instalarse en su hotel de Beirut. Aún no habían tenido tiempo los criados de deshacer todos los baúles.

Al oírme entrar, no se levantó. Limitóse a mirarme por encima del libro que estaba leyendo.

—Toma— me dijo, señalándome sobre una mesita un telegrama abierto—, Entérate de eso.

Era el telegrama de Constantinopla, informando a la condesa de Orlof del fracaso definitivo de las gestiones intentadas para levantar el secuestro de sus propiedades de Azerbeidjan.

La miré aterrado. Ella, impasible, continuó su lectura.

—¿Qué vas a hacer?

—Ya te lo dije. Diez posibilidades contra noventa. Te concedí un plazo hasta el veintiuno, fecha en la que contaba recibir ese telegrama. Ha llegado antes. Pero mantengo mi palabra. Ahora acaso reconozcas que sería preferible devolvérmela. Eso me daría más tiempo para desenvolverme. Y ahora me toca a mí preguntar: ¿Qué vas a hacer?

—Eso es cuenta mía —dije con terquedad desesperada.

Ella se encogió ligeramente de hombros.

—A tu gusto —dijo.

* * *

A las ocho de la mañana, y sin haber dormido un solo minuto, estaba yo en mi despacho del Gran Serrallo. Lo primero que vi sobre mi mesa fue el expediente de la reclamación Zarif y Sultán. Lo abrí temblando. ¡Afortunadamente el informe del teniente Ravel terminaba rechazando la reclamación! Alberto Gardafuy quedaría complacido sin que yo tuviese la iniciativa de proponer aquella solución al coronel Marest. Este principio me dio confianza y me animó para continuar el asunto. Era domingo y podía trabajar con tranquilidad en los despachos desiertos. Me pasé toda la mañana revolviendo fichas y expedientes para descubrir informes sobre aquel Mouktar bey, primo de Zarif y adjudicatario de provisiones para las tropas turcas de Cilicia. Acabé por encontrar lo que necesitaba para redactar un informe suficientemente fundamentado. A medio día, cuando salí del Gran Serrallo, tenía esperanzas . . .

A la mañana siguiente, a las diez, el coronel Marest me llamaba a su despacho. La mesa desaparecía bajo los montones de expedientes.

Lo mismo ocurría todos los lunes, día en que se repartía el trabajo de la semana.

—Siéntese usted —me dijo—. Tenemos tela cortada.

Me era antipático aquel hombre, pero no podía por menos de admirar la excelencia de su método de trabajo. En un cuarto de hora sabía despejar una mesa atestada de papelotes, para que cada uno fuese al negociado a que correspondía. Conocía el arte de sacar del personal todo el partido posible, asignando a cada cual la tarea que mejor podía llevar a cabo, y acababa quedándose con pocos asuntos, los más importantes.

La documentación del expediente Zarif y Sultán se hallaba reunida bajo una cubierta verde. Distinguí aquella cubierta bajo otros expedientes. A cada asunto que se resolvía nos íbamos acercando más al terrible instante. Ya no quedaban más que cuatro, tres, dos . . . Haber llevado durante tres años la vida saludable y sin reproche del desierto, para acabar en el pellejo de un torpe prevaricador. Y qué locura, no haber dormido, no haber descansado durante tres días, en víspera de semejante paso de armas... ¡cómo podría disimular ante un hombre tan perspicaz como Marest las espantosas huellas de mi rostro!

—Reclamación Zarif y Sultán. ¿Qué es esto? No recuerdo bien. ¿Quiere usted resumirme el caso en pocas palabras?

No parecía muy alterada mi voz mientras satisfacía sus deseos.

—¡Ah, sí! Ya recuerdo. ¿Es Ravel quien ha redactado el informe? ¿Y qué dice Ravel? Termina denegando la petición, Bueno. Y usted también, ya lo veo. Muy bien, Acordado. Informe usted a la Intendencia para que no tenga el menor escrúpulo en mantener la multa. Vamos a otro asunto... ¿Cómo? ¡Ah! ¡Perdón! No había visto. Hay un segundo informe de usted sobre una cuestión aneja. Perdóneme.

Se aseguró los lentes. Ahora se disponía a leer mi argumentación sobre los inconvenientes que podían resultar de los lazos de parentesco que unían al adjudicatario Zarif y al adjudicatario Mouktar.

Frunció el ceño.

—¡Esto es muy interesante! ¡Muy interesante! ¿Cómo es posible que no se aluda a esta situación en el oficio con que la dirección de la Intendencia nos remitía el expediente?.

—La Intendencia la ignoraba, sin duda mi coronel. Además, ella se limita a examinar el caso desde el punto de vista mercantil, el cumplimiento de los compromisos. Yo soy quien creí mi deber...

—¡Ha hecho usted perfectamente! ¡Mi enhorabuena! No se le escapa nada. ¿Y ha encontrado usted aquí los antecedentes necesarios?

—Si, mi coronel.

—¿En qué legajos?

—En nuestra carpeta de *Cilicia.*

—¿Quiere traérmela?

Fui yo mismo a buscarla. Al volver, las piernas se negaban a sostenerme. En ocho casos de cada diez, el coronel Marest acordaba sin discusión mis resoluciones. ¡Qué mala estrella le guiaba ésta vez a comprobar personalmente los fundamentos!

Estaba yo en pie, a su espalda. Con el índice le iba señalando los textos que podían interesarle. De pronto observé, aterrado, que aquel dedo temblaba.

El también acababa de notarlo. Se volvió a mirarme.

—¿Está usted enfermo?

—No es nada, mi coronel —Le contesté, esforzándome por sonreír—. He cometido el error de aceptar esta semana demasiadas invitaciones... Me he acostado tarde...

—Es verdad —dijo—, ayer almorcé yo con una persona que tuvo el gusto de cenar anteayer con usted. Parece ser que la velada se prolongó bastante.

No insistió. Quedé convencido de que estaba al corriente de mis intempestivas proezas en el *poker*.

—No quisiera molestarle con estos asuntos —siguió en tono cariñoso—. Si está usted cansado debe ir a acostarse. Octubre no es aquí el mes mejor. Ahora es cuando se pagan las deudas del verano. En estos momentos tenemos una porción de enfermos. Y, a propósito, ¿sabía usted que la hija del director de Ingenieros, la señorita de Hennequin, está bastante grave?

—Hace unos días me encontré al coronel y me dijo algo. Pero no creía que...

—Si; él mismo no sospechaba... Pero acabo de hablar con su médico, el doctor Calmette. Está verdaderamente precupado. Insiste en que esa muchacha debe adelantar su viaje a Francia. Pero parece ser que ella no permite que se hable de eso siquiera, de momento. Perdóneme usted si le hago perder el tiempo; sé que es amigo de la casa y me parecía oportuno advertíselo, para que pueda usted preguntar...

Volvamos a nuestro Mouktar bey. Siéntese, se lo ruego.

De nuevo examinaba el expediente *Cilicia.*

—Muy bien —dijo, devolviéndomelo—. Hay efectivamente datos bastantes completos sobre la situación de Mouktar bey como aprovisionador de los cuerpos de ejército turcos de Diarbékir y de Adana. Pero no encuentro nada que establezca su parentesco con Zarif. ¿De dónde ha sacado usted ese detalle?

—Lo he adquirido por casualidad, mi coronel.

—Pues lo primero que hay que hacer es comprobar su exactitud. No creo que sea muy difícil.

Reflexionaba.

—Dígame usted —exclamó al cabo, y sus ojuelos grises relampagueaban tras los cristales—; ¿sabe que hay algo que me extraña?

—¿Qué es, mi coronel?

—Que no haya sido usted el primero que haya tenido la idea que se me acaba de ocurrir. Vamos a ver. Piense.

—No acierto . . .

—¿De veras? Sin embargo, me parece sencillisimo. Usted es de opinión de excluir a Zarif, adjudicatario para Francia, porque el tal Zarif es primo de Mouktar, adjudicatario para Turquía. ¿Pero no ha pensado usted que, si Zarif es primo de Mouktar, Mouktar es también primo de Zarif?.

—No comprendo.

—A primera vista, eso que he dicho parece una tontería. Pero mi idea es bien clara. En lugar de deshacernos de Zarif, como susceptible de informar a Mouktar acerca de nuestros efectivos, ¿no sería cosa de intentar que Zarif nos diera datos de los efectivos turcos? En vez de suprimir pura e impunemente un obstáculo eventual, ¿por qué no procurar convertir ese inconveniente en una ventaja? ¿Qué le parece?

Su razonamiento era inexpugnable.

Parecíame oír los primeros crujidos de mi derrumbamiento.

—Sin duda, mi coronel. Pero antes sería preciso . . .

—Eso es precisamente lo que iba a decir. Antes es preciso contar en absoluto con Zarif y Sultán. ¿Y no tenemos el medio? Multa hoy, exclusión mañana; es imposible que resistan a tales amenazas. Les conmoverán nuestros argumentos. Estamos en condiciones de adquirir todas las garantías necesarias para asegurarnos de su lealtad. No tengo que insistir acerca de la manera de proceder. Es el A B C de nuestro oficio. Queda usted especialmente encargado de este asunto.

De esta manera, había llegado yo a este hermoso resultado: consolidar la situación de la casa Zarif y Sultán. Si su exclusión de los abastecimientos se resolvía, no podría fallarse, de todos modos, antes de un mes. Y al cabo de ocho días llegaba para mí el momento de la catástofre...

Hice una tentativa suprema.

—Acaso convenga, mi coronel, no olvidar que en esta historia no estamos nosotros solos. Hay que tener en cuenta el interés de la Intendencia.

—No lo olvido. Pero basta estudiar un poco el expediente para comprobar que si la Intendencia impone una multa, como es su deber, no presenta, de ninguna manera, la cuestión de la exclusión definitiva. Además, que no vamos a tardar mucho en quedarnos tranquilos.

Descolgó el receptor de un teléfono.

—Con la dirección de Intendencia, hágase el favor. ¡Hola! ¿es usted, señor intendente? Aquí, el coronel Marest. A sus órdenes, señor intendente. Quería hablarle del asunto Zarif y Sultán, cuyo expediente nos han remitido ustedes para informe. ¿Es urgente? ¿No? Muchas gracias. ¿Por qué? Es que necesitamos completar nuestros datos. Nos daremos prisa, esté usted tranquilo. Y, aparte la cuestión de la multa, ¿está usted satisfecho de Zarif y Sultán? ¿Muy satisfecho? Así lo creía yo. Sin embargo, hay que preverlo todo. En el caso de que se viera usted obligado a prescindir de su concurso, ¿encontraría en Siria alguna casa capaz de sustituirla? ¿Difícilmente...? ¡Demonio, demonio! Pero difícil no quiere decir imposible. No, no, le digo a usted que nada grave. Pongámonos, sin embargo, en el caso de que necesitase usted recurrir a otra casa. ¿Sabe de alguna? ¿Qué no conoce usted más que una? ¡Perdón, no he oído bien...! ¿Cuál? ¿La casa Hafrache y Gardafuy? Muchas gracias, señor intendente. Cuente usted con que procuraremos resolverlo antes de esa fecha.

Y volvió a colgar el receptor.

—Gardafuy, Gardafuy, ese nombre me suena. Vamos a ver: si yo no me equivoco, usted estaba almorzando hace tres semanas con un señor Gardafuy, precisamente en Aley, en el hotel Belvedere...

—Sí, mi coronel.

—¿Será el mismo que...?

—Lo ignoro. Creo que hay muchos de ese apellido.

—El caso es que convendría asegurarnos.

Volvió a coger el receptor.

—¡Hola! ¡Hola! Soy yo otra vez, señor intendente. Perdóneme. Quisiera conocer el domicilio social de la sociedad Hafrache y Gardafuy. ¿En Beirut, calle de Bat-Edriss, 4? Muchas gracias otra vez, señor intendente.

Se me quedó mirando.

—Calle de Bat-Edrisa, 4 ¿Es esa su dirección?

—Esa es, mi coronel.

—Bueno; de una manera o de otra, podremos tener amigos en la plaza. Pero ya ve usted que prudente hay que ser en este país. Si mañana la gente de aquí que le haya visto a usted en compañía del señor Gardafuy llegara a enterarse de que, a consecuencia de sus informes, la casa rival de la suya ha sido separada de los servicios de aprovisionamiento del ejército, ¡figúrese los lamentables comentarios que deducirían! ¿No le parece? De todos modos, creo que hoy no hemos perdido el tiempo.

Con un gesto sencillo me puso en libertad.

—Desde hoy empiece a estudiar los medios de entrar en relaciones con el señor Zarif, para ver si puede sernos de alguna utilidad cerca de su primo Mouktar. Tal vez el señor Gardafuy pueda proporcionarle algún detalle sobre este asunto. En usted confío.

* * *

Un amigo es el único ser a quien en cualquier circunstancia se le puede confensar todo. Pero estas cosas, ¿a quién podría yo decírselas? ¿A Walter, tal vez...? ¡A él menos que a nadie!

A mediodía, cuando salí del Gran Serrallo, mi situación era ésta, sobre poco más o menos. Me había jurado no presentarme delante de Athelstana sin llevarle una respuesta definitiva. En cuanto a Alberto Gardafuy, en quien tantas esperanzas había puesto, no había remedio. Mi tentativa no había servido sino para fortalecer del modo más inesperado las posiciones de la casa rival de la suya. De haber obtenido otro resultado, hubiese llamado la atención en forma sospechosa del coronel Marest por mi actitud incoherente.

Pero ¡no acaba aquí todo! Aún puedo caer más bajo...

Di algunos pasos por la plaza desierta. Mis ojos se detuvieron, a la izquierda, en los bosquecillos del Hospital Americano. Allí cerca estaba la casa de Micaela.

Lo espantoso de mi caso era que mi salvación dependia únicamente de mí y que no aceptaba esa salvación a ningún precio. Era mi propio verdugo como jamás pudo serlo nadie. ¿Qué tenía que hacer para arrancarme de la ignominia en que estaba a punto de hundirme? Bajar aquella rampa y llamar a la puerta del coronel Hennequin. Aquella puerta se abriría, estaba seguro, como si nada hubiese sucedido. Ni siquiera me harían una pregunta. ¿Abandonar a Athelstana a su suerte? Y, a fin de cuentas, ¿no le haría un favor? Lograría consolidar aquel lujo, sin el que no podría vivir, junto al usurero egipcio. De un solo golpe me reintegraba yo a la vida normal, para la que había nacido. ¡Ay! No había que soñar. ¿De qué procedían aquellas veleidades? Unicamente de mi impotencia para encontrar el dinero, aquel dinero que necesitaba antes de seis días, hoy mismo...

Mi impotencia para encontrar dinero... Pero vamos a ver... Se me acaba de ocurrir una idea. Después de todo, ¿por qué no? Dada la situación en que me encuentro...

Ahora, cuando pienso en ella, reconozco que aquella idea era la más loca que se puede concebir. Pero en aquel instante recuerdo que la encontraba natural, razonable y de éxito seguro.

Volví al Serrallo. Todo el mundo se había ido a almorzar. Los despachos estaban vacíos. Tan sólo un ordenanza melancólico se paseaba a lo largo del pasillo.

Busqué el legajo *Contrabando de oro,* comprobé una dirección y salí del Serrallo por la puerta sur.

Me dirigí hacia el arrabal de Basta. Es el barrio musulmán más retirado, el más misterioso de Beirut. Muy pocos extranjeros viven allí, todos gente aficionada a la tranquilidad y que sacrifican al silencio y a la calma las falsas comodidades de la ciudad europea.

Me interné en un callejón que ostentaba el pomposo nombre de *calle de los Embajadores.* Volví a la derecha. Un muchacho, sentado en una gran piedra, se disponía a desplumar un pollo.

–¿Es ésta la casa del señor Efraín?

—No, es aquélla.

Señalábame una puerta en muy mal estado, que se recortaba un poco más lejos, sobre el muro.

Llamé a aquella puerta. Como nadie acudía, la empujé y entré en un patio no muy amplio.

—¿No hay nadie aquí? —Pregunté a voces.

Apareció una vieja en una de las ventanas del primer piso. Al ver mi uniforme, se retiró precipitadamente.

Golpeé en la puerta del entresuelo dos, tres veces, y cada vez más fuerte. Indudablemente pretendían rendirme por cansancio. ¡Desgraciados! ¡Si hubieran sabido lo que había de tenacidad desesperada en mi propósito, pronto hubieran cambiado de táctica!

Por fin, cuando me disponía a seguir golpeando hasta derribarla, se entreabrió la puerta. Mostróse la vieja temblando desde la cabeza hasta los pies. A buen seguro que se había celebrado consejo de guerra en el interior de la casa y la enviaban a ella para parlamentar.

—¿El señor Efrain?

—*Mafi, mafi* (no está, no está) —repetía con gestos desolados.

—Lo veremos —dije.

Y, empujándola, entré en la casa.

La vieja, en el umbral, se retorcía las manos desesperadamente.

—¿El señor Efrain? —repetí, levantando más todavía la voz para que llegase a oídos que adivinaba pegados a las paredes de aquella residencia, demasiado silenciosa para estar desierta—. Esperaré a que venga.

—¡*Mafi*! ¡*Mafi*!

Me senté en un diván, puse el quepis a mi lado, crucé las piernas en actitud de quien no tiene prisa y acostumbra a no salir de un sitio hasta que ha conseguido lo que se propone.

Levantando los brazos al cielo, desapareció la vieja por la puerta del fondo.

Al quedarme solo examiné sumariamente el lugar en que me encontraba. En estos instantes de extravagancia trágica hay quien cree que no se ve con la necesaria claridad. Error. Los sentidos, multiplicados, alcanzan un grado enorme de acuidad. El breve examen a que me dediqué confirmó mis sospechas; es decir, mi resolución. El interior de aquella casa contrastaba de manera flagante con el aspecto sórdido de su exterior. No había orden, eso desde luego, ni casi limpieza. Y, sin embargo, se observaban curiosos indicios de lujo, un lujo que no podría apreciar más que un observador que a la vez fuese perito en la materia. El tapiz sobre el que yo estaba sentado era un korassan tan hermoso como el mejor que pueda verse. Valía, tasando bajo, de setecientas a ochocientas libras. El vestíbulo contenía lo menos veinte de calidad igual, si no superior. Alí Babá, en la cueva de los ladrones, pudo quedar anonadado de asombro; yo, ante aquellas sucesivas comprobaciones, no experimentaba la menor sorpresa. Lo esperaba. Sabía que no hay en este país industria más lucrativa que el contrabando de oro. Y me encontraba en aquel momento en uno de los refugios donde, según los informes que venían facilitándonos desde hacía un mes, se operaba ese contrabando en mayor escala.

—¡Señor Efrain! —llamé imperativamente para romper el curioso silencio en que de nuevo se había hundido la casa después de salir la vieja.

Dos o tres antros de esta clase se nos habían señalado en cada una de las grandes ciudades de Siria: en Alepo, en Damasco, en Trípoli, en Beirut y en Latakia. El oro íbase amontonando allí poco a poco. La buena moneda, perseguida por la mala caía gota a gota en aquellos depósitos clandestinos. Allí se acumulaba en densas capas. Millones de piezas, acuñadas con todas las efigies, dormían en aquellas nuevas bahías de Vigo. Luego, un día, llegado el momento oportuno, en cuanto se abría resquicio en la vigilancia, desaparecían bruscamente. Misteriosos automóviles, buques fantasmas, pacíficos camellos, las llevaban hacia las cajas extranjeras de Egipto o de Palestina, donde contribuían a alimentar la formidable artillería financiera apostada contra el crédito francés. Este era uno de los aspectos, el más astuto, si no el más odioso, de la gigantesca intriga preparada a nuestro derredor.

—¡Vamos, señor Efrain! Sea usted razonable. ¿Será menester que me enfade?

Demasiadas contemplaciones se usan con estos náufragos dorados. Sin embargo, cuando se coge alguno se le aplica inmediatamente la pena de confiscación de sus depósitos. Por eso se comprende que cuando se ven perdidos estén dispuestos a ciertos «sacrificios» para evitar que caiga sobre ellos la espada justiciera. ¡Quién contará alguna vez este gesto abyecto; quién hablará de los negocios de que, bajo amenaza de denuncia, han sido víctimas estos piratas miserables! ¡Ay! Tengo derecho a clasificarlos así, a pesar de que las consideraciones que preceden bastan, a mi juicio, para revelar la intención con que acababa de entrar en casa del señor Efrain.

Yo no le conocía. Pero él tenía sus vigilantes y me conocía a mí. Debía saber que una palabra mía bastaba para enviarle aquella misma noche a prisiones militares y para entregar a las rondas de todos los aduaneros de Beirut el misterio de sus calabozos. Si seguíamos respetándole, era en virtud de la vieja teoría de la esponja, a la que se la deja hinchar para comprimirla luego con el mayor fruto posible. En cuanto a él, de sobra se le alcanzaba lo que significaba la presencia en su casa de un oficial de uniforme.

—¡Basta! —grité dando un puñetazo sobre una mesa, a tiempo que saltaba un gato aterrorizado. Ya me disponía a echarlo todo a rodar, cuando oí un ligero rumor de pasos. Abrióse una puerta y penetró en el vestíbulo una muchacha.

—Está bien. Segunda embajada —pensé.

¿Una muchacha? Una niña he debido decir. Vestía a la manera indígena. Un velo de seda gris ceñía su frente, haciendo resaltar el óvalo de su fina belleza judía. Me dirigió una mirada suplicante y asustada. ¡Ah, hombre repugnante! Debía estar allí, lo hubiese jurado, muy cerca, escondido en algún rincón, y me enviaba a su hija.

—¿En qué puedo servirle, señor? —preguntó en un francés bastante puro.

—No es por usted, señorita, por quien pregunto. Es por su padre, el señor Efrain.

—No es mi padre sino tío.

—Su tío o su padre, eso es lo de menos. Hágame usted el favor de ir a buscarlo.

—No está aquí, señor.

—Búsquelo donde se encuentre. Yo esperaré.

—No está en Beirut, señor, se lo juro. Está en Damasco. Hasta mañana no vuelve.

La miré. Su turbación revelaba claramente que mentía; pero acaso no fuera mas que el efecto del terror que yo la infundía.

En aquel momento sentí que algo me rozaba una pierna: era el gato de poco antes. Tranquilizado en vista de que yo no hacía más ruido, se estiraba, arqueando el lomo y ofreciéndome una frente en la que nadaban, abiertos de par en par, dos ojos glaucos.

—¡Ven aquí! —murmuró la chiquilla.

No obedeció. Empezo a runrunear, frotándose contra mí, cada vez con mayor zalamería, con esa intuición de los animales que adivinan desde el primer momento cuáles son las personas con las que pueden permitirse confianzas, seguros de que no los han de martirizar.

—Déjele, déjele —dije—. Yo también tengo gatos. Se conoce que lo olfatea.

Acaricié la frente pelada del animal.

—¡Pobre! ¿Esta ciego?

—Sí; señor —dijo la muchacha.

—Además, tiene una enfermedad de la piel.

—Sí; no sabemos qué darle.

—¿Qué le dan ustedes de comer?

—Lo que él quiere. Le gusta la carne.

—Pero, ¿le cuecen la carne que come?

—Cocer, no, señor.

—Lo suponía. Por eso está enfermo. Hay que cocérsela.

—Muy bien, señor.

Me levanté. Buscaba una frase con que iniciar la retirada.

—Hasta la vista, señorita. Mañana vendré a ver a su tío.

—Aquí estará, señor.

«El, tal vez —pensé—. Pero el oro, ya es otra cuestión.»

Salí y empecé a dar vueltas por las callejuelas. ¡Qué hermosa jornada la mía! Entrar en aquella casa con el fin que es sabido y salir sin más resultado que dar algunos consejos para curar a un gato sarnoso.

De pronto me estremecí. Había reconocido el barrio, aquel barrio hacia el cual me había guiado una fuerza secreta, sin duda, pero sin que por mi parte, lo juro, hubiese un instante de premeditación. Mi cerebro se iluminó con una llamarada súbita, parecida a la de esos relámpagos de tormenta que hacen surgir bruscamente en la noche perspectivas inesperadas. Ahora ya veía la solución. Allí estaba. No había otra más que aquella. Pero, ¿tendría yo la fuerza de apurar hasta el fin aquel cáliz abominable? En la puerta de la casa ante la cual acababa de detenerme, una puerta cuyo umbral había ya franqueado muchas veces, había una placa de cobre con este nombre:

MAYOR J. W. HOBSON

Se me presentó Athelstana en brazos de otro y tiré del cordón de la campanilla.

* * *

El menudo indio del turbante acudió a abrirme.

—Anúnciame a tu amo.

—No está aquí.

¡Tampoco él! Decididamente, no estaba de suerte.

—¿Dónde está?

—Almuerza fuera de casa, mi capitán. Volverá a eso de las cinco.

—Bueno; dile que vendré a verle a las seis; que le ruego que me espere.

No quería volver tan temprano a mi oficina, y como, por otra parte, era incapaz de presentarme a Athelstana sin llevarle una seguridad, continué mi paseo a la ventura. En una plazoleta desierta aplaqué la sed terrible que me abrasaba, en un puesto al aire libre, donde vendían limonada. El hermoso líquido dorado, en el que flotaban bloques de hielo, lucía en un tonelete verde. Mientras bebía estaba viendo, enfrente, un inmenso muro color siena rematado por rosas rojas. Parecían manchas sangrientas sobre el deslumbrante cielo azul.

—¿De quién es ese jardín?

—De las religiosas de San Vicente —me respondió el vendedor.

En Beirut no hay floristas. Las hermanas llenan ese servicio. Merced a sus cuidados, el lujo o el agrado de las flores se convierte en limosnas.

Llamé a la puerta y salió una monja a abrirme.

—¿En qué puedo servirle, capitán?

—Quisiera unas flores, hermana.

—Escójalas usted mismo.

Me guió al jardín. Bajo los golpes del cortador las rosas se iban amontonando en su delantal de lienzo azul. Era una mujer vieja y arrugada, con un conmovedor acento de las riberas del Garona.

No tardó el delantal en desbordarse.

—¿Tendrá usted bastantes?

—Muchas gracias, hermana.

—Espere usted, voy a arreglarlas un poco.

Y mientras ella agrupaba los tallos en un gran ramo macizo, sin pretensiones, yo contemplaba sus manos color de cera, sobre las cuales entrecruzaban las venas su red violácea.

—¿Podría usted encargar que llevasen este ramo? —pregunté, entregándole mi tarjeta.

—Si usted quiere . . . ¿A qué dirección?

—Al final de la calle Jorge Picot. A casa del coronel director de Ingenieros.

—¡Ah! ¿Es para la señorita Micaela?

—Sí.

—¿Cómo está?

—Lo ignoro.

No insistió.

—¿Cuánto le debo, hermana?

—Una libra y media.

Saqué del bolsillo un puñado de billetes; mis ganancias de la antevíspera al *poker*. Le di uno de veinticinco libras.

—¿Quinientos francos? Voy a buscar cambio.

—Guarde usted ese billete, hermana, para sus pobres.

No me dio las gracias. Se limitó a mirarme y murmurar.

—Rezaremos por usted.

A las seis estaba otra vez en casa de Hobson. Había llegado y se había vuelto a marchar, dejando al indio una tarjeta, disculpándose por no haber podido esperarme. «Si es algo urgente —decía aquella cartulina— nos veremos esta noche, a las once, en el Kursaal. Yo pasaré por allí.»

Reanudé mi incierto caminar a través de los barrios, que iban hundiéndose en la bruma del crepúsculo. Las marmotas se lanzaban, jugando, por entre mis piernas. Yo separaba cuidadosamente con infinito abandono.

Me dirigí a cenar al Círculo Militar. Con objeto de prepararme para el terrible instante, lo recuerdo con horror, me excedí en la bebida.

Apenas eran las nueve cuando salí del Círculo. ¡Dos horas de espera todavía! ¿Qué hacer? Empecé a pasearme a lo largo de la Avenida de los Franceses, por la acera que está a orilla del mar. Luego me acodé en la balaustrada.

La noche era maravillosamente suave y limpia. El mar estaba salpicado de reflejos fosforescentes. Las grandes montañas sombrías tenían en sus faldas millares de puntitos luminosos que eran pueblos. Un navío cruzaba; sus cubiertas, sus salones resplandecientes le daban semejanza con un casino ambulante. A mi espalda iban y venían grupos oscuros. Dos o tres veces me reconocieron: «¡Mira, es Domèvre, que está solo contemplando el mar! ¿Qué haces ahí, poeta?» Yo no me volví.

¡Las diez! Mis pobres piernas se negaban a sostenerme. Decidí ir a sentarme al Kursaal, en un rincón aislado de la terraza, al lado de la verja que la separaba de la avenida. Unó tras otro me bebí dos *whiskies* sin agua.

Poco a poco, bajo la influencia del alcohol, experimenté la siniestra alegría de sentir que me iba naciendo una extraña seguridad. Comencé a encontrar fácil, casi natural, el espantable paso que estaba decidido a intentar.

¡Las once! Hobson se retrasaba. Las once y cuarto. ¡Si no acudiese...! Parecíame que todo se había perdido, que al día siguiente ya no tendría fuerzas...

Las once y veinte. Con algarabía de bocinas se detuvieron dos o tres automóviles delante del Kursaal y volvieron a arrancar a toda marcha. Del segundo descendió Hobson.

Se dirigió a mí sonriendo:

—Mil perdones. No almorcé en casa esta mañana, como le diría a usted el criado. A las tres, cuando volví a casa, me informó de su primera visita. Le he citado a usted aquí. Si llego retrasado no es culpa mía. Venimos de Baalbek. Stilson, el representante de la *Standard Oil*, tiene unos parientes que están de paso. Salen mañana para Palestina. No se han querido marchar sin haber visto Baalbek. Llegamos en este momento, muertos de hambre. Stilson ha hecho que preparen cena en su casa. Me ha encargado que le invite a usted. Estamos de acuerdo, ¿verdad? Yo le llevo.

—Antes quisiera hablar con usted, Hobson.

—¡Bah! Hablaremos en casa de Stilson o mientras vamos, en el automóvil.

—No, no tendríamos tiempo. Créame usted, vale más que hablemos ahora mismo.

—Como quiera; pero pronto, porque nos están

esperando. Vamos —y dejó el reloj encima de la mesa—, le concedo diez minutos. Ni uno más.

Al mismo tiempo daba unas palmadas.

—Mozo, dos *metropolitanos*. Ahora soy todo oídos. Veamos.

Acababa de observar seguramente algo insólito en mi actitud: reprimió un gesto de asombro.

—Le escucho —repitió bajando la voz.

Había llegado el momento. La ironía de las cosas quiso que fuese allí, en el mismo sitio donde seis meses antes nos habíamos encontrado.

—Hobson, apelo a su honor, a su palabra...

—Puede usted hacerlo —dijo gravemente—. Hable.

—Hobson, necesito dinero.

Sonrió. Había lanzado como un suspiro de alivio.

—¿No es más que eso? ¡Me había asustado!

Me cogió la mano y me la estrechó con fuerza. ¡Qué cariñosa acogida! ¿Habría comprendido? ¿O es que yo me volvía loco y perdía hasta la noción del mundo sensible?...

—¡Dinero! —repetí con voz sorda.

—¡Shss...! Más bajo. Ya lo he oído. Realmente no puedo expresar a usted, ¡este condenado idioma francés!, cuánto me conmueve ver que ha pensado en mí. ¿Qué edad tiene usted?

—Treinta años.

—¡Diablo! ¿Quiere usted decirme cuándo se necesita dinero si no es a esa edad? ¡Treinta años! Yo tengo cerca de cuarenta. Y, confidencia por confidencia, le confesaré que hace diez años estaba yo en Peshawer, era teniente del segundo de Lanceros de Bengala. Una noche tan hermosa como ésta y tan estrellada, supe lo que es eso, se lo juro, la necesidad urgente de dinero. Y no cualquier cosa: dos mil guineas para la mañana siguiente; si no... —e hizo ademán de apoyar el cañón de un revólver en su sien—. En esos momentos cualquier mal paso puede ser terrible. Hay que saber a que puerta se llama.

Puede estar seguro de que no ha de arrepentirse de haber llamado a la mía. ¡Hable! ¿Cuánto necesita? ¿La misma cantidad?

—¡Ah! —exclamé.

—¿Más?

—No me atrevo a decirle lo que necesito.

—Dígalo sin miedo.

—Setecientos mil francos.

Esperaba verle saltar ante la enormidad de aquella cifra. No se inmutó. Casi parecía que la esperaba. Unicamente arrugó algo el entrecejo y en su boca se dibujó una sonrisa burlona.

—¡Demonio! —dijo—. Yo perdí, abatiendo con *ocho*, dos mil guineas, contra un comerciante en granos de Delhi. Me gustaría saber contra quién se ha hallado usted —y añadió sin esperar la respuesta—: ¿Setecientos mil francos? Cerca de doce mil libras al cambio actual, ¿no es eso?

—Precisamente.

—Entonces la cosa varía; ha dado usted mal.

No se le escapó el abatimiento desesperado de todo mi ser.

—No se atormente de esa manera. Veamos. Cuando digo que ha dado mal, debe comprenderlo, quiero decir que no era a mi palabra de honor a lo que debió usted apelar en un principio, sino a mi probidad profesional.

—¿A su...?

—Naturalmente. Semejante suma no es del mayor Hobson de quien puede usted esperarla, sino del gobierno que representa.

Abatí la frente aniquilado.

El mozo nos estaba sirviendo los *cock-tails*.

—Beba usted —ordenó Hobson.

Bebí. Su vaso permaneció sobre la mesa.

—Mire —pronunció lentamente—, una conversación de este género, ¿no cree qué deberíamos continuarla en otro sitio? ¿En mi despacho, por ejemplo, mañana?

—Es urgente —murmuré con voz casi suplicante.

—¡Urgente, urgente! —dijo—. Convendrá conmigo en que hay detalles que no podemos concretar de cualquier manera en la terraza de un café. ¡Sería demasiado! ¡Y hay quien les acusa a ustedes, los franceses, de no ser expeditivos para los negocios!

—Es urgentísimo —repetí en voz baja y con tono todavía más lastimero.

—Bueno, bueno, comprendido. Entonces podemos ponernos de acuerdo desde ahora en lo esencial. ¡Ah! Me parece que ya puedo guardarme el reloj.

Humedeció sus labios en el *cock-tail.*

—Si no me equivoco, esta conversación es consecuencia lógica y directa de la que sostuvimos una noche en mi casa hace exactamente cuatro meses.

No contesté.

—Charlando entonces, hicimos alusiones, ¿no es cierto?, a determinados trabajos que teníamos entre manos uno y otro, siguiendo caminos paralelos y con fines distintos, sobre los jefes beduinos de los desiertos de Siria, de Irak y de Mesopotamia.

—Así fue.

—Ahora los acontecimientos hacen que hoy pueda yo ponerme al corriente del resultado de sus trabajos. ¿Estamos de acuerdo?

Bajé la cabeza.

—Bueno. Al llegar a este punto observo en mi memoria ciertas vacilaciones. Aquella tarde hablamos también..., digamos de la retribución con que yo estaría autorizado a recompensar ciertos informes. ¿No llegué a citar una cifra?

—Habló usted de veinticinco mil libras.

—Noto que recuerda usted perfectamente. Veinticinco mil libras, es exacto. Sin embargo, la situación no es la misma. A esa cifra hay que hacerle dos observaciones. *Primo*, el valor de la libra ha mejorado. Desde cincuenta y dos, que estaba en junio, ha pasado a sesenta y cinco, cambio de hoy. *Segundo*, en el terreno en que nos hallamos situados, he de confesarle que desde entonces me he procurado una gran parte de los informes que en aquella época únicamente su trabajo contenía. En tales condiciones, estará usted de acuerdo conmigo para reconocer que la cifra de veinticinco mil libras puede equitativamente reducirse a doce mil, sin que yo incurra en el reproche de regateo ni de querer aprovecharme de la situación. Tanto más cuanto que esas doce mil libras constituyen exactamente, ¿no es eso?, los setecientos mil francos de que me hablaba hace un momento. ¿Estamos de acuerdo?

—Sí.

—Entonces —dijo con la más perfecta naturalidad—, está convenido. Quedamos citados en mi casa mañana por la tarde, a las seis. A esa hora ya es de noche. ¿Le parece bien? Yo estaré solo, naturalmente. Usted me lleva... *lo necesario*, y...

—¿Recibiré el dinero?

—Recibirá el dinero. No en moneda ni en papel, como puede suponer, pero lo recibirá. Un cheque a la orden de quien usted me indique, no sobre un banco de aquí, claro es, sobre un banco egipcio. Sobre el Banco Nacional Egipcio, domiciliado en Alejandría, por ejemplo. Ni siquiera tiene que preocuparse en pasar el aviso reglamentario cuando se trata de una suma de esa importancia. Al portador del cheque le pagarán inmediatamente dinero contante y sonante. Supongo que estará satisfecho.

—¡Dios mío! —murmuré débilmente.

—¡Asunto resuelto! —exclamó—. No podrá usted decir que hemos perdido tiempo. Y, sobre todo, no se olvide mañana de llevarme todos los..., ya me entiende.

Se había levantado y se calzaba los guantes.

—Perdóneme. Ya estarán impacientes en casa de Stilson. Hasta mañana, a las seis.

La terraza estaba llena de gente. Los habituales de aquel lugar estaban muy acostumbrados, desde hacía seis meses, a vernos juntos, para prestar la menor atención a nuestra conferencia.

—Hasta mañana.

—Hasta mañana.

Avancé la mano para ofrecérsela. Pero él juzgaba distraídamente con su junco. No vio mi gesto.

¿Qué amargo placer de humillación me impulsó, me lanzó a prolongar entonces, sin ninguna necesidad, aquella siniestra entrevista? Eso es lo que todavía hoy no alcanzo a comprender.

—Hobson —murmuré con implorante sonrisa.

—Hobson, escúcheme usted.

Sus ojos se clavaron en mí.

—Llámeme *comandante*, si no le molesta —me dijo.

—¡Escúcheme, escúcheme! —repetí en un tono que, a pesar de todo, le hizo estremecerse—. Recuerde la primera noche que cenamos juntos. Me había citado usted aquí precisamente . . .

—Precisamente.

—En el restaurante francés, a donde fuimos, recuerde, siga recordando, le pregunté cuáles eran, a su juicio, las condiciones que debía reunir el buen oficial de Informaciones. «La primera, me dijo, es amar mucho, siempre y en cualquier circunstancia, a su patria.»

—Lo recuerdo.

—«La segunda, es ser inteligente.»

—Lo recuerdo.

—«La tercera, ser fuerte, aficionado a los *sports* . . . No se sabe nunca lo que puede suceder.»

—Lo recuerdo.

—Bueno. ¿Y la cuarta condición? Esa es la que no quiso usted decirme entonces. «Más tarde», dijo. Supongo que ahora ya no tendrá las mismas razones para poner dificultades, para guardar silencio . . .

—En efecto.

—Y esa cuarta condición, ¿cuál es?

—Ser rico —contestó duramente.

X

Del Kursaal a Miramar no hay más que unos cincuenta pasos. Los crucé titubeando. ¿Por qué en tales circunstancias, suele uno refugiarse bajo la égida de la mujeres sin ventura? ¡Ah! Por algo coloca la tradición cerca del cadalso a la cortesana de Magdala.

Cuando entré en la terraza se estaba pasando una cinta cinematográfica.

A favor de las tinieblas me acerqué a una mesa junto a la balaustrada. A mis pies, el mar dejaba oír su jadear oscuro.

Surgió la sombra del camarero.

—Nada, no quiero nada. Es decir, si. Búscame a la señorita Marussia.

E inmediatamente se presentó.

—¡Qué alegría de verte! Tengo que darle las gracias porque me has dado el pasaporte para Egipto. Tu compañero, el oficial inglés, ha estado muy amable.

—Marussia, ¿qué hora es?

—¿Qué hora? Las doce y media, creo.

—Marussia, vámonos de aquí, ven conmigo.

—¿Que me vaya contigo?

En aquel momento, bruscamente, brotó la luz eléctrica. Nos encontramos mirándonos cara a cara, y al ver mi rostro. Marussia separó rápidamente su silla.

—¿Qué tienes?

—¿Qué tengo? Nada. Casi nada.

Y me eché a reír.

—No me gustan tus ojos —dijo sacudiendo la cabeza.

—Ven conmigo, Marussia.

—¿Adónde?

—A tu casa. Supongo que tienes una casa. Nunca la he visto. Quiero ir.

—Quieres, quieres... pero no me preguntas si quiero yo.

—¡Ah! ¡Ya sería lo último! Que a estas alturas me vinieses con escrúpulos.

—¿Y por qué no? ¿Y tu amiga, la señora de blanco, la de la otra noche, por qué no vas con ella?

—Calla.

—Si quiero.

—Calla, te digo.

Me había cogido una mano. Se asustó.

—¡Ya sabía yo que algo tenías! Tienes fiebre. Debes acostarte.

—En tu casa. Marussia. No quiero estar solo.

—Ve a la suya.

¿Por qué no había acudido, en efecto, inmediatamente a casa de Athelstana? ¿por qué no estar a su lado para contarle la noticia, la buena noticia, el éxito de mis negociaciones? No lo sabía. No lo comprendía. Parecíame que estaba destinado a no comprenderlo nunca.

—Dices que son las doce y media, Marussia. ¿A qué hora puedes salir de aquí?

—Después de las dos.

—Es muy tarde. Ahora mismo, ven conmigo.

—No me dejarán salir.

—Te dejarán si yo lo exijo. Con dinero se hace todo lo que se quiere. Y yo tengo dinero, mucho dinero.

El camarero estaba otra vez junto a nuestra mesa.

—*Champagne,* danos *champagne.* Una, dos botellas. Y dile al amo que venga.

—¡El amo! —exclamó ella—. ¿Para qué le quieres?

—Para decirle que vienes conmigo ahora mismo.

—Imposible.

—Imposible, ¿por qué? ¿Quieres decirme por qué es imposible? ¿Qué puedes darle a ganar en una noche al amo? No será más de diez botellas de *champague,* a tres libras cada una. ¡Treinta libras! Pues le doy cuarenta, ¿me oyes?, cuarenta libras, para que te deje venir conmigo.

—Ya te he dicho que no podía.

Acababa el mozo de servirnos el *champagne*. Vacié mi copa, hice que la llenase de nuevo, la volví a vaciar. Un mundo extraño, lleno de zigzags rojos, verdes, amarillos, ardía en mi cerebro, mariposeaba delante de mis ojos.

—¿No quieres? ¿Por qué no quieres?

—¿Tienes interés en saberlo? Pues porque me está esperando uno —dijo como último recurso.

—¿Dónde está? Que le . . .

—Calla, te lo suplico, si no . . .

Para un nuevo episodio de la película, la terraza acababa de sumirse en la sombra. Marussia no lo aprovechó para intentar escaparse. Al contrario, acercó su silla a la mía y me puso la mano en la frente.

—Tienes fiebre, te lo juro.

Cogió la servilleta anudada al cuello de la botella. De cuando en cuando la empapaba en el cubo de hielo y me humedecía las sienes.

—¿Qué tienes? ¿Qué te sucede?

—¿Qué tengo, Marussia? . . .

¡Dios mío, ahora está llorando! . . . Van a dar la luz. Sécate los ojos, te lo suplico; sécate los ojos que no te vean. La terraza está llena de gente que te conoce, de oficiales.

—*Champagne*, quiero *champagne*.

Y saqué del bolsillo un puñado de billetes. Algunos cayeron al suelo.

—¡Ah! —exclamó la muchacha, recogiéndolos, con ese grito de los humillados que saben que el dinero es casi siempre símbolo de vergüenza—. Guarda eso.

—¡Guardarlo! ¿Para qué? ¿Acaso no tengo yo derecho a enseñar mi dinero? Si fuera el *otro*, no digo. Pero éste tengo derecho a enseñarlo. Este es dinero del juego, porque he jugado. He jugado y he ganado, Marussia. Si encontrar dinero no es tan difícil como parece. Tú tienes un amante. Marussia; dime que tienes un amante. A ese amante tenemos que decirle que me dé dinero. Entonces ya estará todo completo, completo.

—Mira —dijo aterrada—; me quedaré contigo, a condición de que te calles. ¿Qué tienes? Dime lo que tienes.

—Nada, Marussia, nada. Que me duele un poco la cabeza, nada más. ¿Dices que ha estado amable contigo?

—¿Quién?

—Hobson.

—¡Muy amable!

—Como conmigo. Voy a contarte una cosa. Hace un momento te decía: «Si fuera el otro, el otro dinero, éste . . .» ¿sabes lo que es hacer traición?

—¿Hacer traición? Sí —dijo—; lo sé.

—Hacer traición, entiéndeme bien. No traicionar a una mujer. Eso también lo he hecho yo. No a una mujer, sino a una señorita. Pero es lo mismo. No se trata de mujeres. ¡Traicionar, traicionar a la patria! ¿Tú sabes lo que es eso?

—Lo sé.

—¿Cómo lo sabes?

—Te lo diré si hablas más bajo.

—¿Qué es, qué es?

Volvíamos la espalda a la gente, siempre ocupada en contemplar la proyección. Estábamos con los codos en la mesa y la cabeza entre las manos, contemplando vagamente el mar oscuro.

—Dímelo.

—Fue en Brousse —murmuró—, en Brousse, donde lo supe. Pero, ¿para qué quieres que te cuente eso?

—Sigue, sigue. ¿En Brousse?

—Si, en Brousse, donde todavía estaban nuestras tropas. Hace de esto seis meses, antes de la ofensiva del ejército de Kemal. Bailaba yo en esa época en la *Mascota*, en Pera; tal vez la conozcas. Pero había allí mucha competencia. Me dijeron que en Brousse haríamos algún dinero con los oficiales griegos, que se aburrían en aquel pueblo. Fui a un *music-hall* que acababan de abrir. Una mañana me paseaba con una amiga mía, una armenia, por delante de la Escuela Militar. Vimos salir a los soldados y alinearse formando un cuadro. Inmediatamente se reunió alrededor un inmenso gentío. Entonces llevaron al centro del cuadro a un teniente, un muchacho muy joven. Debía ser moreno, pero aquel día tenía un color casi verdoso. Avanzó como un borracho. Le colocaron entre dos soldados, y luego . . .

—¿Luego?

—Los clarines y los tambores empezaron a tocar una cosa muy triste. Salió de las filas un suboficial muy alto que le quitó el sable a aquel jovencito, y lo partió como una caña. Luego le arrancó las caponas, los galones. Yo estaba como loca, no comprendía nada. En seguida le hicieron desfilar por delante de la tropa. Pasó muy cerca de nosotras, junto a un grupo de oficiales ingleses, que se reían. Me dirigió una mirada de animal acosado. Yo le dije algo, no recuerdo qué, para animarle. No se debía martirizar de aquella manera a un muchacho tan joven. Pero mi amiga, la armenia, me hizo callar, explicándome que era un traidor, es decir, que había revelado secretos a los turcos, siendo causa de la muerte de muchos soldados nuestros. ¡Traidor, Dios mío! Ya ves cómo sé lo que eso quiere decir.

—Marussia, Marussia, si algún día desfilase yo así por delante de ti, ¿me dirías también alguna palabra para animarme, como al oficial griego?

—¡Tú! —exclamó—. ¿Pero estás loco?

—¿Qué harías tú, Marussia?

—¿Qué haría? Has perdido el juicio. ¡Verte a ti de aquel modo! Para que sucediese sería menester que antes hubieras . . .

—¡Traicionado, sí, traicionado! ¿Y quién te dice que no traicionaré, que no he traicionado ya?

—¡Está loco, está loco! —repetía.

—Si, hija mía; está loco —dijo una voz ronca—. —No le escuches. No sabe lo que dice.

Simultáneamente nos volvimos los dos.

Walter estaba detrás de nosotros.

* * *

El sargento enfermero entró en mi alcobita blanqueada.

—Ahí tiene usted las ventajas de haber sido prudente, mi capitán. Tengo que darle una buena noticia. ¿Sabe usted lo que acaba de decirme el mayor?

—Si —contesté con una sonrisa tenue—; que estoy curado y que dentro de diez días podré salir del hospital. ¿No es eso?

—¿Y no te parece bastante? Por lo visto no se ha dado usted cuenta de lo grave de la enfermedad que ha pasado. ¡Ah!, cuando le trajeron aquí, ¡si me hubieran dicho que al mes estaría levantado . . .!

En efecto, un mes había transcurrido desde la terrible noche en que Walter, conduciéndome en un automóvil, vino a llamar, a las dos de la madrugada, a la puerta del hospital militar para depositarme aquí, tiritando de fiebre. Durante los ocho días que duró mi delirio no me abandonó. Cuando regresó a Palmira, ya estaba yo fuera de peligro.

—Desde hoy podrá usted comer como los demás, sin excesos, naturalmente, y salir por las tardes un cuarto de hora a la terraza. El tiempo es magnifico. Apuesto a que no conocía usted el jardín del hospital, ni la terraza. Desde allí se descubre toda la rada. ¡Una vista soberbia, un aire maravilloso! En dos días le repone a usted esto mejor que una semana de drogas. Si desea alguna otra cosa, el mayor me ha ordenado que haga cuanto sea preciso para complacerle ¿Qué desea?

¡Lo que deseaba yo! Llenar las lagunas que aquellas tres semanas de enfermedad habían cavado en mi vida. ¿Cómo conseguirlo? Walter se había marchado; y como de propósito. Roche, que nunca se ausentaba de Beirut, había tenido que ir, hacía tres semanas, al Norte, delegado a una comisión inspectora de acuartelamientos, de la que formaba parte. Ni uno ni otro se encontraban allí cuando me hallé en estado de hacer preguntas.

—¿Sabe usted cuándo vuelve el teniente Roche?

—Me he informado. Pasado mañana. ¿Quiere usted que diga a la jefatura de Ingenieros que venga a verle inmediatamente?

—No vale la pena. Cuando llegue, vendrá.

—¿No necesita usted nada?

—Quisiera tener periódicos. Periódicos de aquí, los que se hayan publicado desde que caí enfermo.

El enfermero frunció el ceño.

—¡Hum! Precisamente el mayor me ha recomendado que le evite todo lo que pueda producirle trabajo cerebral. No sé si debo...

—Se los devolveré en seguida.

—En fin, voy a ver.

No tardó en volver con un montón de periódicos.

—Esto es lo que he podido encontrar. No se los dejo más que un cuarto de hora, terminado el cual, reloj en mano, vengo a buscarle para dar un paseíto por la terraza.

No había allí más que una veintena de números de dos periódicos franceses de Beirut, entre los sesenta que se habían publicado desde el día de mi entrada en el hospital; si, a pesar de tales huecos, conseguía descubrir algo, no tendría derecho a quejarme de mi suerte.

Y no me pude quejar. Con fecha 30 de octubre encontré este suelto en segunda plana:

DE VIAJE.—*La temporada egipcia parece que este año empezará antes que de costumbre. Nuestros elegantes y nuestras elegantes abandonan ya nuestras hermosas montañas y se dirigen a las encantadoras orillas del Nilo. Algunos nombres podemos dar de estas aves de paso; los señores de X., la señorita de Z, y la condesa de Orlof salieron el 29 de corriente en el «Armand-Behic» para Alejandría.*

¿Qué lector podría adivinar lo que aquellas líneas, tan sencillas, ocultaban en su filigrana?

Mi propia debilidad me daba una especie de fuerza. Dos, tres periódicos más leí, sin encontrar nada. En el cuarto vi:

UNA AUSENCIA QUE TODOS LAMENTAMOS.—*Cumplimos el ingrato deber de comunicar a nuestros lectores el nombramiento para Angora del mayor Hobson, oficial de enlace del ejército británico en Siria y en el Líbano. En el curso de los tres años que ha pasado entre nosotros, el mayor Hobson, por sus prendas personales y por su inteligencia, ha hecho una meritísima labor para estrechar los lazos de amistad que unen a Inglaterra, Siria y Francia. Le rogamos que vea aquí, con nuestro pesar por su ausencia, nuestros respetuosos votos por que obtenga el éxito que merece en el desempeño de su nuevo destino.*

Por poco supersticiosos que sean los cazadores saben que fallada una pieza es preferible pasar a otro terreno.

El sargento enfermero entró.

—Ha terminado el cuarto de hora, mi capitán. Devuélvame todos esos papelotes y véngase conmigo al jardín. Verá usted que hermosa parece la vida esta mañana.

Pasados dos días, cuando terminaba de almorzar, llegó Roche.

—¡Por fin estás aquí!

—¡No me hables, chico! No puedes imaginar lo que he maldecido esa comisión inspectora que me obligó a dejar Beirut cuando aún temía por tu vida.

—¿Estuve muy grave, verdad?

—Mucho, muy grave. Ahora que estás curado se te puede decir. Ocho días de crisis furiosa pasados en una excitación terrible. Luego una semana de un abatimiento más peligroso todavía quizá, durante la cual no abriste la boca. Te juro que cuando me marché no pensaba verte a mi regreso como te veo. Pero, según dicen, esas fiebres terminan así: a vida o muerte.

—Pero. ¿te has fijado? El pelo de las sienes se me ha puesto blanco.

—Eso es un detalle; no hacen más que adelantar veinte años de camino a sus hermanos.

—¿Has visto al mayor? ¿Qué te ha dicho?

—Que estabas curado, archicurado. Claro que no para que, cuando salgas de aquí, la emprendas con todos esos jeroglíficos chinos de las informaciones, metido en un despacho. Lo que necesitas es vida al aire libre. El médico es de la misma opinión que Walter.

—¿Qué Walter?

—¡Walter, hombre! —y la voz de Roche se notaba preñada de emoción—. Nunca he visto un hombre como él. Yo ya admiraba al tipo, ¡pero ahora!... ¡Tiene tanto corazón como valor! No sé si llegarás a saber algún día lo que ha hecho por ti. Durante los ocho días que pasaste en pleno delirio, no se separó un momento de tu lado. El mayor quería obligarle a que saliera y por poco si no es él quien echa al otro. Por orden suya se cerró tu habitación a todo el mundo. Vino tan sólo por dos días a Beirut y estuvo diez. Cuando se marchó, reclamado por sus meharistas, que al parecer no pueden vivir sin él, me encargó que le sustituyese. Se hubiera quedado si llega a prever que esa condenada comisión me había de obligar a mí también a abandonarte.

Roche hablaba rápidamente, con la volubilidad de las personas que tienen miedo a que se les haga una pregunta. Pero no logró evitarlo.

—¿No ha venido nadie a preguntar por mí?

—Sí, sí. Muchos compañeros.

—¿Y nadie más?

Bajó la cabeza.

—*Ella*, ¿no ha venido?

—Sí, también vino —respondió.

—Estoy fuerte, te lo aseguro, puedes hablar.

Lanzó un suspiro.

—Pues escucha. Se trata de la mayor tontería de mi vida. Al día siguiente al de tu entrada en el hospital, me rogó que pasara por su casa. Fui. No tenía ningún motivo para hacer lo contrario. Su deseo era naturalísimo; me ha invitado muchas veces y, además, en el fondo, también la he hecho la corte. Era para pedirme que la acompañase a verte. Quería cuidarte ella misma, llevarte a su casa, ¡qué sé yo cuántas cosas! Me conmovió y vinimos. ¡Nunca lo hubiéramos hecho! Cayó Walter sobre nosotros. Jamás he visto una cosa semejante. Se encerró con ella en una habitación, de la que salió al cabo de diez minutos, sonriente, pero palida como una muerta. Prefiero no haber presenciado la conferencia. Con toda cortesía, eso sí, Walter la echó a la calle. Y luego ¡cargué yo con las consecuencias! Por un ordenanza supe que había venido al día siguiente, y al otro. Pero Walter estaba de guardia. Luego . . .

—Se ha marchado a Egipto.

—¡Ah! ¿Lo sabías? Sí, se marchó. Precisamente en el mismo vapor que Marussia, aunque no en la misma clase, naturalmente.

Se hizo un breve silencio. Luego dijo Roche:

—Vamos a salir un rato; te sentará bien tomar un poco de aire en la terraza. Y a mí también.

Reinaba una suavidad de primavera entre la vegetación de aquel jardín. El Líbano escalonaba sobre el mar sus fortalezas malvas y amarillas. Dejando tras de sí una estela de plata, un gran vapor de chimeneas negras se dirigía hacia el puerto.

—El *Esfinge* —murmuró Roche.

Lo oí.

—Hoy estamos a 23 de noviembre, y sale pasado mañana, 25, ¿no es eso?

—Sí; ¿por qué?

No respondí. No tenía por qué decirle que aquélla era la fecha y aquél el vapor en que Micaela y yo, siete meses antes, habíamos decidido regresar a Francia.

—¿No es el *Esfinge* donde embarca el coronel Hennequin pasado mañana? —pregunté.

—Sí.

—¿Y su hija? No estaba bien cuando yo caí enfermo. Ya debe estar restablecida.

—¿Su hija?

—Sí, su hija. ¿Qué sucede?

—Como de todas maneras lo has de saber, vale más que sea yo quien te lo diga. Ha muerto.

* * *

Salí del hospital el cinco de diciembre. Como es natural, no hice valer mis derechos para un permiso de convalecencia. Dos días antes me habían trasladado una orden del general comandante en jefe del ejército de Levante. Decíase en ella que, a *petición mía,* cesaba en mi destino de Beirut, en el segundo negociado del Estado Mayor del ejército, y se me destinaba, a partir del 1.º de diciembre, a mi cuerpo de origen, en la segunda compañía de meharistas, destacada en Palmira. Como puede verse, Walter no había desperdiciado el tiempo que no pudo dedicar a velarme y a aislar de oídos indiscretos los excesos de un delirio que debió ser fértil en terribles declaraciones.

Yo hubiera querido marcharme lo antes posible, el mismo día; pero algunas inevitables formalidades me retuvieron en Beirut. Sin embargo, pude comprobar que todo estaba preparado de mano maestra para un viaje rápido, y tuve la sensación de que si hubiese intentado quedarme algunos días no lo hubiera conseguido. A la fuerza me hubiera metido Roche en un automóvil, pues aquel muchacho debía tener severas instrucciones de Walter. Cuando me despertaba, en la Remonta, ya estaba allí y no se apartaba de mi lado hasta que volvía a acostarme. ¿Sospechaba algo? ¿Le habría dejado adivinar Walter algún secreto? Nunca lo he sabido.

Arregló todos los detalles de mi viaje. Yo no tuve que ocuparme de nada. No hice ninguna visita, a excepción de la indispensable despedida del coronel Marest. Con toda oportunidad, cuando me presenté en su despacho, él se las había arreglado para no estar en la oficina. Roche me acompañó en este trago. Tan débil me encontraba, que, el bajar la escalera del Serrallo, por poco me caigo. Tuvo que sostenerme. El día era gris y pesado, un día de octubre en París.

—Ya hemos acabado —dijo Roche—. Ya está todo dispuesto; he telegrafiado a Damasco. Tienes la suerte de que pongan un automóvil a tu disposición hasta Palmira. He encargado un Ford para ir desde aquí a Damasco. Salimos mañana, a las seis. Iré a buscarte con el Ford.

—¿Me acompañas a Damasco?

—Naturalmente.

Le miré de manera que comprendiese que tal abnegación no era, a mi juicio, absolutamente natural. El se creyó obligado a responderme:

—¿Cómo voy a desperdiciar esta ocasión de ir a Damasco, donde tengo muchos compañeros?

Todavía era de noche cuando salimos de Beirut. No había dejado de llover desde la víspera. Salimos de la ciudad con el blando ruido del barro, que el automóvil iba salpicando. Luego, a medida que subíamos por el Líbano, fueron dispersándose las nubes. El día amaneció con un cielo nuboso, perforado a lo lejos, hacia el Este, por una violenta desgarradura azul.

Durante la primera parte del camino, Roche no dejó de contarme historias abracadabrantes. Cuando el automóvil iba llegando al cruce de la carretera de Ain-Zahalta, noté que me miraba con disimulo mientras redoblaba su locuacidad. A partir de aquel sitio, juzgó, sin duda, que lo más difícil de su misión estaba cumplido. Ya no habló más que lo corriente.

Llegamos a Damasco a las nueve y media. El automóvil, un Fiat, conducido por un mecánico tcherkeso, me esperaba en el muelle de equipajes, dispuesto a partir.

—¿Tomarán ustedes algo conmigo? —nos dijo el oficial de guardia.

—No hay inconveniente —dijo Roche.

—Mira —le dije—, yo prefiero irme en seguida.

Comprendieron que era mejor no insistir.

—¿Podemos bajar la capota?

—Como usted quiera, pero tendrán frío. Hace mucho viento en el desierto.

—Bájela usted, sin embargo.

Me envolví en mi albornoz, dejando libre uno de mis brazos para estrechar la mano de Roche.

—¡Pobre amigo mío! —murmuró.

Y noté que se humedecían sus ojos.

Nos besamos. ¡Cuántas cosas íntimas contienen, para los que saben paladearlos, estos besos entre hombres! El automóvil arrancó. Volví la cabeza para seguir viendo, mientras fuese posible, a Roche, que agitaba su quepis. Luego, de pronto, hubo una vuelta brusca y terminó todo.

Los doscientos sesenta kilómetros que separan Damasco de Palmira se hacen, por lo regular, en dos etapas. Durante la primera, el camino se dirige hacia el Noroeste, a lo largo del Antilíbano, y se encuentran algunos poblados. Luego, a partir de Karyatín, miserable aldea de adobes, se vuelve a la derecha, y los ciento veinte kilómetros que faltan se hacen cara al Este, en pleno desierto. Y ya no hay carreteras; únicamente la pista.

Pasamos por Karyatín un poco antes de las dos. Temí que el mecánico pidiera algunos minutos de descanso, pero el brazo que llevaba aquel volante no conocía la fatiga.

Entonces el automóvil adquirió una velocidad salvaje, lanzándose a través de la estepa. Crecía el viento de una manera terrible. Su ruido se convirtió en un roncar poderoso, continuo, que cubría el del motor.

Los paños de mi albornoz flotaban tras de mí, como inmensas alas flotantes, tendidas horizontalmente por la velocidad. Aquel aire rápido bañaba mi cabeza y lanzaba hacia atrás mis cabellos. A medida que aumentaba la marcha del automóvil me parecía que aún era posible un milagro, que tal vez pudiera yo revivir allí, en los sitios adonde me llevaba aquel bólido de gasolina. Comprendí por qué Walter había juzgado que, al salir de Damasco, la presencia de Roche junto a mí ya no era necesaria. ¡Iba a ver a Walter! Aquel pensamiento me producía una fiebre hecha a la vez de vergüenza, de orgullo y de feroz alegría. Por muy bajo que hubiera podido caer —¡y sólo él sabía cuánto había sido!— aquel hombre, al que más amaba y admiraba, no había dudado de mí. Su amistad estaba allá lejos, al otro lado de las montañas azules que cercaban el horizonte. Me esperaba aquella amistad viril y pura. Podría sumergirme y lavarme en ella.

El cielo, este cielo del desierto, el único tan vasto como el del mar, se teñía ahora de un azul cada vez más opaco. Nada en nuestro derredor, nada, a no ser, de lejos en lejos, un pájaro de presa elevándose en el espacio y dejándose caer de repente. Sobre las tierras amarillentas, la lluvia reciente había hecho brotar gran número de hierbezuelas, flora efímera de aquel San Martín beduino. Al Norte y al Sur, muy lejos, ondulaban dos delgadas líneas de colinas que parecían paralelas, pero que, en realidad, corrían una hacia otra para formar la invisible garganta que me era tan conocida. Cuando el automóvil entrase en aquella garganta, podría decirse que estábamos en Palmira. ¡Todavía sesenta kilómetros! A nuestra espalda, en un cielo bermejo, se hundía el sol rápidamente.

En aquel instante el mecánico, que desde que salimos de Damasco no me había hecho el menor caso, volvióse y me señaló algo, un punto, al que nos dirigíamos; le hice señas de que ya sabía de lo que se trataba.

Era una alta torre que se perfilaba sobre el horizonte. Parecía estar muy cerca; pero yo, que había recorrido mil y mil veces aquella región, sabía que tendríamos que avanzar durante un cuarto de hora en nuestra loca carrera antes de alcanzarla. Muchas veces me había yo refugiado a su pie, girando a su alrededor, según la hora, para huir del sol. Sus cercanías estaban sembradas de restos arquitectónicos: capiteles, frontones, metopas, losas llenas de inscripciones bilingües. Un enjambre de moscardones hacía constantemente antipático aquel lugar, y, sin embargo, allí nos refugiábamos durante los descansos para aprovechar la sombra de la torre.

Ibamos acercándonos cada vez más al importante vestigio. Ya se distinguían las ventanas abiertas sobre el cielo desteñido. Cuando íbamos a llegar, mi atención se desvió del monumento, que conocía en todos sus detalles, para fijarse en la barrera montañosa que crecía al Este y tras la cual estaba Palmira.

Con gran sorpresa mía, el automóvil, cuando íbamos a pasar la torre, frenó y se detuvo. Comprendí lo que ocurría.

Al pie de la ruina, cuya muralla oriental nos las había ocultado hasta el último instante, acababan de surgir ocho siluetas de camellos, alineados frente a la pista. Los jinetes iban a pie, sujetando a los animales de la brida única. Se destacó de aquel grupo un hombre, un oficial, que desaparecía entre el inmenso albornoz rojo y blanco; se dirigió hacia el automóvil.

Era Walter.

Salté a tierra. Nos abrazamos en silencio. Transcurrió un minuto, en el curso del cual apenas si nos atrevimos a mirarnos uno a otro.

—¿Ya estás bien? —me preguntó con voz que se esforzaba en aparentar indiferencia.

—Perfectamente; muchas gracias. Y muchas gracias también por haber venido a esperarme.

—No es mía la idea; es de Jaber. No podía venir solo tan lejos. Entonces autoricé a los hombres de su escuadra para que le acompañasen y me uní a ellos.

—¿Está ahí Jaber?

—Ahí está. Ven a saludarle a él y a sus compañeros.

Jaber era mi ordenanza, un beduino de la región de Alepo, que durante dos años no se había separado de mí un solo día. Cuando me acerqué a él, su cuerpo, que se erguía en la posición de «firmes», pareció que temblaba. Una inmensa sonrisa hizo surgir todos sus dientes en aquel rostro negro.

—Dame la mano, Jaber.

Estreché largamente aquella mano morena y rugosa. Luego estreché las de los otros.

—Volveos sin prisa —dijo Walter—. Tú, Taha-Tahan, toma el mando. Tratad de llegar esta noche.

Se volvió hacia mí.

—Yo me voy contigo. Tu mecánico parece cansado. Dile que vaya de prisa. Nos están esperando.

No tuve necesidad de decirle nada al tcherkeso. El automóvil reanudó su carrera, que parecía acelerarse a medida que declinaba el día.

El viento era cada vez más fresco. Humaredas violeta subían del suelo. ¿Nubes, hogueras de un campamento nómada? Ni Walter ni yo hablábamos. Yo miraba al fondo del coche, contemplando sus pies aislados de la madera por la ruda sandalia de cáñamo que constituye todo el calzado de los oficiales meharistas. El viento esparcía sobre los emblemas de su cuello su barba leonada. Con los párpados entornados, se abandonaba a la embriaguez de la velocidad y del espacio.

—Aquí está el valle de las tumbas —dije.

Abrió los ojos. Acabábamos de penetrar en la garganta famosa que forman al reunirse los dos sistemas montañosos, entre los que caminaba el automóvil desde que salimos de Karyatín. Allí el aire era ya frío; grandes velos de oscuridad empezaban a envolvernos.

—Y aquí están las tumbas —dijo Walter.

A derecha e izquierda, recortándose sobre el cielo, por el que se deslizaban los últimos claros del día, surgieron unos gigantescos paralelepípedos. Desfilábamos por entre monstruosas torres envueltas en silencio. Unicamente los que hayan llegado a Palmira al caer la tarde conocen el horror que oprime el corazón cuando aparecen estos gigantes negros.

El camino se llenaba de piedras de todas clases.

Ya la oscuridad era completa. El automóvil moderó su marcha, y de repente, proyectando sus conos amarillos que se cruzaban, se encendieron los faros.

—¿Un cigarrillo? —propuso Walter.

Los dos nos inclinamos para sustraer al viento la llama de la cerilla. A la tenue luz, Walter debió ver las lágrimas que llenaban mis ojos. Apagó bruscamente la cerilla y sentí bajo el albornoz que su mano estrechaba la mía; hasta que llegamos permanecieron unidas.

De repente se ensancha el callejón y acaba. La llanura, se baña de suave claridad, bajo un firmamento cuajado de estrellas. Por todas partes, semejantes a un bosque, privado de su verdor y de sus ramas, aparecieron los altos fustes de la gran columnata. En el fondo de la decoración, sobre una colina, parecía estar colocada una jaula de pájaros cuyos barrotes rayaban de negro el cielo pálido: el Templo del Sol.

Guiado por las breves indicaciones de Walter, el

mecánico internó su coche por un dédalo de callejuelas tenebrosas. Mi emoción fue entonces tan intensa, que me preguntaba cómo podría dominarla a los pocos instantes.

—¡Alto! —ordenó Walter.

Estábamos en el patio del humilde edificio donde estaba instalado el círculo —llamémosle así— de los oficiales: cuatro o cinco alcobas exiguas, una de las cuales, de dimensiones menos molestas, lindaba con la cocina y servía a la vez de comedor y de lugar de reunión. Tal era el dominio, a la vez tan grandioso y tan pobre, del capitán Walter.

Se acercaban unas sombras a nosotros. Recibí en pleno rostro la luz de una linterna.

—Vamos al cuarto del capitán Domèvre —dijo Walter—; aquí no se ve nada.

Entregó a un ordenanza su albornoz.

—Di que nos preparen algo de beber y ocúpate del mecánico.

Entramos en mi cuarto.

—Nadie se ha acostado aquí desde que tú te fuiste. Voy a hacer las presentaciones.

Dos oficiales nos habían seguido. Los nombró:

—El teniente Regnault. El teniente Comminges... Comminges, un chiquillo, como ves, pero un chiquillo del que se puede esperar mucho. Procede de los *spahis* de Alepo. Vino para cubrir la vacante del Hollonne. Regnault, que manda el pelotón del pobre Ferrières, también es un veterano, a pesar de su edad. Tiene cinco años de Sahara, del Tchad y de Tuat.

Estreché las manos de mis nuevos compañeros. El teniente Regnault, menudo, con una frente terrible, erizada de cabellos negros, cortados en forma de cepillo, tenía una cabeza que hubiera sido infame a no estar iluminada por la irradiación de dos ojos casi ingenuos. Comminges, guapo como una mujer, era rubio y delgado.

—Falta el médico —dijo Walter—; pero está revelando fotografías. No le distraigamos. Pronto vendrá.

—¿Y Roussel?

—¿Roussel? Anda ahora con su pelotón por el Dyebel-Grab. Regresará a fines de semana. Entonces tendrán que salir otros... ¿Qué hay, Abdallah? ¿Los suboficiales que quieren saludar al capitán? Bueno, que pasen.

Los conocía a todos, menos al sucesor de Franceschini y al que había sustituido a Jobin, muerto en el ataque de Abu-Kemal. Les di la mano.

—Y ahora —dijo Walter— dejemos al capitán. Luego nos reuniremos en la terraza. Abdallah, di que nos suban allí el aperitivo. La noche es magnífica y podemos comer fuera.

—No me molestan ustedes.

Abrí mi maleta. Comminges me echaba agua en la jofaina mientras yo me lavaba las manos. En efecto, nada había cambiado en mi cuarto.

Todavía estaba sobre la tosca mesa-tocador un espejo deslumbrado que juzgué indigno de que me siguiera a Beirut.

—Aquí tienes un par de sandalias —dijo Walter—. Descálzate y estarás mejor. Estoy sufriendo de verte con la media bota.

Obedecí. Mis pies surgieron blanquísimos, al lado del color de bronce que tenían los de mis compañeros. Walter se apresuró a tranquilizarme.

—No tardarán mucho en tomar el tinte necesario. Perfectamente. Ahora vamos a la terraza.

Subimos la escalera que hasta allí conducía. Sobre una mesa, iluminada por dos fósforos, alrededor de los cuales revoloteaban las mariposas nocturnas, había vasos, una jarra de agua y un frasco de *arak*.

—Ponte cómodo —dijo Walter—. Ya sabes que aquí no tenemos vecinos.

También allí continuaba todo igual. Fuera de mí, nada había cambiado.

Walter sirvió el *arak*.

—¡Qué, Regnault! ¿Va usted acostumbrándose a esta bebida?

El teniente Regnault hizo una mueca.

—Por ahora, mi capitán, prefiero el anisete español del Sud oranés.

—Para apreciar el *arak* le falta a usted tener sed. No tenga miedo. Todo llegará.

Se hizo una pausa. Una luz azulada caía del firmamento. Por entre las columnas del templo parpadeaban las estrellas.

—¿Qué hora es? —preguntó Walter.

—Van a dar las seis y media, mi comandante.

—Falta todavía media hora para comer. Me llevo al capitán. Vente conmigo.

Le seguí a la sala que teníamos para reunirnos y que al mismo tiempo le servía de despacho. Abrió un cofrecillo de madera blanca y tomó un cuaderno.

—El libro resgistro, ¿le reconoces? Aquí tienes tu letra, fechada en noviembre. Hace un año.

Se quedó pensativo.

—Hace un momento me pedías noticias de Roussel Roussel, ya te lo he dicho, está en el Dyebel-Grab. Vuelve dentro de cinco días. Luego marcharás tú. ¿Comprendes?

Incliné la cabeza. El continuó:

—Te explicaré. Creo, ya te irás dando cuenta, que he rehecho la compañía después del desastre de junio. Pero lo que satisface a los demás a mí no me llena más que a medias. Tendré la sensación de que no he hecho nada hasta que no hayan vuelto los hombres al sitio donde mataron a sus compañeros. Unicamente entonces les habré dado la seguridad de que no están vencidos. El momento ha llegado y tú estás de regreso.

—¡Walter!

—Espera a que te ponga al corriente de todo para darme las gracias. Hace diez días que supe por mi servicio de confidentes que las bandas que asesinaron a Ferrières y a Hollonne acamparán en el mes de enero cerca de las aguadas de Dyebel Sindjar. Ahora ya sabes lo que espero de ti.

Le cogí la mano. El la retiró.

—No te ilusiones. No se trata de una excursión divertida. Son más de cuatrocientos. Yo no puedo darte más que cuarenta hombres, pero voluntarios, todos ellos aguerridos; gentes en las que puedes tener absoluta confianza; además, llevarás dos ametralladoras. Y sobre todo, ¡qué demonio!, no valdría la pena de haber vencido a los alemanes si vinieran a imponernos la ley los tipos de por aquí, aunque sean diez veces superiores en número. Debo decirte que en un principio me había reservado yo esa excursión. Pero —y su voz se hizo grave— me pareció que te correspondía de derecho.

—¡Walter, Walter!... ¿Cómo podré...?

—Todavía tenemos veinte minutos —dijo bruscamente—. Vamos a ver a los hombres.

Salimos del edificio de oficiales para dirigirnos al cuartel de meharistas. Acababan de comer cuando entramos en los dormitorios. Un «¡Alinearse, firmes!», les hizo dar un salto.

—No están mal, ¿verdad? —decía Walter mientras pasábamos lentamente por entre aquellos colosos negros—. No están mal.

Para dejarlos contentos no hubo más remedio que aceptar varias tazas de café, de aquel brutal café beduino, al que el *hell* comunica un agrio aroma.

—Ahora, los camellos —dijo Walter—. Vamos a ver los camellos.

Seguían instalados en el mismo sitio. Un soldado con una linterna nos guiaba. En un inmenso patio cuadrado, que tenía en el centro el abrevadero, dormían bajo el cielo profundo los nobles animales. De cuando en cuando uno de ellos, en lucha con algún turbio sueño, bramaba roncamente.

El soldado que nos guiaba bordeaba con precaución cada una de aquellas móviles colinas tenebrosas.

De pronto me detuve.

—¿Qué sucede? —preguntó Walter.

—Ven acá —le dije al soldado.

Me apoderé de la linterna. Dirigí su luz al meharí que tenía delante, un soberbio animal color amarillento claro, casi blanco. Dormía, y la joroba se animaba cadenciosamente al compás de un pacífico ronquido.

—¡*Mechref!* ¡Es *Mercref!*

—Sí, hombre —dijo Walter—, es tu meharí. Se me había olvidado decírtelo. No es posible contarlo todo de una vez. Cuando tú te marchaste lo cogió Ferrières. Lo montaba en la emboscada de Abu-Kemal... Los kurdos se apoderaron de él. Pero quince días después, al amanecer, apareció como un monstruo bramando en el campamento de Roussel y derribando todas las tiendas de campaña en una alegre y desenfrenada carrera. Era el señor *Mechref* que volvía. Ahí le tienes. No dirás que no le conservamos bien.

—¡*Mechref!* —grité.

Un ojo del animal se abrió, luego el otro. Me miraron aquellos ojos glaucos, al principio vidriosos y sin expresión, luego preñados de una luz repentina, que se fue intensificando hasta hacerse casi humana. El largo cuello, plegado por el sueño, semejante al cuello de un cisne disforme, se extendió. Apoyóse en mi hombro, junto a mi cara, aquella enorme cabeza, cuya boca se abría en una monstruosa sonrisa, lanzando un relincho de ternura que nos dejó petrificados durante algunos segundos.

Grandes sombras danzaban en la pared. Una flauta árabe ululaba en lo hondo de la noche y oí a Walter que me susurraba con voz temblorosa.

—¿No te lo dije? Todo está igual; hasta *Mechref* te reconoce.

Esta obra ha sido confeccionada por el
CIRCULO DE AMIGOS DE LA HISTORIA,
según maquetas originales.
Ha sido compuesta en tipo Garamond del cuerpo 10.

La presente tirada está exclusivamente
reservada a los suscriptores.

ES PROPIEDAD
Círculo de Amigos de la Historia, S. A., Editores
Conrado del Campo, 9 y 11 - MADRID-27

Impreso y encuadernado por:
AMIGOS DO LIVRO-EDITORES LDA.
Rua Fialho de Almeida, 11
LISBOA (Portugal)

ISBN. 84-225-0561-4 (Colección completa)
ISBN 84-225-0062-0 (Volumen XXII)

Impresso em Portugal